어머니의 전쟁

어머니의 전쟁

초판 1쇄 | 2013년 5월 8일

지 은 이 | 김용원
펴 낸 이 | 이용배
펴 낸 곳 | (주)고려원북스
편집주간 | 설응도
마 케 팅 | 백민열

판매처 | (주)북스컴, Bookscom, Inc.

출판등록 | 2004년 5월 6일(제16-3336호)
주소 | 서울시 광진구 중곡동 639-9 동명빌딩 7층
전화번호 | 02-466-1207
팩스번호 | 02-466-1301

Copyright©Koreaonebooks, Inc.
이 책의 저작권은 저자와 출판사에 있습니다. 서면에 의한 저자와 출판사의
허락 없이 책의 전부 또는 일부 내용을 사용할 수 없습니다.

ISBN : 978-89-94543-58-1 03810

잘못 만들어진 책은 구입처나 본사에서 교환해 드립니다.

어머니의 전쟁

|김용원 지음|

(주)고려원북스

어머니는 평생 고향 땅을 떠나지 않으셨다. 어머님은 여든 하나 되던 해, 폐암 판정을 받고 둘째 아들인 내가 사는 파주로 오셨다. 이 이야기는 2012년 6월 말에서 2013년 2월 초까지, 어머니와 함께한 마지막 7개월간의 이야기다.

장남인 형님은 어머니를 지근거리에서 37년 동안이나 모셨지만 정작 마지막 순간엔 어머니를 돌볼 수 없는 아들이었다. 반면에 나는 일찍이 어머니 곁을 떠나 서울과 파주로 와서 속편하게 살다가 어머니의 마지막 7개월을 함께 지내며 그간의 불효를 조금이나마 사죄하는 시간을 가질 수 있었다.

갑자기 암에 걸린 시어머니를 집으로 모셔오면서 벌어지는 고부 간의 갈등. 이러한 현실 앞에서 평행선처럼 벌어지는 아내와 남자,

아니 남자와 여자의 차이. 이제 다 지난 일이지만 우리를 진짜 힘들게 한 것은 어머니의 죽음이 아니라, 그 두려움 앞에서 벌어지는 가족 간의 갈등이었는지 모른다.

지금에 와서 생각해 보면 이 땅의 모든 어머니들은 성자(聖者)였다. 신은 사랑이 없는 이 세상에 '어머니'라는 이름의 성자를 보내주신 것이다. 어머니는 고된 일생을 뒤로 하고 장례식장의 영정 사진 속에서 꽃밭의 꽃처럼 활짝 웃고 계셨다. 어머니는 자신의 마지막을 보살피는 일이 얼마나 어려운 일인지 다 예견하시듯 당신을 모시겠다고 선뜻 나선 나에게 이런 말씀을 하셨다.

"둘째야, 너와 나는 죄를 많이 지은 죄인이어서 마지막에 이렇게 만났나 보다."

지금 당신에게 손을 잡아 체온을 느끼고, 전화기 너머로 목소리를 들을 수 있는 어머니가 있다면 지금을 살아야 할 충분한 이유가 있는 것이다. 어머니란 존재는 그대로 완벽한 삶의 이유이므로. 나는 어머니가 암과의 사투를 벌이는 동안 어머니와 함께 지냈던 시간들을 영원히 기억할 것이다. 인생의 중턱을 넘긴 나이에 늦바람처럼 찾아온 어머니와의 행복한 동거, 그런 점에서 나는 행운아인지도 모른다.

어머니를 보내드리고 이 글을 거의 마쳐갈 즈음, 우연히 프랑스의 여류 작가 '시몬느 드 보부와르'가 쓴 〈죽음의 춤〉이라는 책을 만났다. 암에 걸린 어머니와의 마지막 순간을 그린 것이다. 어머니란 불변의 공통분모가 있었던 탓인지 2개의 책은 묘하게 닮았다. 지금도 어디선가 어느 어머니와 어느 자식이 이별하고 있을 것이란 생각을 하니 한 줄기 바람이 스쳐 지나가는 것만 같다.

2013년 5월
김용원

폐암에 걸린 어머니와 함께했던 마지막 7개월 동안 두 모자가 겪었던 이야기들이 감동적으로 다가옵니다. 우리들은 어머니라는 이름으로 이 땅에 살다간 성자(聖者)가 목숨 바쳐 사랑했던 귀한 자식들임을 한시도 잊지 말고 살아야 하겠습니다.

사람 사이에 신의가 땅에 떨어지고 부모자식 사이의 정 마저도 사라져가는 요즘 어머니의 마지막을 책임지려고 선뜻 나선 자식과 그런 자식을 안타깝게 바라보는 어머니의 사랑이 눈물겹게 묘사되어 있습니다. 암에 걸린 어머니를 집으로 모신 것을 자기 가정의 축복으로 여긴 저자의 따스한 마음 역시 좋아 보이는 것은 저 혼자만의 생각은 아닐 것입니다.

그동안 시인, 법학자, 신앙인 등 다양한 이력을 가지고 살아온 김용원 형제가 이번에 심혈을 기울여 쓴 〈어머니의 전쟁〉은 시몬느드 보부아르가 자신의 어머니가 암으로 죽어가는 과정을 그린 〈죽음의 춤〉에 비견된다고 하겠습니다.

우리 모두 이 책을 읽고 우리의 고향이며 존재의 뿌리인 어머니를
더 깊은 그리움 속에 감사하는 효심을 선물로 받으면 좋겠습니다.

어린 시절 내가 돌보던 엄마를
이제는 내가 돌보면서
할 말이 너무 많아 할 말이
적어지는 모든 순간들이
때로는 기쁘게 때로는 슬프게
간절한 기도로 이어지네

— 이해인 〈엄마〉 중에서

이해인(수녀·시인)

2 여름에서 가을로, 치열했던 전쟁에 대한 보고서

4 다시 봄을 기다리며,
찬란하게 스러져간 꽃잎에 대한 이야기

어머니는 시로 표현할 수 없다.

그 기가 막히는 사연들을

단 몇 줄로 마감할 수 없다

1

그해 여름,
어머니와 고향집에 대한 추억

애야, 만덕 집이 왜 이리도 멀다냐

어머니는 지금 전쟁 중이다.

부산 만덕동에서 혼자 살고 계시던 어머니는 지난 해 4월 뇌경색 진단을 받았다. 서울에서 치료를 받았는데 다행히 경과가 좋았다. 어머니는 다시 부산으로 내려가셨고, 자식들은 가슴을 쓸어내렸다. 그런데 그것이 끝이 아니었다. 두 달도 채 지나지 않아 어머니는 갑자기 숨쉬기가 어렵다고 하셨다.

부산에 있는 대동병원에서 어머니는 폐암 진단을 받았다.

폐에 물이 차서 하루 걸러 한 번씩 물을 빼내야 했다. 마치 생목숨의 진액을 짜내는 것 같았다는 것이 형님의 전언이다. 병세가 위중하다는 생각에 나는 어머니를 서울로 모셔와 치료를 받게 하리라 마음을 굳혔다.

어머니는 부산을 떠난다는 생각은 꿈에도 해본 적이 없는 분이었다. 큰 며느리는 물론 둘째 며느리도 마음에 들어 하지 않으셨다.

그리고 아들네 집은 모두 감옥살이로 여기셨다. 집 뒤쪽으로는 만덕산이 병풍을 둘러치고, 집 앞쪽으로는 낙동강이 굽이치는 만덕에서 친동기간 같은 동네 사람들과 눈 감는 날까지 함께 살고자 하셨다. 그동안 큰 아들과 둘째 아들이 모시겠다고 간곡하게 말씀드려도 콧등으로도 듣지 않으셨던 분이었다.

하지만 이제 사정이 달라졌다. 어머니도 조금 흔들리고 있었다.

"어머니, 이 곳 의사들도 서울에 있는 큰 병원으로 가는 게 좋겠다고 해요."

나의 말에 어머니는 한사코 부산을 뜨지 않겠다고 버티셨다. 부산 병원에서 치료를 받았더니 아픈 것도 좀 덜하고, 이 곳 의사들도 좋다는 말씀이었다. 자식들은 모두 고민에 빠졌다. 나는 어머니를 속여서라도 꼭 서울로 모셔오고 싶었다.

형님 차를 빌려 어머니 사시는 동네로 가는 척하다가, 바로 고속도로로 올라타 서울로 내빼기로 한 것이다. 어머니를 퇴원시키면서 형님과는 미리 작별 인사를 나눴다. 형님은 속으로 울고 있었을 것이다. 사정을 모르는 어머니는 집으로 가는 줄 알고 차에 올라타 재촉하셨다.

"어여 가자! 빨리 만덕 집으로 가자!"

한 시간 쯤 달렸을까. 뒷좌석에 계시던 어머니가 더 이상은 못 참고 앞쪽 운전석 시트를 붙잡으며 물으셨다.

"애야, 만덕이 왜 이리도 멀다냐?"

나는 어머니에게 이실직고 했다. 어머니는 크게 노하셔서 지금 당장 차를 돌리라고 불호령을 내리셨다. 고성이 오가는 불안한 차 안에서 나는 미친 척하고 엑셀레이터 페달을 밟았다. 치료 시기를 놓쳐 어머니나 가족들에게 한이 되게 할 수는 없는 노릇이었다. 언제까지 어머니의 저 고집을 꺾지 못하고 끌려 다닐 수만은 없었다.

나는 어머니를 진정시키기 위해 허튼 맹세를 해야 했다.

"어머니, 병이 조금 나아지면 반드시 부산 집으로 다시 모셔다 드릴게요. 저를 믿으세요."

어머니는 몇 번이나 확답을 받은 후에야 안심이 되시는 듯, 차 시트에 기대 잠이 드셨다.

우여곡절 끝에 여동생이 추천한 국립암센터로 어머니를 모시게 되었다. 7월 10일 첫 외래 방문일, 병실이 나지 않아 응급실에서 밤을 보내야 했다. 보호자에게 제일 무서운 것은 1인실이다. 응급실은 하루 입원료가 1,500원, 1인실은 보험 적용이 되지 않아 30만 원이다.

이곳 환자들은 모두 하루 3천 원이면 족한 5인실에 가기를 바란다. 1인실은 경제적 부담도 무시무시하지만 보호자가 자리를 비우면 환자 혼자 남아 사고가 날 염려도 있기 때문이다. 어머니는 1인실에서 이틀을 보낸 후 폐암 환자들이 모여 있는 5병동으로 옮기게 되었다.

5층 516호실, 짐을 풀고 보니 불안했던 마음도 조금 진정되고 와야 할 곳에 온 것처럼 익숙한 느낌도 들었다. 어머니는 창밖의 먼 하늘만 물끄러미 바라보고 계신다.

#산 더덕

폐암 환자에게 산 더덕 삶은 물이 좋다는 얘기를 듣고 인터넷을 뒤졌다. 휴일을 기다려 자연산 산 더덕을 판다는 파주 파평면으로 차를 몰았다. 면사무소까지 마중을 나온 농장 주인은 미안한 표정으로 더덕을 수확한 지 몇 달이 지나 물건의 품질이 좋지 않다고 이야기한다.

그렇다고 빈손으로 돌아올 수는 없었다. 어머니에게 빨리 더덕 삶은 물을 드리고 싶었다. 물러터진 더덕 중에서 쓸 만한 것들을 모아서 10만 원 어치를 챙겼다.

더덕을 사오는 길에 홈플러스에 들렀다가 우연히 번개탄을 사러 온 외삼촌을 만났다. 뒷날 안 일이지만 외삼촌 역시 지난 해 폐암 선고를 받았다고 한다. 외삼촌은 수술을 하라는 의사의 말을 거절하고 평상시처럼 생업에 종사하는 중이었다. 이른 다섯 나이에 무슨 영화를 보겠다고 수술을 하냐는 것이었다.

어머니께서 평소 외삼촌에게 '독한 놈'이라고 말씀하셨던 것이 떠올랐다. 어머니와 외삼촌이 모두 폐암에 걸렸으니 가족력이 아닌가 싶었다. 나는 왕래가 잘 없었던 외삼촌에게 그간 어머니에게 생긴 사정을 말씀드리고는 헤어졌다.

병원에서는 폐암 환자에게 도라지, 인삼과 같은 한약재를 일절 금했다. 그런 병원의 권고도 무시하고 어렵게 사온 더덕이었지만 어머니에게는 별 효과가 없었다. 더덕의 쓴 맛이 위를 자극해서인지 소변이 안 나오고 변비가 생기는 증상이 생겨 어머니는 드시기를 꺼려하셨다.

주인 잃은 더덕은 우리 부부 차지가 되었다. 물을 끓여 먹기도 하고 농장 주인 말대로 두유에 갈아 마시기도 했다. 나는 기관지 계통이 좋지 않은 아내를 위해 더덕을 갈아주는 서비스를 자청했다. 아내는 무척이나 고마워했다.

어머니의 병은 깊어 가고, 우리 부부의 금슬도 깊어 갔다.

#검사를 받을 수만 있어도 축복이다

7월 21일, 조직검사를 하려 했는데 팔순 노모의 건강과 암 덩어리의 위치 때문에 어렵다는 애기를 들었다. 조직검사는 수술에 준하는 통증과 후유증을 동반하기에 검사를 감당할 체력이 있어야 한다는 것이다.

조직검사를 해야 암의 종류, 성질, 대처방법이 나오는데 정작 검사를 받을 수가 없는 상황이 된 것이다. 할 수 없이 폐에 고인 흉수를 가지고 검사를 하기로 했다. 검사기간은 3~4일, 며칠을 병실에서 무작정 기다릴 수도 없으니 일단 퇴원하라고 했다. 하지만 어머니의 상태는 좋지 않았다. 염증 때문인지 거의 30분마다 화장실을 가겠다고 하시는데, 화장실에 가면 정작 소변이건 대변이건 나오지 않았다.

대소변을 보기 위해 있는 힘을 다해 용을 쓰다 보니 잘 먹지도 못하는 노인은 땀이 범벅이 되고 기운이 다 빠져 나가떨어지곤 하셨다. 급기야 엉덩이에 치질이 생겨 가만히 앉아 있을 수도 없는 지경이 되었다. 지금 어머니에겐 암이 문제가 아니라 변비가 문제였다. 변비로 인해 과도한 힘을 주다가 뇌에 혈관이라도 터지면 어떡하나 걱정이 되었다. 먹고 배출하는 일이 이렇게 중요한 것인지 몰랐다. 주치의 아래의 레지던트가 변비 치료는 몇 달이 걸린다고 귀뜸해 주었다. 정말 어머니의 변비와 치질 증상은 두 달이 지나자 어느 정도 진정되었다.

그런데 변비가 잡히는 시점이 되자 이번엔 암 덩어리가 커져 숨을 쉬기가 어려워졌다.

노인에게 암이란 합병증과의 싸움이다. 여기를 고치면 저기에서 다시 문제가 생겼다. 폐암, 변비, 뇌경색, 손발 부음, 가려움, 전신을 돌아다니며 들쑤셔 대는 통증으로 그 괴로움은 이루 말할 수가 없었다. 어머니는 말씀하셨다.

"아파도 너무 아프구나. 암이란 놈은 참 염치도 없다."

통증은 온종일 어머니를 괴롭혔다. 통증과 함께 밤을 지새느라 30분도 편안하게 눈을 붙일 수가 없었다. 이 지경이 되자 어머니는 스스로를 죽을 날만 기다리는 아무짝에도 쓸모없는 노인이라 한탄하셨다.

쓰라린 순간에는 모두 혼자다

의사가 와서 흉수로 유전자 검사를 하는데 동의해 달라고 한다. 검사 결과는 10여일 후 나오고, 그 결과에 따라 치료 방법을 논의하자는 것이다. 그동안 다른 검사가 없으니 퇴원하라고 한다.

나는 불안했다. 폐에 물이 차서 숨이 가쁘고, 변비로 인한 치질이 심하니 지금 퇴원해도 다시 응급실로 실려 올 것이 뻔하다며 며칠 더 있겠다고 했다. 그런데 검사 결과 열이 있고, 흉수가 많이 찬 것으로 확인되어 어차피 퇴원은 미뤄졌다.

어머니는 그간 밤중에도 30분 간격으로 화장실을 다녀야 했기 때문에 5인 병실 사람들 모두 잠을 설쳤다. 하지만 아무도 불평하지 않았다. 다행히 이틀 전 부터는 2시간에 1번씩 화장실에 가신다.

어머니는 한 웅큼의 약을 드신다. 항문 상처를 다스리는 항생제, 변비약, 뇌경색을 막는 와파린 등등. 식사도 잘 못 하시는데 그 약들을 어떻게 감당할지 난감했다. 식사를 죽으로 바꾸었다. 죽으로 바꾼 후 한 그릇을 가까스로 다 비우신다. 어머니께 병마와의 싸움에서 이기기 위해서는 잘 드셔야 한다고 말씀드렸다.

어머니는 입을 훔치시며 말 없이 고개를 끄덕이신다.

병실에는 많은 간병인들이 왔다가 떠난다. 그 중에는 환자를 돕는 것을 인생의 보람으로 삼는 사람이 있는가 하면, 오로지 생계를 위해 이 일을 선택한 사람들도 있다. 자신의 가족처럼 땀을 흘리며 환자를 돌보는 간병인을 만나면 전화번호를 적어 두었다. 간병인을 써야 할 일이 생긴다면 그 사람을 부르고 싶었기 때문이었다. 이런 간병인들은 생계형 간병인들의 눈에는 이질적인 존재들이다. 한마디로 눈에 가시라고나 할까. 두 부류의 간병인들은 좁은 5인 병실에서 티격태격하는 일이 잦았다. 이곳도 목숨이 붙어 있는 사람들이 사는 곳이라 그런 신경전이 없을 수는 없는 모양이다.

어제는 옆 병실에 유명 여류 정치인이 입원해 있는 것을 보았다. 정치적으로 그렇게 성공한 사람도 암은 피해 갈 수 없었던 모양이다. 암은 공평하다는 생각이 들었다. 그녀는 몸무게를 재고 환자일지에 기재한 후 급히 몸을 피했다. 그녀의 병실 호수와 이름과 몸무게가 적힌 일지를 보았다. 입원한 것을 비밀로 한 것인지 외부인의 방문은 없었다. 그녀는 혼자 암과 싸우고 있는 중이었다. '빛나는 모든 것은 혼자'라는 누군가의 말이 떠올랐다. 그 말도 틀린 건 아니지만 쓰라린 생의 순간도 언제나 혼자이기 마련이다.

　그녀가 머무는 1인 특실에는 보호자 침대가 있고, 접견용 소파까지 있었다. 병실에도 엄연히 계급이 존재했다. 하지만 죽음 앞에서 계급은 존재하지 않는다.

　삶의 유한성, 그리고 죽음의 무작위성, 콧대 높은 인간을 겸손하게 길들이는 조물주의 비법이었다.

#설익은 감도, 농익은 감도 떨어진다

여동생의 다급한 목소리가 전화기를 통해 들려 왔다. 금방 주치의가 다녀갔는데, 어머니는 살겠다는 의지가 강하니 항암 치료를 하는 것이 어떻겠느냐고 했다는 것이다. 자기 환자 중에 80살을 넘긴 분들이 몇 있는데 항암치료를 잘 받고 있다고 했단다.

의사의 말이 맞을 것이다. 어머니는 강한 분이셨다. 나는 지금까지 한 번도 그 사실을 의심해 본 적이 없다. 어머니는 혼자 사셨지만 구차하게 남 눈치를 보지 않으셨다. 언젠가 어머니는 형님과의 전화 통화에서 이런 말씀을 하셨다고 한다.

"그동안 다른 사람 눈치 안 보고 내 마음대로 살았다. 너희들은 불편했겠지만 나는 행복했다."

병실 사람들도 이구동성으로 말했다. 저 노인네, 젊었을 때는 한가닥 했겠다고.

여동생에게 나는 항암치료를 받으셨으면 좋겠는데 어머니의 의견이 어떤지 물어 보라고 하였다. 어머니께서는 저녁에 너희 작은 오빠 오면 말하겠다고 말씀하셨다고 한다.

어머니는 어떤 선택을 하실까? 그냥 조용히 부산으로 내려가 죽는 날까지 좋은 공기 속에서 방에 불 때고 며칠이라도 누워 있고 싶다고 하셨던 어머니. 아마 부산으로 내려가겠다고 하실 지도 모를 일이다. 어머니는 입만 열면 말씀하셨다.

"나는 이제 다 살았으니 암도 안 무섭다. 살다 보면 설익은 감도 떨어지고 농익은 감도 떨어진다, 가는 길에는 순서가 없다. 병실에 새파랗게 젊은 사람들이 드러누운 것을 보면 나이 들어 살겠다고 이러고 있는 내가 창피하다."

오늘 저녁 어머니는 나에게 무슨 말씀을 하실까…

여동생과 아내와 작은 아들인 나, 3명이 교대로 어머니를 간호하고 있다. 아내에게 미안하다. 만일 장모에게 암이 찾아온다면 과연 사위인 내가 병실을 지킬 수 있을까? 나는 병실로 손녀들을 호출했다. 나의 요구에 여동생 집 아이들과 내 큰 딸아이가 군말 없이 할머니 곁을 하룻밤씩 지켰다. 어머니는 왜 공연히 아이들을 불러 고생을 시키냐고 역정을 내셨지만 아이들 교육상 그러는 것이니 신경 쓰지 마시라 말씀드렸다.

갈수록 암보다 더 무서운 것이 있다는 생각이 든다. 암으로 인한 당혹감과 두려움으로 인해 책임을 회피하거나 짐을 공평하게 나누자고 갈등을 만드는 가족들의 태도가 문제였다. 암환자의 병수발은 쉬운 일이 아니다. 병수발이 힘들어 부모님을 말기 암환자들이 지내는 요양기관으로 보내는 사람들도 있다. 부모로부터 수십 년 동안 보살핌을 받고 살아오다가 정작 그 부모가 돌봄이 필요한 순간에는 외면해 버리는 것이다. 요양기관에 가보면 치매환자가 대부분이다. 환자들이 병원을 나갈지 모른다며 방문을 밖에서 잠그는 시설도 있다. 그곳에 갔다가는 없던 병도 생길 것 같다는 생각이 들었다. 부모와 자식, 천륜의 연마저 저버리는 현실에 씁쓸해졌다.

'이 지상에 영원한 것은 하나도 없다'는 어느 시인의 시구가 절실하게 가슴에 와 닿았다. 그러나 나는 그럼에도 불구하고 이 세상에 영원한 것은 있다고 생각한다. 그것은 자식에 대한 어머니의 사랑이다. 목숨마저 불사하는 도저히 이해할 수 없고 흉내낼 수 없는 사랑! 그 사랑이 영원하다는 말에 감히 그 누구도 토를 달지 못할 것이다.

이 세상의 어머니는 모두 사랑의 달인(達人)들이다.

주치의가 와서 통상적인 항암제 사용량의 절반쯤으로 항암치료를 받아 보는 것을 가족들이 상의해 보라고 했다. 어머니는 젊은 사람들도 아니고 이 어려운 결정을 당신이 어떻게 할 수 있겠느냐고 하셨다. 나는 의사가 항암치료를 권해주는 것이 얼마나 고마우냐며 어머니께 재차 권유했다.

그러나 어머니의 중요한 관심사는 항암치료가 아니었다. 어머니는 37년을 살던 만덕으로 돌아가는데 정신이 팔려 있었다. 어머니는 항암을 하고 쓰러져서 살림도 정리하지 않고 떠나온 부산 집에 다시 내려가지 못할 것을 두려워하고 있는 것이다. 나는 어머니에게 부산을 다녀온 후 항암 치료를 시작하자고 하였다.

여동생은 주변에서 주위들은 애기를 하면서 어머니의 항암치료를 썩 반기지 않는 듯 했다. 여동생은 나에게 '어머니가 항암주사를 맞으면 명을 단축할 수도 있고, 치료비도 비쌀 것이라며 걱정하신다'고 전해 주었다. 하지만 알아보니 암과 같은 중증환자로 분류된 사람들은 보험이 적용되어 약값의 5% 정도만 내면 되므로 비용은 큰 문제가 되지 않았다. 어머니께 치료비는 아주 싸다고 말씀드렸더니 "그 의사 분 참 고맙다, 나를 어찌 하든지 살려 보려고…"라며 주치의를 고마워하셨다. 아마 의사가 치료비를 싸게 해줬다고 생각하시는 모양이었다.

주변에서 만나는 간병인들과 교회의 나이 드신 권사님들의 이야기를 종합해 볼 때 한결같이 80이 넘은 어머니의 항암치료에 대해서는 부정적이었다. 어머니 침상으로부터 대각선에 있는 40대 말의 여자 분은 서울 어느 중학교 교감 선생님이셨단다. 평소 잘 걸어 다녔는데 항암 치료를 받고 나서 벌써 한 달째 기동을 못하고 있었다. 그 분은 어머니가 항암치료를 시작할 것이라는 소식을 듣고 많이 염려해 주셨다.

나는 하나님께 기도드렸다. 항암치료를 받는 것과 항암치료를 하지 않고 그냥 여생을 보내는 두 방법 중에 어떤 결정을 해야 좋은지를 알려달라고 매달렸다. 오로지 신의 절대적인 은총이 필요했다. 배가 고파 죽을 지경이 되었을 때 그냥 하늘에서 뚝 떨어지는 감과 같은 지엄한 자의 은총 말이다. 어젯밤 어머니 곁을 지키고 아침에 식사하시는 것을 본 후 여동생과 교대했다. 여동생에게는 내가 회사 가고 없는 사이에 의사가 항암치료를 하자고 하면 당분간 결정을 보류해 달라 말하라고 당부해 두었다.

여동생은 가능한 빨리 항암치료를 하는 것이 좋다는 의사의 말을 전했다. 어린 아이들이 있는데도 매일 병상을 지켜야 하는 여동생이 불쌍하다는 생각이 들었다. 그리고 생의 마지막 순간, 암을 만나 고통을 당하는 어머니를 생각하니 숨 쉴 수 없을 정도로 가슴이 아파 왔다.

생을 마감하는 순간들은 늘 이렇게 괴로운 것인가.

인생의 종착역은 늘 이렇게 쓸쓸한 풍경인가.

#면도날

여동생과 교대해 주려고 서둘러 퇴근했는데, 여동생의 표정이 심상치 않다. 어머니가 면도날을 하나 구해 달라고 했다는 것이다. 나는 이미 머릿속으로 온갖 불길한 상상을 하고 있었다. 어머니에게 왜 면도날이 필요하시냐고 따져 물었다. 어머니는 오히려 "그저 하나 구해주면 되지, 왜 이리 귀찮게 구느냐"고 역정을 내신다. 뇌경색 환자이기도 한 어머니가 특유의 공격적 성향을 드러내는 것 같아 마음이 편치 않다.

어머니는 나의 계속되는 다그침에 마지못해 대답하셨다. 부산 집에 내려가서 어머니가 덮던 이불 호청을 뜯어내려 하신다는 얘기다. 내가 대신 뜯어드리겠노라고 말씀드렸더니 불편한 심기를 내보이셨다.

주변에서는 항암 치료를 극구 말렸다. 누구는 폐암 환자에겐 개고기가 최고이니, 개 농장에 가서 제일 좋은 놈을 잡아 고기는 먹고 나머지는 개소주를 만들어 장복하면 좋다고 했다. 일전에 어머니 병실에 같이 계시던 부산 아주머니는 말기 암 판정을 받고 5년 동안이나 목숨을 이어 올 수 있었던 비결이 무, 무청, 표고, 우엉, 당근을 삶은 물이라고 했다. 집에서 삶으면 금세 쉬어 버리니까 중탕집에 가서 포장을 해 냉동실에 넣고 먹으면 된다고 구체적인 방법까지 알려 주었다. 내 마음은 자꾸 흔들렸다. 그러나 어떻게든 내가 결정을 내려야 했다. 항암 부작용으로 걷지도 못 하는 환자를 보며 차라리 개고기와 푸성귀 삶은 물로 치료해 보겠다는 쪽으로 마음을 굳혔다. 이즈음에 외삼촌이 폐암 진단을 받았다는 사실을 알게 되었다. 나도 폐암에 걸릴지 모른다는 생각에 겁이 났다. 옆에 있던 다른 환자의 간병인이 어머니 약을 해드리면서 아드님도 함께 먹는 것이 좋겠다는 조언을 해주었다.

나는 어머니께 부산에 내려가는 문제에 대해 애기를 꺼냈다. 어머니는 만사가 귀찮은 듯 말문을 열지 않으시다가 형수가 시집올 때 가져온 솜이불과 어머니 옷가지, 젓갈, 된장, 간장 등을 처리해야 한다고 하셨다. 어쩌면 어머니는 거짓말을 하고 있을지도 모른다. 설마 그런 사소한 것들 때문에? 자꾸 면도칼을 구해달라는 어머니의 말씀이 떠올랐다.

여우도 죽을 때는 고향을 향해 머리를 둔다는 말이 있다. 혹시 서울로 파주로 자식들 고생시키며 떠돌지 않기 위해서 고향에 내려가서 혼자 일을 저지르려는 것은 아닐까? 어머니는 충분히 그렇게 하고도 남을 분이었다.

어머니를 부산으로 모시고 가기 위해 여름휴가를 내었다. 더운 대낮에 환자인 어머니를 싣고 가다가 무슨 변이 생길지도 모른다는 우려 때문에 새벽에 출발하기로 했다. 어머니가 사시는 부산 만덕동은 주거환경 개선사업으로 보상과 더불어 주민 이주가 진행되고 있었다. 폐암에 걸려 목숨이 위태로운 상황에서 37년이나 살던 정든 집마저 철거당하는 일을 겪게 된 것이다. 어머니는 그 집과 함께 이 세상과의 한 많은 인연을 끝내고 싶다 하셨다.

어머니의 고향은 충남 보령이다. 아버지 직장을 따라 부산으로 내려 와 부산에서 자식들을 키웠고, 아버지를 사고로 먼저 보낸 후에는 홀로 지내셨다. 부산은 어머니에게 제2의 고향이다. 만덕의 어머니 집으로 인해 형님의 고생은 이만저만이 아니었다. 주말이면 늘 혼자 사시는 병든 어머니 댁을 찾아가 시중을 들어 왔다. 나는 이번 기회에 아픈 가족사가 묻혀 있는 만덕 집을 정리하고 싶었다. 어머니의 상처도 형님의 고달픈 삶도 끝내는 계기가 되기를 바랐다.

만덕에 대한 나의 아픈 기억도 함께…

인생도 일회용이다

병실의 잠은 질이 낮다. 새벽 4시 30분 경 눈이 떠져 간단히 샤워를 하고 요기를 하기 위해 병원 밖으로 나갔다. 새벽녘이라 선선할 것으로 생각했는데 오산이었다. 하루 종일 달구어진 땅은 그 기세를 쉽사리 꺾지 않아 한증막이었다. 냉방이 되고 있는 암센터 건물 내부는 오아시스였던 셈이다.

24시간 영업한다는 감자탕 집은 불이 꺼져 있다. 편의점에서 참치 죽과 삶은 계란 2알, 우유 하나를 사서 병원으로 돌아왔다. 병원 배선실 전자레인지에 참치 죽을 데우는데 어떤 아주머니 한 명도 음식을 데우고 있었다. 누가 아프냐고 했더니 자기는 간병인이라고 한다. 밥을 먹지 못하는 환자가 측은해 자기가 먹는 음식을 조금 주어 보았더니 놀랍게도 그것은 받아먹더라고 한다. 고구마도 삶아 주고 이것저것 해주다 보니 비용이 만만치 않다는 것이다. 왜 돈을 받지 않냐고 했더니, 애초에 돈을 받기 위해 한 일이 아니라는 대답이 돌아왔다.

그녀가 돌보는 환자는 65세의 할머니였다. 딸이 두 명 있는데 한 명은 미국에 있어 못 나오고, 한 명은 시가 어른도 암에 걸려 정작 암에 걸린 친정어머니는 돌보지 못하게 되었다는 것이다. 그 간병인은 자신의 환자가 가여워 잘 해주지 않을 수 없다고 말했다.

간병인은 암에 걸린 자기 친구를 비롯해 자기가 지켜본 암환자들의 이야기를 들려주었다. 유방암에 걸린 한 친구는 항암치료를 받고 고통스럽게 사느니 그냥 제명대로 살다가 죽겠다며 그 길로 막걸리를 삼시 세끼 먹었는데 암이 다 완치되었다고 했다. 그게 10년 전 이야기란다.

이야기 도중 끼어든 오십 줄의 젊은 암환자는 자기가 아는 사람도 시한부 기간을 넘기고 강원도 산골에서 5년째 살고 있는데, 환자에게 맞는 음식을 찾는 게 관건이라고 입심을 자랑했다.

팔순 노모의 항암치료를 앞두고 있는 나에겐 솔깃한 애기가 아닐 수 없었다. 그러나 결정을 내리기는 쉽지 않았다. 나는 결국 기도할 수밖에 없었다. 인간은 나약하고, 그 나약함으로 인해 절망하는 존재들이다. 암센터에 입원해 있는 암환자들이나, 먹고 살겠다고 암센터 주변에 식당이나 편의점을 연 사람들이나, 환자 가족에게 접근해 건강식품을 팔려는 사람들이나 다 똑같다. 모두가 시한부로 살고 있는 일회용 인생들이다.

면도기만 일회용이 아니라, 삶 자체도 일회용이다. 우리는 왜 일회용에 그렇게 기를 쓰고 집착할까? 손님을 한 명이라도 더 받기 위해 새벽에 문을 연 상점의 주인들은 자신들도 언젠가는 죽을 것이란 것을 생각할까? 아니 지금도 조금씩 죽어 간다는 사실을 인식할까?

세상이 온통 다 아이러니다. 천신만고 끝에 '이제 좀 살만하다' 하면 암이 찾아오거나 부도가 나 삶의 터전이 풍비박산 돼버린다. 그날 나는 새벽 거리를 걸으며 생의 유한성에 서러움이 솟구쳤다. 그 서러움은 새벽안개처럼 코밑을 파고들며 한참이나 내 발걸음을 어지럽혔다.

#넘쳐나는 소문

이 곳 암센터는 특이하게도 환자를 오래 잡아두지 않는다. 다른 대학병원처럼 복잡하지 않다, 조용하다, 비용이 저렴하다, 병원들을 돌고돌아 오는 종착역이다, 사람들의 이야기는 날마다 넘쳐났다. 병원 보호자들이 이용하는 찬방에서 만난 사람들의 이야기는 끝이 없다.

환자나 보호자가 가장 듣기 싫어하는 얘기가 "환자를 위해 더 해 줄 것이 없습니다. 퇴원하셔도 좋습니다."이다. 이 곳 암센터는 적어도 환자를 붙잡아두고 죽기 전까지 이런저런 시험을 하는 등의 폐단은 없는 것 같았다. 필요하면 외래로 와서 항암주사, 방사선, 수술 등을 마치고 집으로 가 일상생활 속에서 몸을 추스르고, 암과 더불어 살아가라는 얘기다.

조리실에 들어서니 한 무리의 여자들이 얘기를 하고 있었다. 그 중 남편이 암환자라는 한 여자는 1인실에 방이 없어 3일을 기다려

40

겨우 5인실에 올 수 있었는데, 며칠 지나지 않아 퇴원하라는 얘기를 들었다고 했다. 남편은 병원비를 안 내는 것도 아니고 병원 방침에 위배되는 짓을 한 것도 아닌데 왜 나가라고 하냐며 눈물을 글썽였다고 한다. 그녀의 남편은 자신을 강제로 퇴원시킨 후, 호스피스 기관으로 보내려 한다고 의심했던 것이다.

이 병원의 유명세와 편리함이 입에서 입으로 전해져 암센터를 찾는 사람들이 늘어나고 있는 추세였다. 1인실 입원료는 대략 17만 원, 5인실의 경우는 3천 원 수준이다. 한 끼의 식비가 4백 원 선이니 특별한 검사나 시술이 없다면 하루 1만 원이면 치료가 가능한 것이다. 그래서 그런지 환자들은 병실에서 나가려 하지 않았다.

병원의 입장에서는 굳이 입원할 필요가 없는 환자들을 내보내지 않을 경우, 몰려드는 환자들을 받을 수 없으며 운영이 어려울 것이었다. 어제는 방값만 30만 원이라는 특실을 잠깐 엿볼 기회가 있었는데, 4인실 병실을 혼자 쓰는 정도의 크기였다. 돈이 있는 사람들은 특실이나 1인실을 선호하겠지만 의사들은 오히려 5인실의 환자에게 더 많은 애착을 가지고 있을 거란 근거 없는 생각을 해보기도 했다. 그런 생각을 가진 이가 진정한 명의가 아닐까?

흰 죽이 나왔다. 반찬으로 나온 납새미(가자미의 경상도 사투리) 한 토막을 손으로 찢어 수저 위에 올려 드렸다. 어릴 때 어머니가 그랬던 것처럼. 사람은 서로에게 의지하고 살아간다. 나의 유년을 성(城)과 같은 어머니가 지켜주었다면, 지금 팔순의 병든 노모는 못난 아들놈이 지켜주고 있다.

신세 지고 신세 갚고 사는 것이 우리의 삶이다. 나름대로 이런 저런 사연들이야 다 있겠지만 나는 결코 배신자가 성공하는 것을 보지 못했다. 정치든 기업이든 다 마찬가지다. 자신을 낳고 기른 고향 언덕과 같은 존재를 감사하게 생각하지 않으면 사람들에게 존경받을 수가 없다. 배신하는 사람이 되지 말자는 것이 내 생의 모토였고, 내가 가장 감사하게 생각해야 할 대상은 바로 나의 어머니가 아니던가. 아내에게 전화해 이제 갓 초등학교에 들어간 늦둥이 딸아이를 데리고 오라고 하였다. 어머니께 손녀의 재롱을 보여드리고 싶었기 때문이다. 하지만 어머니는 이런 위문 행사를 탐탁찮아 하셨다. 병든 할머니 때문에 어린 것 까지 고생시킨다는 마음에…

병실에서 잠깐 눈을 붙이고 출근길에 올랐다. 자유로를 달리는 자동차 안, 찬양 CD를 틀자 '오늘 나는'이라는 노래가 흘러나왔다. 나는 고막이 찢어질 정도로 볼륨을 높였다. 정신없이 그 노래를 따라 부르던 중 주체할 수 없이 눈물이 터져 나왔다. 내 눈물샘이 이렇게나 깊었나. 나는 바로 선글라스를 쓰고 눈물을 가렸다. 그동안 어머니를 간병하며 느꼈던 마음의 고통이 한계에 다달은 건지 모르겠다. 차 안이라는 사적인 공간으로 인해 눈물은 더 거침없이 흘러내렸다. 사람이 세상을 살며 부딪치는 고통과 존재의 나약함이 서러워 나는 그렇게 울고 또 울었다.

내가 먼저 손 내밀지 못하고 내가 먼저 용서하지 못하고
내가 먼저 웃음 주지 못하고 이렇게 머뭇거리고 있네.
그가 먼저 손 내밀기 원했고 그가 먼저 용서하길 원했고

그가 먼저 웃음주길 원했네 나는 어찌된 사람인가.

아, 간교한 나의 입술이여. 아, 더러운 나의 마음이여.

왜 내가 먼저 져 줄 수 없는가. 왜 내가 먼저 손해 볼 수 없는가.

오늘 나는, 오늘 나는 주님 앞에서 몸 둘 바 모르는 채 이렇게

흐느끼며 서 있네. 어찌할 수 없는 이 맘은 주님께 맡긴 채로.

— 가스펠콰이어 〈오늘 나는〉 가사

직장인 신촌으로 가기 위해 합정역 쪽으로 들어오자 대로변에는
하의실종 패션의 아가씨들이 거리에 서있다. 나에게도 분명히 저
렇게 자유분방하던 시절이 있었다. 인생은 고해, 즉 소금 바다처럼
쓰다고 한다. 아랫도리를 철없이 다 드러낸 저 아가씨는 소금 바다
를 알까. 결국 세월이 저 미끈한 다리에서 힘을 빼고 근육의 양을
줄여 휘어지거나 쓰러지게 만들고 말 것이라는 생각이 들었다.

젊음도 사랑도 한 때의 아름다운 환상이다. 이 땅의 모든 것이 유
한하다. 그래서 이렇게 애절한지도 모르겠다. 천국이 있다 하지만
따스한 햇살이 비추고 계절마다 이름 모를 꽃들이 다투어 피고 지
는 이 땅도 나쁘지 않다. 그러니 우리는 조금 더 사랑하고 베풀며
살아야 하리라. 생의 황혼이 안개처럼 스며들기 전에…

#추억을 찍다

휠체어에 어머니를 태우고 암센터 뒷길을 천천히 걸었다. 누군가 화단에 토마토, 고추, 상추를 심어 놓았다. 나는 휠체어를 잠깐 세워놓고 어머니께 그 모습을 보여드렸다. 나는 핸드폰을 꺼내 어머니의 사진을 몇 장 찍었다. 내친 김에 어머니와의 대화도 녹음했다. 후일 어머니를 추억하기 위해서다. 어느 고매한 스님은 입적하시면서 이 땅에 남겼던 흔적들을 다 없애라 하셨다지만, 불효자인 나는 이 정도의 증표라도 남기고 싶었다.

산책길에서 7월에 벌써 핏빛 단풍이 든 나무를 보았다. 마치 어머니가 살아 온 격정의 세월을 보는 것 같았다.

어머니는 시로 표현할 수 없다.
그 기가 막히는 사연들을
단 몇 줄로 마감할 수 없다

빚쟁이를 피해 다니던 골목길과

쌀을 빌리러 간 새벽에 대하여

어머니에게는 변호가 필요하다

그 수모와 눈물의 세월을

무정한 말로 다 표현할 수 없다

어머니는 몇 줄로 묘사할 수가 없다

그 분에 대한 예의가 아니기 때문이다

목숨 다할 때까지 추억하며

반성해야 하기 때문이다

어머니는 성자며, 살아있는 예수다

무능한 남편과 자식을 위하여

숯검댕이처럼 새까맣게 태우며

세월을 넘은 바로 그 사람, 예수

— 당신은 예수

토요일, 회사를 마치고 병실로 돌아오니 늦둥이가 병실에 웃음꽃을 피게 하고 있었다. 옆 침상의 환자들도 미소를 짓고 있었다. 오후 4시가 넘자 병원이 지루해진 늦둥이는 병실 유리창 너머 보이는 유치원에 놀러가자고 졸라댔다. 잠깐 나갔다 올까 생각하다가 마음을 바꿨다. 어머니께 아내와 아이를 집에 데려다주고 오겠다고 말씀드렸다. 내가 어머니 곁을 지키고 있으니 여러 명이 고생할 필요가 없었다. 병원 밖은 여전히 불볕 더위였다. 아내와 늦둥이는 버스 정류장까지 한참 걸어 나가야 하고, 버스에서 내려서도 15분은 족히 걸어야 했다. 내가 잠시 차로 집까지 데려다 주기로 했다. 집에 간 김에 속옷도 갈아입고 배달된 우편물도 챙겨 가지고 돌아올 심산이었다.

급하게 집에 들어서는 내 눈에 식탁 위의 종이 한 장이 눈에 띄었다. 아내의 낯익은 글씨…

작은 아들, 시누, 딸… 항암치료, 두 번 죽이는 것, 며느리 1년만 효도, 영혼 구원…

그 글들과 차 안에서 했던 아내의 말이 겹쳐졌다. 아내는 어머니가 몇 년 더 사시는 것보다 어머니의 영혼을 구원하는 일이 중요하다고 말했다. 나는 아무 말도 하지 않은 채 듣고만 있었다. 아내는 신앙인으로 진정 무엇이 중요한지를 이야기하고 있었다. 사람이 죽을 때가 되면 영적인 전투가 치열한데, 어찌 하든 어머니를 천국으로 가게 해드려야 하지 않겠느냐는 말이었다. 그 말에 수긍하며, 아내가 건네준 영혼 구원에 대한 책자를 받아 병원으로 돌아왔다.

어머니는 홀로 식사를 마치고 식기까지 반납하신 상태였다. 마누라, 새끼들과 함께 있느라 암 환자인 에미 식사도 챙기지 않는다 타박하실 것 같았다. 집에 들러 속옷을 갈아입고 왔다고 변명을 하며, 혹시 휠체어 타고 바람 쐬러 가시지 않겠냐고 여쭈어 보았다. 어머니는 밖이 추우면 어쩌냐고 걱정하셨다. 어머니는 추위를 몹시 타셨다.

성경에 나오는 다윗왕의 이야기가 떠올랐다. 다윗왕은 말년에 펄펄 끓는 방에서 두꺼운 솜이불을 덮고도 추위에 떨었다고 한다. 젊은 날의 열정과 활기라는 생의 엑기스가 다 빠져나갔기 때문일 것이고 죽음이 가까워졌다는 이야기가 되리라.

다행히도 어머니는 불어오는 바람이 시원하다고 하셨다. 나는 어머니에게 항암치료 이야기를 꺼냈다. 어머니는 그냥 의사 말을 들어야 한다고 생각했는데, 주변에서 모두 말리니 어찌할 바를 모르겠다고 하셨다. 어머니에게 팔순이 넘으신 분들이 항암치료를 받는 경우는 거의 없다고 조심스럽게 말씀드렸다. 병원의 입장에서는 항암치료를 해야 운영도 될 것이고, 나이 드신 분들에게 항암치료의 효과가 어떻게 나타나는지 실험도 해보고 싶어 권하는 것이란 내 나름의 추측을 말씀드렸다.

그러면서 어머니도 알고 계시는 장로님의 이야기를 들려 드렸다.
그 분은 육십이 갓 넘어 간암에 걸렸다. 처음 병실을 찾았을 때 장로님은 연중 웃으시며 여유를 보였고 헤어질 때 악수를 했는데 손아귀 힘이 보통이 아니었다. 암이 아무리 무서워도 그 장로님만은 이겨내시리라 믿었다. 그런데 항암 치료가 계속되면서 장로님은 기운을 차리지 못하셨고 더군다나 음식을 입에 대지 못 하셨다고 한다. 결국 장로님은 십 일 동안 아무것도 드시지 못하고 돌아가셨다. 장로님은 암으로 죽은 것이 아니라 굶어서 죽은 것이다.
어머니에게 이 말씀을 드리면서 '환자에게는 개고기가 그렇게 좋다고 하니 개고기를 사서 장복하고 민간 치료하면서 자식 손자와 함께 사시면 안 되겠냐'고 여쭈었다. 어머니는 "그래, 개고기라도 많이 먹어야지."라고 말씀하시며 항암치료 포기에 대한 섭섭함을 어루만지고 계신 듯 했다. 이러지도 저러지도 못 하는 답답함이 지루한 장맛비처럼 계속되고 있었다.

그칠 줄 모르는 사랑

새벽녘 잠결에 누군가의 손길이 느껴졌다. 뇌경색에 폐암에 대장까지 좋지 못한 어머니, 걷지도 잘 못하는 그 분이 자식에게 이불을 덮어주려고 침대에서 내려오신 것이다. 부모의 사랑은 어디까지일까? 끔찍하도록 일관된 사랑이다. 일요일 새벽 5시에 일어나 병실 샤워장에서 샤워를 하고 몰래 병원을 빠져나왔다. 나의 직장은 교회다. 수 천 명 교인들은 나의 동료이자 지엄하신 상관들이다. 어린아이에서 노인에 이르기까지 나에게 월급을 주는 지엄하신 분들이다. 나는 내 일에 늘 감사했다.

　사람들은 교회에 할 일이 뭐가 있느냐고 하지만 교회를 직장으로 둔다는 것은 생각보다도 쉬운 일이 아니었다. 눈도 많고 입도 많아 바람 잘 날이 없는 용광로 같은 곳이었다. 지극히 다양한 지체들이 모여 오로지 사랑 하나를 실천해 보자고 다짐하는 공동체가 아니던가. 때로는 인간으로서의 이기심과 정욕을 떨쳐버리기 힘들어 눈물짓기도 하고, 자신의 나약함에 절대자의 긍휼을 사모할 수밖에 없다.

홍대 전철역 앞에서 신호 대기를 하고 있는데, 근처 클럽에서 한 무리의 젊은이들이 쏟아져 나온다. 그래, 그대들은 젊음을 누리고 이 순간을 즐기면 된다. 시간이 흐르면 그대들도 가정을 가지고 부모가 될 것이다. 팍팍한 세상의 봉우리를 넘고 물살이 센 시내도 건너야 할 것이다.

밤새 놀다 거리로 쏟아져 나온 저들이나, 암 환자인 노모를 간호하다 출근을 하는 나나 모두 가련한 존재들이다. 그 여정과 역할이 다를 뿐, 우리는 모두 '죽음'이라는 종착지를 향해 걸어가고 있다.

운명의 시간들

어머니는 갈수록 수척해지셨다. 몸이 야위어 가면서 마음도 약해지시는 것 같았다. 자신이 중증 암 환자라는 것, 항암치료도 어려운 팔순의 노인이라는 것, 그리고 장기마저 좋지 않아 배변을 할 때마다 피가 쏟아진다는 것, 이 모든 것으로 인해 어머니는 영육의 쇄락을 직관하셨다. 저렇게 기력이 떨어져서야 부산으로 내려가 살림살이를 정리하고 다시 파주로 돌아올 수 있을까?

사는 것은 기 싸움이라는 말이 있다. 기가 팽팽하게 살아있는 삶은 아직 희망이다. 게다가 밥까지 먹을 수 있다면 더 바랄 게 없다. 만물의 영장이라는 사람이나 짐승이나 이런 면에서는 매한가지다. 모든 생명 있는 것들은 생명을 소진하며 살아간다. '끝'이 있음을 알면서도 현실에 집착하며 더 가지기 위해 다툼을 벌인다. 사람들은 그렇게 쓰러지고 있다.

천년을 푸르른 나무들처럼

늘 당당할 수 있나.

부서지고 쓰러지고

후회하고 눈물 짓는다.

변함없는 사람의 성정

잡으면 휘두르고 싶고

놓치면 다시 잡고 싶어 하는

이 땅에 생명으로 불리는

모든 이름들이 안쓰럽다.

홀로된 인생 좌절한 인생들이

지천에서 우우 소리를 낸다.

별스런 일도 아니다.

쓰러지니까 사람이다.

— 그래도 사람이다

#내가 사랑해야 할 여자들

아침에 병실에서 밤을 지새운 여동생과 교대를 해 주기로 되어 있었다. 아내는 늦둥이를 서울에 있는 교회의 여름성경학교에 데려다 주고 다시 파주 집으로 와서 시장을 보고 집 청소를 해야 했다. 오늘은 어머니가 퇴원해서 잠시 집으로 돌아오시는 날이다.

아침이 되자 먹구름이 몰려와 금세 소나기가 쏟아질 것 같았다. 아내 대신 내가 아이를 데려다 주고 다시 암센터로 가야 했다. 내가 서두르지 않으면 어머니 혼자 아침을 맞아야 하기 때문이다. 어머니 혼자 밥상을 받고 식사를 마치고 퇴실을 한다는 것은 힘겨운 일이다. 그리고 그 나이에 간병인이나 보호자 없이 지낸다고 하는 것이 창피스럽기도 할 것이다.

나에겐 어머니도 소중하지만, 손녀딸과 같은 늦둥이 딸을 데리고 시어머니를 간호하게 된 아내도 소중했다. 오늘 아내와 나는 몸이 부서져라 움직여야 할 것이다. 아내를 그냥 교회로 보내면 아이

와 함께 전철역까지 가는 길이나 교회로 가는 길에 생쥐처럼 비에
젖을 것이란 생각이 들었다. 나에게는 이렇게 사랑을 나누어 주어
야 할 여자들이 많다. 늦둥이를 포함한 두 딸과 여동생, 아내와 어
머니…

　하지만 아내는 어머니와 두 딸과 여동생들과 나누어 주는 사랑에
늘 목말라 했다. 그녀는 당연히 한 접시에 가득 담긴 일인분의 사랑
을 원했다. 유행가 가사처럼 아내는 오로지 ‘나 하나 만을 위한 사
랑’을 독차지 하고 싶었을 것이다.
　내가 늦둥이를 교회에 데려다 주고 허겁지겁 병원으로 들어서니
여동생이 내가 오기를 기다리고 있었다. 여동생도 홀로 남겨질 노
모를 생각해 차마 자리를 뜰 수 없었던 모양이었다.

＃줄다리기

아침에 대장 내시경을 했는데 궤양 소견을 보였고, 상세한 검사 결과는 일주일 뒤에 와서 들으라고 한다. 나는 간호사에게 어머니가 점심을 드시고 퇴원할 것이며, 항암치료를 전제로 한 외래 일정은 잡지 말고 통상적인 예약만 해달라고 부탁했다.

점심까지 기다리려면 1시간 반은 더 있어야 했다. 병원 밖 국수집이 있었는데 비빔국수를 잘 했다. 그러나 아내는 여동생이 아침을 못 먹었을 것이므로 외래환자 식당으로 가는 것이 좋겠다고 했다. 그러자고 했다.

최근에는 나의 바람이 아니라 타인의 바람을 위해서 살아야겠다는 생각을 많이 한다. 나보다는 다른 사람들을 위하는 삶을 살리라고 다짐했다.

퇴원하면서 그간 20여 일 동안 정이 든 병실 사람들에게 일일이 인사를 했다. 모두 암 환자였다. 오늘 5인실에서 3명이 퇴원한다.

중학교 교감 선생님이었다는 40대 말의 여자 환자와 칠순의 울산 아줌마, 또 한 명의 여자 환자와 일일이 인사를 나눴다. 이 병원에서 20여 일의 입원은 상당히 긴 기간이었다. 치료비가 저렴하기 때문에 입원하려는 환자들이 줄을 섰다고 한다. 오늘 아침에도 의사 한 명이 이곳에서는 더 해줄 것도 없고, 여기는 여관이 아니라며 퇴원하지 않으려는 환자에게 호통을 쳤다고 한다.

그렇게 병원과 환자는 줄다리기를 하고 있었다. 환자와 보호자들은 병원 운영을 위해 그러는 거라고 수군거렸다. 오해일 수도 있으나 그 사정이나 진위는 알 방법이 없었다.

#철거해야 하는 베이스캠프

어머니를 퇴원시켜 집으로 돌아오는 길에 아내와 시장에 들러 채소와 통닭, 과일 등을 샀다. 저녁 식사를 드리고 한숨 주무시게 한 후, 날씨가 선선한 새벽 3시경 부산으로 출발할 생각이었다. 뉴스에서는 폭염으로 비닐하우스와 밭에서 일하던 노인들이 변을 당했다는 방송이 나왔다.

생각해 보면 부산은 진즉에 정리하고 떠나야 할 곳이었다. 부산의 만덕집은 나이 든 어머니의 몸처럼 아픈 곳이 많았다. 철철이 페인트칠에 방수에 보수공사를 해야 했다. 한마디로 밑 빠진 독이었다. 겨울이 오면 추위를 몹시 타는 어머니로 인해 자식들은 오르는 기름 값을 걱정해야 했다. 40여 년 전 철거민 이주단지로 조성된 만덕동은 노후화 되어 다시 철거가 될 예정이었다. 이곳 사람들은 다 이사 가고 어머니가 '불개미집', '노씨네', '한복집', '예수쟁이 아줌마'라고 부르는 사람들만 동네를 지키고 있다. 그곳에서 대학원까지 마친 나는 어쩐지 그 동네가 싫었다.

 나는 어머니에게 만덕집은 어차피 철거가 될 것이고 어머니 병세
가 위중하니 어머니의 마지막 순간까지 파주에서 내가 모실 것이
라 말씀드렸다. 만덕집에서 생의 마지막을 보내겠다고 고집 부리
던 어머니는 나의 집요한 설득에 마지못해 동의를 해주었다.
 3년 전, 어머니가 한 평생 고집하던 비녀 머리를 자르고 파마를
하던 때도 비슷했다. 머리를 자르라고 말씀드린 때부터 무려 15년
이나 지나서야 어머니의 머리 스타일을 바꿀 수 있었던 것이다. 어
머니는 그렇게 자신의 뜻대로 살아오신 분이다. 남이 해주는 음식
도 잘 드시지 않았으며 당신이 그저 간단히 간을 맞추기만 하여 끼
니를 해결하셨다.
 밤이 깊어 갔다. 런던 올림픽 중계를 보기 위해 불을 밝힌 집이
많았지만, 내일 새벽 3시에 일어나 부산으로 가려면 일찍 자야만
했다. 나는 여름휴가 일주일을 부산의 만덕집에서 보낼 예정이다.
그곳에서 우리 가족의 37년사를 추억할 것이며, 어머니 옆에 나란
히 누워 밤하늘의 무수한 별을 바라보며 우리 가족 앞에 닥칠 삶의
행로를 위해 기도할 생각이다.
 사람의 일은 사람의 뜻대로 되지 않는다. 단지 마음을 비우고 겸
허히 살 뿐이다.

에어컨 고쳐 두기를 잘했다. 지난 번 서울로 가지 않겠다는 어머니를 강제로 모시면서 형님의 차를 몰고 왔다. 형님은 차가 없어 내내 불편했을 것이다. 그런데 형님 차의 에어컨이 가동되지 않았다. 카센터에서는 수온센서, 배관, 에어컨 필터가 고장이 났고 관리를 안 해 차의 상태가 엉망이라고 하였다. 부산까지 어머니를 모시고 갈 생각에, 거금 30만 원을 들여 차를 싹 수리했다. 수리한 에어컨은 1단만 틀어도 시원한 바람을 쏟아냈다. 형님 차에는 내비게이션이 없어 내가 형님 차를 사용하는 동안 내 차에 있던 내비게이션을 달고 다녔다. 이 상태 그대로 형님에게 차를 반납할 예정이다.

나는 도라지 삶은 물, 과일, 야채죽을 준비했다. 이제 몇 시간 후면 나는 부산을 향해 달릴 것이다. 어머니의 살림살이들을 모두 정리하고 돌아올 것이다. 이것은 어머니의 소원이기도 하지만, 늘 어

머니 곁을 지키던 형님과 여동생의 아픔까지 씻어주는 일이다. 우
리 형제들은 머리부터 발끝까지 각인되어 있는 만덕동 옛집에 대
한 아픈 가족사를 지워야만 한다.
　그것은 각자의 인생에 놓인 꽤 큰 트라우마였으므로…

#어머니, 저 노래 잘하죠?

새벽 3시 40분, 아내의 배웅을 받으며 부산으로 출발했다. 몸이 극도로 쇠약해진 어머니는 기차나 비행기로 이동하기 어려웠다. 유일한 이동 수단은 자동차뿐이었다. 차 안에 베개와 이불을 준비해 어머니가 쉬실 수 있도록 했다.

새벽녘 하늘엔 아직 달이 있었다. 나는 가능한 어머니가 주무시는 동안 부산으로 달려가고 싶었다. 어머니가 단잠에서 깨시면 "어머니가 그리도 오시고 싶어 하던 만덕집에 다 왔어요."라고 말씀드리고 싶었다. 마음이 급했다. 자동차의 속도계는 시속 160km를 가리켰다. 주유를 하기 위해 단 한차례만 쉬었을 뿐이다.

칠곡을 지날 때 쯤 어머니가 잠에서 깨셨다. 차창 밖을 응시하는 어머니의 눈망울은 초점이 없었다. 총기 가득하던 그 눈망울은 어디로 갔는가? 나는 어머니 앞에서 위문공연이라도 하듯 큰 소리로 노래를 불렀다.

"어머니 저 노래 잘 하죠?"라고 여쭈었더니 "모르겠다."라는 무
심한 대꾸가 돌아온다. 팔순의 노모와 쉰 살의 아들이 차를 타고 고
향 집으로 가고 있다.

차가 고향에 가까워지자 불쑥 한 동네에서 살던 상철이라는 친구
가 생각났다.

그 친구의 젊은 시절은 위태로웠다. 어린 나이에 부모님을 모두
병으로 떠나보내고, 알콜 중독인 형님이 이혼 당한 후 암으로 죽는
것을 지켜봐야 했다. 그에겐 인생의 폭탄들이 일찍 터져버린 것이
다. 인생은 폭탄놀음이다. 상철이에겐 20년 전에 터진 가족사란 폭
탄이, 지금 내 앞에서 카운트다운을 하고 있는 것처럼 느껴졌다.

#어떤 귀향

부산 구서동 톨게이트를 빠져 나올 무렵, 나는 차의 창문을 활짝 열
며 어머니에게 호들갑스럽게 말을 걸었다.

"어머니, 드디어 부산에 왔어요. 공기부터 다르지요?"

어머니는 혼잣말처럼 두런거리셨다.

"그래, 왔구나. 사람들이 죽지도 않고, 참 질긴 노인네라고 하겠
다."

지금 집에 들어가 봐야 먹을 것이 없다는 데 생각이 미쳤다. 어머
니는 시간 마다 드셔야 할 약이 있고 약을 먹기 위해서는 무엇이라
도 드시게 해야 했다.

만덕동 입구 24시간 순대국 집에 앉아 어머니는 둘째 며느리가
싸준 야채죽을 드시고, 나는 순대국 한 그릇으로 아침을 해결했다.
이제 만덕 집으로 가 세간을 정리하고 어머니가 쓰시던 이불과 옷
가지며 간장과 묵은 김치, 젓갈 등을 퍼 담아 내가 사는 파주로 부

쳐야 했다. 그리고 철거가 진행 중인 마을에서 아직 이사를 하지 않은 몇몇 이웃들을 만나 이별의 시간을 갖고, 전기와 수도를 끊는 등 복잡한 철거 절차를 마쳐야 했다.

차가 밀양쯤 진입했을 때, 형님에게 전화했다. 형님은 오늘이 근무 날이니 자신의 회사가 있는 송도로 올 수 있냐고 물었다. 나는 부산에 와서 꼭 만나고 싶은 선배가 있었다. 그 선배는 예전 같은 회사에 다니던 신 이사였다. 지금은 정년퇴직을 하고 조경기능사 자격을 따서 공원이나 도로변 등에 조경공사를 하는 구청 소속 일용직 품꾼이 되어 있었다.

전화 몇 통화 끝에 신이사와 연락이 되었다. 나는 신이사와 송도 해수욕장에서 저녁 7시에 만나기로 약속한 후, 형님께도 연락 해 그때 함께 만나기로 했다.

집으로 돌아와 한결 편해 보이는 어머니께 오늘 저녁에 형님 만나러 나갔다가 내일 아침 10시경 형님과 함께 집으로 돌아오겠다고 말씀드렸다. 어머니는 걱정 말고 그리 하라고 하셨다.

나는 지금부터 짐을 정리해 파주로 보내는 작업을 해야 한다. 저녁 약속 시간 전까지 부지런히 정리하리라 다짐했다. 하지만 37년 살림살이는 보는 것만으로도 숨이 막혔다. 시작도 하기 전에 막걸리라도 한 사발 마시고 싶은 충동이 일어났다. 어머니는 형님이 오면 함께 하라고 하시지만 밤잠도 못 자고 야간근무를 한 형님에게 또 일을 시킬 수는 없었다.

남자는 여자를 이길 수 없다

동네에 어머니가 왔다는 소식이 전해졌다. 하나 둘 사람들이 모여 들었다. 과거에 불개미 장사를 했다고 '불개미'라고 불리는 아주머니가 찾아왔다. 그녀는 어머니를 보자마자 울었다. 자신의 어머니가 온 것 보다 더 기쁘다며, 다시는 볼 수 없을 거라 생각했다며 계속 울먹거렸다. 불개미 아주머니가 가져온 오이, 가지, 호박을 아랫집 사는 예수쟁이 아줌마가 반찬으로 만들어 가지고 오겠다며 들고 나갔다.

　나는 냉장고부터 정리했다. 냉장고 문을 열자 온갖 썩는 냄새가 진동했다. 2달 전부터 냉장고에 있었던 30여 개의 계란이 역한 냄새를 풍겼다. 냉장고의 보리차 물도 냄비에 들어 있던 김치찌개도 하얗게 곰팡이가 피어 있었다. 나는 재빨리 역한 냄새를 풍기는 음식들을 정리하고 금요일까지는 살아야 할 살림을 준비해야 했다. 단 4일을 살 살림과 평생을 살 살림에는 별 차이가 없었다.

밥이 다 되었다. 때 맞춰 예수쟁이 아주머니가 반찬을 들고 들어왔다. 어머니와 나, 예수쟁이 아주머니가 마주앉아 그동안 하지 못한 이야기를 하며 밥을 먹었다. 아주머니는 젊어서 집을 나왔다고 한다. 불교 집안에서 자란 아주머니는 부모 형제들의 반대로 교회에 갈 수 없자, 집을 나와 여러 장로님 집에서 식모살이를 했다고 했다.

어느 장로님의 소개로 결혼을 하고 아이를 낳았지만 35살에 과부가 되었단다. 그 아주머니는 현재 동네 취로사업이나 산불방지 근로를 나가며 근근이 생활을 이어가고 있었다. 그녀에게 어머니는 그동안 교회의 문턱을 넘나들며 배운 예수님의 사랑을 전하기에 족한 대상이었던 것이다. 그래서 반찬도 해주고 친 어머니처럼 생각하며 살았다고 한다. 아주머니도 이제 60대 후반에 접어들었다.

오전에는 몇 집 건너에 사는 월숙이 아버지가 다녀갔다. 그의 아내는 폐섬유종을 앓아 산소호흡기를 달고 살았다. 월숙이는 나와 같은 또래여서 잘 알고 지냈는데 시집가서 아이 둘 낳고 이혼해, 지금은 친정에서 아이들과 함께 지낸다고 했다. 어머니는 그 어린 것들이 불쌍하다며, 나에게 아이들에게 줄 돈 만 원을 달라고 했다.

만덕에서의 삶은 늘 그랬다. 수정동과 좌천동, 영도 산동네에서 철거된 사람들이 살던 곳이다. 당시 부산시에서는 살던 집을 철거하고 두어 시간 차를 타고 가야 하는 만덕산 밑에 집의 뼈대만 지어주고 그곳으로 철거민들을 내몰았다. 낯설고 물설은 곳에서 가난한 사람들의 고단한 삶이 어떠했으리라는 것은 쉽게 짐작이 간다.

우리 가족이 만덕으로 들어오던 37년 전 그해 겨울은 너무나 추
웠다.

도저히 여기서는 못 살겠다고 생각한 사람들은 뼈대만 지어진 집
을 팔고 곧바로 떠났다. 우리 집도 예외가 아니어서 아버지가 집을
팔려고 계약까지 하였으나, 어머니는 한사코 여기서 살고자 했다.
급기야 계약을 깨고 빚을 내어 내부를 대충 도배하는 정도만 하고
들어와 산 것이 37년이나 되었다.

어머니는 형수를 못마땅하게 생각했다. 그 와중에 형님의 마음고
생이 심했다. 시어머니와 며느리의 팽팽한 긴장감 속에서 형님은
많은 날들을 방황했다. 어머니는 아들 집으로 들어가지 않고 만덕
동에 자신만의 캠프를 차려놓고 아들과 며느리를 향해 무언의 통
치를 하려 했을 것이다. 내가 보더라도 형님은 효자다. 퇴근만 하면
어머니가 사시는 곳을 맴돌았다. 형님의 손에는 어머니가 좋아하
시는 인절미나 죽, 혹은 참외와 호박엿이 들려 있었다.

이를 못마땅해 하는 형수와는 싸우기도 많이 싸웠다. 수십 년 세
월을 헤어지겠다는 형수의 협박을 받으며 그렇게 산 것이다. 형님
은 남자였고, 아무리 잘난 남자라도 여자를 이길 수 없다. 남자를
낳은 것은 여자이기 때문이다.

둘째인 나는 20년 전 서울로 올라가 형님과는 또 다른 아들로서
어머니의 무언의 지시에 따라 움직이고 있었다. 나 역시 아내의 눈
치를 보며 어머니 집에 비가 새거나, 어머니가 치과 치료를 받거나,
어머니가 눈이 침침하다고 할 때 마다 현금을 쏘아 드렸다. 내 여동

생 두 명도 아마 어머니의 그늘에서 그렇게 살았을 것이다.

어머니가 시한부의 삶을 살면서도 형님 말대로 쓰레기 같은 것들 밖에 없는 만덕을 그렇게 그리워한 것은 베이스캠프에 대한 강한 집착이었을 것이다. 만덕은 어머니 삶의 존재 이유였다. 어머니께서는 이주 만료 기간이 끝나는 올해 말까지 이곳에서 사시다가 생을 마감하겠다는 결단을 내리신 것이리라. 어머니는 항상 어머니의 고집을 밀어부쳤고, 자식들은 끊임없이 밀리고 흔들리며 허우적거렸다.

말벌과의 전쟁

한 사람이 평생 간직해 온 세간을 정리한다는 것은 간단하지 않았
다. 집에 들어서자 가장 먼저 나를 반긴 것이 말벌이었다. 사람 손
가락 마디만큼이나 큰 말벌이 방안을 윙윙거리며 비행하고 있었
다. 그 놈을 잡느라 신문지 뭉치로 천정을 치자 순식간에 방안에는
10마리 정도의 말벌이 비행을 했다. 한 방 쏘이면 이 더운 여름에
고생이 말이 아닐 것이고 잘못하면 사람이 죽을 수도 있을 것 같았
다. 천장과 벽의 모서리 부분을 보니 숭숭 구멍이 뚫린 밀랍으로 만
든 말벌의 집이 있었다. 큰 방, 작은 방, 건넌방, 주인이 부산과 서
울의 병원을 떠도는 사이에 집을 점령한 것은 벌레들이었다.

　나는 마치 말벌들이 내 인생의 적수라도 되는 듯, 말벌의 집이 흥
건히 젖도록 살충제를 뿌려댔다. 그 날 잡은 말벌은 20여 마리 정
도였다. 밥을 짓기 위해 쌀이 담긴 비닐 푸대를 여니, 수 십 마리의
벌레가 밖으로 날아올랐다. 쌀을 수십 번 씻어도 벌레는 계속 떠올

랐다. 그날 밥에 벌레가 몇 마리나 섞였을지 모르겠다.

집 주인이 제 구실을 못하고 비실거릴 때, 제일 먼저 알아챈 것이 그들이라 생각하니 벌레들이 마치 대단히 불길한 징조처럼 생각되었다. 나는 벌레를 잡기 위해 혈안이 되었다. 계란의 구더기에서부터 천정에 집을 지은 말벌과 쌀 푸대의 쌀벌레 유충과 나방을 잡고 나니, 그제서야 살림살이가 눈에 들어왔다. 하지만 그것이 다가 아니었나 보다. 방안에 놓아둔 감자에서 싹이 나왔는데 마치 뻗어 올라간 모양새가 논의 벼 같았다. 물기 하나 없는 방안에서 그렇게 크게 순을 키워 올리다니… 생명이라는 것, 살아 있는 것들이 무섭고도 경이로웠다.

먼저 이불을 싸기로 했다. 형수가 시집올 때 해 왔다는 솜이불 한 채와 얼마 전 내가 어머니가 추울 것 같아 서울에서 구해다 준 대형 보일러 장판 등을 포장했다. 부피가 엄청나서 그것을 담을 박스가 없었다. 어쩌면 택배 회사로부터 거절당할 지도 모른다는 생각마저 들었다. 형님께 이 힘든 일을 시킬 수 없다는 생각이 들어 이를 악물고 혼자서 짐을 쌌다.

어머니 옷가지 2박스, 간장과 젓갈과 묵은 김치가 2박스, 나머지 짐 2박스, 모두 6박스로 어머니의 짐은 정리가 되었다.

짐을 싸느라 땀이 범벅이 된 나는 팬티처럼 짧은 바지와 민소매 망사 스포츠 웨어를 입고 폭염이 내리 쬐는 길을 걸어 택배를 맡기러 갔다. 거리의 모든 사람들이 나를 쳐다봤다. 모두들 내 다리와 겨드랑이를 삐져나온 털을 보느라 바빴으며 어떤 여자는 나의 하의 실종 패션에서 눈을 떼지 못 했다.

그런데 그렇게 옷을 입으니 정말 시원했다. 여자들이 옷을 벗어 던지는 이유가 이해가 되었다. 남자들은 의상에 있어 사시사철 윤리와 도덕의 지배를 받았지만, 여자들은 계절의 요구에 충실한 옷을 입었다. 일부러 야한 옷을 입기도 하겠지만 그것조차 환경에 충실한 암컷의 본질 때문이기도 할 것이다.

나는 그날의 시원함을 잊지 못할 것 같다. 만약 말벌과 구더기와 나방과 전투를 치른 상황이 아니었다면 나는 그렇게 과감한 옷을 입지 못 했을 것이다. 그때는 체면이고 윤리고 따질 상황이 아니었다. 나는 실신 직전의 그로기 상태였다.

누군가에게 무엇을 준다는 것

어머니가 말해 준 택배 사무실은 시장의 중간쯤에 있었다. 아저씨
는 내가 가져 온 이불 보따리를 보자 눈이 커졌다. 어머니는 간장,
젓갈이라고 곧이 곧대로 말하지 말고 된장이라고 하라고 했다. 하
지만 나는 사실대로 말하고 도움을 청했다. 우리 어머니가 짐 부치
는 데에는 이골이 난 분이다, 비닐로 잘 쌌으니 염려하지 말라고 이
야기했다. 아저씨는 노란 테이프를 몇 개 사오라고 하여 짐 보따리
의 사방팔방을 테이프로 고정시켰다. 아저씨의 손이 움직일 때 마
다 짐의 크기는 줄어들었고 펑퍼짐하던 짐은 사각의 형태를 띠고
단단해졌다. 아저씨는 거의 다시 포장하는 수준으로 포장을 해주
었다. 손아귀에 잔뜩 힘을 주어 테이프를 돌리는 모습을 보니 미안
하기 그지없었다.

 서울로, 파주로 배달된 그 수많은 어머니의 짐들도 이 아저씨가
포장했으리란 생각이 들었다. 어머니는 지겹도록 많은 물건을 보

내 주셨다. 칠순의 어머니가 사십의 아들에게, 세월이 흘러 팔순의 어머니가 오십의 아들에게, 어머니는 늘 뭔가를 싸서 아들에게 보내셨다.

된장, 고추장, 젓갈, 간장, 김치, 쌀, 고구마… 그 물건들을 받을 때 마다 젊은 나는 늘 부끄러웠다. 그리고 '살아있다는 것'은 '누군가에게 무엇을 준다는 것'과 동격이라는 사실을 어렴풋이 깨달아 갔다.

나는 부모는 아무나 될 수 없다는 사실을 알았고, 어머니의 끝날 줄 모르는 사랑과 질긴 인연에 몸서리를 쳐야 했다. 어머니의 저 사랑은 언제 끝날 것인가 괴로워했다. 그러나 이제는 안다. 그것은 목숨이 끝나는 순간이다.

#고향집 다락에서 나는 울었다

끝이 없을 것 같던 집 정리가 바닥을 보인다. 몇 달 전 이곳에 내려와 어머니를 모시고 올라가기 전날 밤, 다락방에 올라가 짐 정리를 할 기회가 있었다. 그 덕분에 시간을 많이 번 셈이다.

친구, 애인, 지인들로부터 받은 편지와 수 십 년 된 가족사에 얽힌 서류와 앨범 등을 정리하였다. 그 중에는 돌아가신 아버지가 번역한 칸트와 도스도옙스키의 소설들, 아버지 앞으로 날아든 각종 청구서와 소장들을 볼 수 있었다. 나는 그 시절 아버지의 무능함과 무력함의 이유를 알지 못했다. 아버지는 평생 학자처럼 사셨고, 살림은 어머니의 몫이었다. 아버지는 내 유년 시절 불평과 불만의 진원지였으며, 어머니는 언젠가 돈을 벌어 호강을 시켜드리고 싶은 가여운 연인이었다. 지금 생각해 보니, 아버지는 당시 일류 직장을 뛰쳐나온 후 마땅한 벌이를 찾지 못해 온갖 청구서와 소장을 받아야만 하는 수모를 겪었던 것이다. 아버지가 살아 온 삶의 흔적들이 필름처럼 돌아갔다. 내 마음 속은 연민과 절망이 너울대고 있었다.
이윽고 내 눈에서 눈물 한 방울이 떨어졌다.

아버지의 먼지 쌓인 유품들을 뒤적인다.
빚쟁이들의 법원 소장과 빛바랜 청구서들
다락방 삼십 촉 희미한 전등 아래서
살기 위해 안간힘을 쓰던 흔적들을 본다.
당신의 삶은 늘 청구서들에 갇히어서
무능한 자신의 날들을 자책하였을 것이다.
돈 벌어야 한다는 소리가 방언처럼 터져 나오며
사람을 잡았을 서류들을 보며 탄식한다.
언젠가 살기 위해 배신한 동창이 생각났지만
이제는 그를 용서하자며 다짐을 했다.
누구든 생존보다 더 중요한 것은 없으며
욕망보다는 필요가 먼저인 것을 깨닫는다.
세월 갈수록 사는 형편이 나아지기는커녕
다 망해 먹고 돌아와 구차한 손을 내밀 때
흐드러지게 핀 고향집 벚꽃이 서럽기만 하다.
늘 고향은 모든 것을 다 퍼주고도
더 못 주어 가슴 삭이며 안타까워했다
이 사랑을 기억하고 있는 한 언제든지
나는 일어나 다시 시작할 수 있다.

나의 반성은 바위처럼 굳어질 수 있을까.
깊은 밤 고향집 다락에서 나는 울었다.

나는 삼십 촉 전등 아래서 몇 시간을 쪼그리고 앉아 서류들을 뒤적이며 우울한 가족사에 관한 자료들을 챙겼다. 언젠가 형편이 나아진다면 한번쯤 식구들을 모아놓고 이 자료들을 보여주고 싶었다. 다락에는 우리 형제들이 받은 상장과 연애편지, 그리고 어려웠던 시절의 추억들이 고스란히 먼지를 뒤집어쓰고 있었다.

아무도 다락방에 올라오지 않았다. 집을 떠난 자식들은 먹고 살기에 바빴던 것이다. 나는 이 짐들을 파주 집으로 가져와 아내 몰래 책장 사이에 숨겨두었다. 곰팡이 냄새 나는 케케 묵은 것들이기도 하고, 아직도 골치 아픈 서류들이기도 하고, 총각 시절 사귀던 다른 연인들의 편지도 포함되어 있는 터였기에…

아, 대길이

대길이 엄마는 오지 않았다. 도착하던 날 어머니가 전화를 하였음에도 불구하고 그것으로 그만이었던 모양이다. 내일 점심때면 정들었던 이곳과의 인연도 끝날 것이다.

어머니와 대길이 엄마는 예날 수정동 시절부터 단짝으로, 이곳 만덕동으로도 함께 왔다. 그런데 살던 집이 먼저 재개발 되어 24평 아파트를 받았으나 그 집을 팔고 김해 딸네 집으로 들어갔다. 그런데도 틈만 나면 어머니 집에 놀러 오고, 하룻밤씩 자고 가기도 하였단다.

나는 대길이가 군에서 제대하여 서울 어디선가 경비를 한다는 소식을 들었다. 그 말을 듣는 순간, 무언가가 무너지는 느낌을 받았다. 어린 시절, 대길이는 나의 우상이었다. 나이는 나보다 서너 살 많았지만 그냥 어머니께는 대길이라고 불렀다. 대길이는 내가 다니던 중학교 축구선수였고, 야간고등학교를 나와 육사로 진급하여 육사 축구부에서 활동하다가 대령으로 있다는 소식을 들었었다.

　나는 대길이가 별을 달 줄 알았다. 수정동 산동네에서 자란 아이가 장군이 될 것이라 믿었다. 그런데 이번에 내려와 들은 소식으로는 대길이가 군을 나와 서울 어느 초등학교의 등하교길 아이들의 안전을 책임지는 보안관이 되었다는 것이다. 나는 대길이 엄마의 자랑이자 나의 우상이 그렇게 쇠락하는 것이 안타까웠다. 대길이도 대길이 엄마도 가련한 인생들이 아닌가. 오늘 밤만 지나면 이 팔순의 노인들은 다시 만나지 못하게 될 것이다.

하룻밤의 효도

형님은 어머니가 서울로 올라가시기 전에 하룻밤이라도 자기 집에서 자고 가기를 원했다. 어머니가 형수를 못 마땅해 하셨으니 형수도 어머니를 좋아할 리 없었다. 그러나 어머니는 어쩐 일인지 형님 집으로 가겠다고 하셨다.

형수는 우연한 기회로 철거 일을 따라 다닌 지 3년이 되었다고 했다. 집이나 사무실을 리모델링하기 전에 먼저 싱크대 등 실내의 시설을 철거하는 일이었다. 철거 일은 재미있을 뿐 아니라 스트레스 해소도 되는데 요즘은 건설경기 악화로 일거리가 없다고 푸념이었다.

형수 집안은 기술자 집안이었다. 아버지, 오빠, 동생들이 모두 전기, 목수, 통신 일을 했다. 그래서 전기 제품을 고치고, 도배를 하는 일은 형수의 몫이었다. 형님은 못질 한번 하지 않는다고 하였다. 해운대나 광안리 바다가 훤히 내려다보이는 곳에서 일을 할 때는 답답한 마음이 한 순간에 풀린다고 했다. 철거할 때 망치로 두드리고 부수고 하는 것도 스트레스 해소에 일조가 된다는 것이다. 어떤 날은 이사 나간 집에서 은수저 2개를 주워 40만 원을 벌었고, 금반지를 주워서 팔았다는 애기도 했다. 나는 행복한 표정으로 자신의 애기를 하는 형수를 보며 천만다행이라고 생각했다. 가부장적인 남편 아래 갇혀 사는 형수가 저렇게라도 숨통을 틀 기회를 얻은 것이 얼마나 다행인가.

가부장제도는 원시시대 남자가 짐승을 때려잡던 시절에나 유효했다. 하지만 가부장의 유전자를 가진 남편들은 그 시절을 그리워하며 오늘날에도 자기 아내에게 무조건적인 복종을 요구한다.

어머니와 형수, 두 여자는 긴장 속에서나마 잠시 화해를 이루었다. 그날 어머니는 형수가 해준 음식을 맛있게 먹고 편히 주무셨다. 하지만 나는 하루 더 자고 가라는 형님의 말은 딱 잘라 거절했다. 어머니에게 해로울 것이란 생각 때문이었다.

마지막으로 단골집에서 머리를 자르다

부산을 떠나 파주 집으로 가기 위해 기차를 이용해야 했으므로 구포역으로 기차표를 끊으러 갔다. 한참 피서가 피크인 때라 내가 원하던 경기도 행신역으로 가는 KTX 표는 없었다. 하는 수 없이 도착지를 서울역으로 변경했다. 다행히 금요일 12시 23분 떠나는 순방향의 열차가 있었다. 그나마 일찍 나와 표를 구할 수 있게 된 것을 감사했다.

잘 걷지 못하는 어머니를 위해 구포역에서 승강장까지 어떻게 이동해야 할지를 눈으로 확인했다. 엘리베이터 2개를 타고 내려서 직진 방향으로 한참을 걸어야 16호차 앞에 도착할 수 있다는 것도 미리 알아두었다. 서울역을 꺼려했던 것은 서울역에서 파주까지 이동하기 어려웠기 때문이다. 하지만 파주 가까이 가는 기차 편이 없으니 서울역에서 내려 어머니를 업고라도 경의선 전철을 타겠다 마음먹은 것이다.

　아직 두 다리가 건강하여 걸을 수 있다는 이 단순하고도 소박한 사실에 감사했다. 나도 내 생의 쓸쓸하고 불편한 노년을 생각하며 살아가야 하리라. 늘 오늘과 같이 감사하며…

　내일이면 어머니는 만덕을 떠난다. 이제 이곳을 다시 오지는 못할 것이다.

　나는 마지막으로 여기서 어머니 머리를 다듬어 드려야 했다. 어머니는 아무데서나 머리를 하지 않으셨다. 다른 곳에 가서 머리를 하면 보기 흉하다며 꼭 시장 쪽 대로변에 있는 미용실을 다니셨다. 그런데 철거 때문인지 이제 미장원을 하지 않으며, 전화를 하면 집에서 머리를 해준다고 한다.

　어머니를 그 집 마당에 모셔다 드리고 나는 오늘 저녁과 내일 떠나기 전까지 먹어야 할 반찬 몇 가지를 준비하기 위해 시장에 갔다. 어머니의 머리를 깎아 주는 미용사는 키가 훤칠하고 몸이 호리한 예쁘장하게 생긴 아주머니였다. 나는 그동안 어머니의 머리를 다듬어준 아주머니가 고마워서 장을 보며 자두 5천 원 어치를 샀다. 미용실 아주머니 집 앞 마당에서 어머니는 머리를 다 다듬고 할머니 서너 명과 함께 내가 오기를 기다리고 있었다.

　예상 외로 사람들이 많아서 나는 그 자두 봉지를 끝내 전해주지 못했다. 미용사 아주머니는 이제 할머니를 보지 못하면 어쩌냐고 안타까워했다. 어머니는 세 번이나 쉬어서야 간신히 집으로 올라올 수 있었다.

우리 가족에게 있어서 만덕은 오늘이 마지막이다. 길거리에 주저 앉아 이야기 하는 노인들과 철거반대 플랭카드, 열매를 무수히 매 단 노란 은행나무가 쓸쓸해 보였다. 사람의 마지막 순간도 이러할 것이다.

형님 말대로 우리는 마지막에도 안 풀렸다. 만덕은 부산의 다른 지역들처럼 민간 건설업체가 개발하지 않고 LH라는 한국토지주택 공사가 사업을 바람에 제대로 된 보상을 받지 못했다. 그나마 보상 은 자꾸만 늦어졌다. 보금자리주택에 돈이 많이 나갔기 때문이란다.

보상이 늦어지는 동안 부산의 아파트 값은 천정부지로 올라버렸 다. 감정 당시만 해도 부산의 아파트 값은 서울의 1/3 내지 1/4밖 에 안되었다. 그러던 부산의 집값이 갑자기 평당 1,000만 원이 되 었다. 늦장 보상이 이루어지기는 하였지만, 30평 땅의 주택을 내 놓고 1억 보상을 받았다. 24평 아파트 전세 값이 1억 2천 이상이니 잘 살던 집을 내주고도 전셋집을 못 구할 형편이 된 것이다.

길 거리에 내걸린 플랭카드에는 '미친 부산시와 미친 LH공사 때 문에 만덕 주민 다 죽는다.'고 쓰여 있었다. 37년 전 어쩔 수 없이 이곳으로 흘러들어와 이제 다시 철거를 당하는 시점에서 어머니는 만덕의 운명과 비슷한 처지가 되고 말았다. 하지만 생은 좋은 것도 나쁜 것도 아니다. 다만 웃고 울면서 그냥 흘러가는 것이다. 생은 그저 생일 뿐…

애비야, 너희 집 아파트는 꼭 감옥 같다

어머니가 30년 이상 사용하시던 만덕 집의 전화를 해지했다. 부모님과 친지들, 그리고 지인들과 소통을 가능하게 해 주었던 전화였다. 암이 어머니의 육신을 빼앗아 갔다면 사용하던 집 전화의 해지는 어머니의 사회적, 문화적인 역할을 앗아갔다. 나는 이 전화를 통하여 어머니의 건강과 집안의 형편을 전해들을 수 있었고, 동생과 형님과 형수의 이야기를 들었다. 주변 동네 친구의 삶에 대해서도, 대길이의 삶에 대해서도 들을 수 있었다.

내가 늦둥이를 낳은 것도 전화선을 통해 넘어오는 어머니의 간절한 소망을 충족시켜 드리기 위해서였다. 9년 전 어느 날이었을 것이다. 어머니는 "형님도 딸이 둘이고 너도 딸만 하나 있으니 모두 어디다 쓸 것이냐." 하시며 나에게 아들 하나만 낳으면 당신이 키워주겠다고 하셨다. 나는 효도하는 마음에 사십 중반에 들어 아이를 낳게 되었는데 그것이 지금의 늦둥이 딸이다. 이처럼 어머니의 집 전화는 어머니와 자식들을 연결하는 소통의 도구였다.

마지막으로 어머니의 통장을 정리해야 했다. 어머니의 새마을금고 통장을 통해 노령연금도 들어오고 전기세, 수도세가 빠져 나갔다. 전화 요금과 유선방송 요금도 나가고 있었다. 이제 어머니에게 이런 것은 필요 없을 것이다. 어머니는 생물학적으로 뿐 아니라 사회적인 면에서도 자신의 존재를 지워가는 과정에 들어섰다.

이제 저녁을 먹고 런던 올림픽 몇 경기를 시청하고 나면 기분 좋게 잠을 잘 수 있을 것이다. 나는 이 지긋지긋한 악연으로 얽힌 만덕을 벗어나게 될 것이다. 그러나 어머니에게는 아쉬운 밤이 될 것이다.

어머니는 자식들 집이 편하지 않았다. 어머니는 늘 너희 아파트는 감옥 같다고 말씀하셨다. 오늘이 다 끝나 어둠이 저만치서 다가오고 있는데 대길이 엄마는 오지 않았다. 큰 여동생으로부터도 아무 연락이 없었다. 나는 오늘 저녁 옥상에 올라가 생에 있었던 만덕과의 모든 추억들을 묻을 생각이었다. 어머니는 이 공기 좋은 만덕의 하늘을 머리에 이고 자유롭게 사시는 것에 만족해 하셨다. 다만 큰 여동생의 이혼을 마음 아파 하셨고, 형님과 달리 마땅한 직장을 가지지 못하고 서울 올라가서 고생하는 작은 아들인 나를 안타까워 하셨다. 내 생의 토양과 거름은 어머니셨다. 나는 어머니를 살아 있는 예수라 여겼고, 어머니가 계신 고향은 나에게 성지와 다름없었다.

나는 연어 떼가 회귀하듯, 명절마다 이 아픈 성지를 넘나들었다.

고향집을 사진으로 남기다

집을 떠나온 지 삼일이 지났다. 아내에게 전화해 어제와 그제 부친 짐들이 파주 집에 잘 도착했는지 확인했다. 아내의 친정이 이곳에서 멀지 않은 청룡동이다. 홀로 계신 장모님을 찾아뵙지 못하는 것에 양해를 구했다. 아내는 걱정 말고 일이나 잘 끝내고 올라오라고 하며, 이번 주 저녁 찬양예배 때 내가 대표기도 할 차례라고 알려주었다. 주일 찬양예배의 기도는 안수집사와 권사가 돌아가며 하도록 되어 있다.

오늘 오전 10시경 형님이 근무를 마치고 오면 함께 마지막 식사를 하고 구포역에서 기차를 타고 만덕과는 이별할 것이다. 오늘은 새벽에 일어나 눈꼽 세수만 하고 스마트폰 카메라로 만덕 집과 그 주변의 풍경들을 담았다. 집의 대문과 창문, 어머니의 방, 그리고 낙동강과 구포 둑이 내려다보이는 쪽으로 한방 누르고 몸을 돌려 만덕산 쌍계봉을 향해 셔터를 눌러댔다.

쌍계봉은 마치 안데스의 마츄피츄처럼 험난한 바위가 우뚝 솟아 신령한 영봉이 병풍을 두른 곳이다. 한 여름에도 바위 틈에 서리가 맺혀 있다. 아버지는 일상의 괴로움을 던져 버리기 위해 저곳을 자주 찾았고, 나는 이혼한 큰 여동생의 제부와 함께 종종 저 곳으로 등산을 다녔다.

제부와 여동생은 한 눈에 반해 남매 둘을 낳고 살다가, 사랑했을 때와 마찬가지로 격렬히 서로를 비난하며 이혼했다. 둘은 소나기처럼 급작스러웠으며, 여름 공기처럼 뜨거웠다. 나는 그들의 사랑을 반대했으나, 목을 매는 두 사람의 간청에 못 이겨 부모 형제들을 설득하기조차 했다. 그런 제부는 동생과 헤어져 나이 어린 새 색시를 맞아 아이까지 낳고 산다고 한다. 여동생은 재산 한 푼 받지 않고 이혼한 후, 음식 장사를 하며 지내는데 남은 것은 악 밖에 없었다. 이런저런 아이들 뒷바라지로 돈이 모이지 않았다.

부모는 양파와 같다는 생각이 들었다. 까도 까도 자신만을 위한 알맹이를 가지지 못하고 빈껍데기로만 살아가는 존재들… 내가 어머니 속을 다 파먹고 이렇게 허우대가 멀쩡히 살아있듯 말이다.

형님의 통곡

어머니를 모시고 열차를 타는 승강장으로 걸어갔다. 나는 짐을 들었고, 형님은 뒤에서 어머니를 부축해서 오고 있었다. 출발 시간까지는 한참 남아 있어 사람들은 없었고, 철로 쪽에서 바람이 불어와 시원했다.

승강장 플랫 홈을 걸으며 형님은 큰 소리를 내며 울었다. 참다 참다 터진 울음이었다. 어머니는 형님을 토닥이며 말씀하셨다.

"나는 그 동안 잘 살았다, 그 동안 행복했으니 울 필요 없다."

언제 다시 볼지 모르는 어머니를 동생네 집으로 보내는 형님의 마음은 오죽했을까.

수십 년을 함께 한 세월과 엄청난 비밀과 사연들도 이별 앞에서는 허술했다. 단 몇 마디의 변명과 침묵과 눈물이면 족했다. 세상에 아쉬워해야 할 것은 없는 것 같았다.

모든 것은 다 사라지므로…

다행히 서울로 올라오는 길에 큰 문제는 없었다. 어머니와 나는 일부러 차 안에서 아무 것도 먹지 않았다. 대소변이 원활하지 못 해 발이 퉁퉁 붓는 어머니 때문이다. 열차는 3시간 만에 서울역에 도착했다. 문제는 서울역을 나와서부터였다. 경의선 전철을 타는 곳이 멀리 있었다. 한참을 걸은 후에 크고 긴 계단을 내려가야 했다. 양손에 짐을 든 상태에서 업히지 않겠다는 어머니를 설득해 어머니를 업었다. 이 모습을 지켜보던 한 남자가 자신이 짐을 들어 드리겠다고 하였다. 그 남자의 어머니도 여든 여덟이라고 했다.

우리는 겨우 전철을 탈 수 있었다. 경로석이 한 자리 남아 어머니를 자리에 앉힐 수 있었다. 기차가 신촌쯤 왔을 때 어머니 옆에 자리가 났다. 서울의 지하철을 잘 모르는 어머니는 나에게 앉으라고 손짓을 했다. 나는 괜찮다고 말씀드렸다.

그때 건강해 보이는 할머니가 한 분 타셨다. 어머니는 양손을 좌석 소파에 내리고 자리를 좀 넓게 차지하고 계셨다. 뒤에 온 할머니는 좁아진 자리가 못마땅했는지 어머니에게 손 좀 치우라고 했으나 어머니는 말을 듣지 않으셨다. 얼마를 가다가 그 할머니는 강제로 어머니 손을 잡아 어머니 무릎 위에 올렸다. 어머니는 우리 아들이 자리에 앉지도 않고 양보해 준 셈인데 그 고마움도 모르고 남의 팔을 함부로 들어 옮긴다고 그 할머니에게 화를 내셨다. 나는 웃으며 그 할머니와 얘기를 나눴다. 할머니는 78살이고, 아들네가 있는 운정역으로 간다고 하였다. 둘은 나중에 서로 미안하다며 화해를

했다. 어머니는 고집이 세었으며 한때는 여장부 소리도 들었다. 어
머니는 기 싸움에 능했고 거의 지는 법이 없었다.

그것이 어머니의 인생이었다.

백리를 달려 남도로 달려가면

비가 새어들고 바람이 들이치는 옛집에

절뚝거리며 마중 나오는 성자가 산다.

나보다 나를 더 사랑해주는 그 사람

자신의 모든 것 다 내어 주고도

더 못 주어 안타깝다던 그 사람

그가 있어서 세상은 늘 살만했고

생은 정녕 축복이라고 불러도 좋았다.

몇 번이나 자신을 팔았음에도

한 번도 분을 내거나 탓하지를 않았다.

그가 있어 나는 사랑을 알았고

고향 옛집은 삶을 반성하는 성지였다.

하나님은 자신의 사랑을 전할 길 없어

이 땅에 그를 대신 보내 주셨다.

생은 살아갈 충분한 이유가 있다.

감사와 고마움으로 오늘을 잔치하자.

— 고향에는 성자가 산다

산다는 것은 흔들리는 것이다.
어제는 참 무서웠다고 생각하며
오늘은 정말 감사하다고 생각하며
그렇게 흔들리며 가는 것이다.

2

여름에서 가을로,
치열했던 전쟁에 대한 보고서

#아내가 호스피스 봉사를 하는 이유

어머니는 이제 우리 가족의 일원이 되었다. 아내에겐 미안하지만, 내가 얼마나 바라던 일이었던가. 그러나 암과 뇌경색 그리고 변비와 싸우고 있는 어머니를 모시는 일은 쉬운 일이 아니었다. 아내는 얼마나 힘들어 할까. 처음부터 어머니를 모신 것도 아니고 갑자기 이런 일이 생기니 많이 당황했으리라.

아내는 세브란스 병원에서 호스피스 교육을 받고 3년째 죽음을 앞둔 암 환자들을 돌보는 봉사를 하고 있다. 언젠가 내가 "그렇게 자주 봉사를 갈 필요가 있을까?"라며 불만 섞인 질문을 했을 때, 아내는 암 환자들을 돌보며 큰 힘과 위로를 받기 때문이라고 했다. 그런데 그 호스피스 봉사의 경험이 시어머니의 병 간호에 크게 도움이 된다는 것은 아이러니였다. 그러니 나 같은 바보는 아무 말을 말고 모든 것이 섭리라 여기며 하루하루 감사하며 살아야 하리라.

오늘은 암센터에 가서 일주일 전에 어머니의 혈변이 문제되어 조직검사 한 결과를 보는 날이다. 의사를 만나러 들어갔을 때 정갈하게 정리된 방이 먼저 눈에 들어왔다. 환자들에게 집중하기 위한 조치라 생각했다. 문득 난잡하다 못해 쓰레기장 같은 나의 책상이 떠올랐다. 삶에 지쳐 갈수록 정돈이 어렵고 정신적인 활동은 위축되었다.

다행히 대장에는 큰 문제가 없으며, 어머니의 변비는 먹는 것이 없어서 나올 것도 없다는 의사의 소견이었다. 변이 곧 나올 것 같아 수시로 화장실을 들락거리지만 아무리 용을 써도 나오지 않았다.

어머니는 암이 아니라 변비와 싸우느라 모든 기력을 소진했다. 어머니의 얼굴에는 병색이 만연했다. 의사는 죽보다는 밥을 먹어보라고 했는데, 입안이 터져서 죽을 넘기기도 어려웠고 소화도 잘 시키지 못 해 쉬운 일이 아니었다. 암센터를 나오니 30대 중반 정도의 젊은 여자가 목발을 짚고 바람을 쏘이는 것이 보였다.

누군가는 저렇게 암과 사투를 벌이고 있는데 여름의 수목은 눈부시게 빛나고 있다. 누구는 성공의 기쁨을 누리는 순간에 누구는 빚으로 목을 맨다. 성장과 발산, 쇄락과 소멸, 성공과 실패, 기쁨과 슬픔이 한 장의 그림에 다 들어 있는 이 세상이라는 곳이 순간 아름답다고 느껴졌다.

이 모든 것에는 우열과 미추가 없으며 그저 그런 것들이 뒤엉켜 돌아가는 것이 세상이었다. 이런 생각을 하니 이제 나에겐 아무런 아픔도 두려움도 없을 것만 같았다.

치료를 유보하다

폐암센터의 외래 예약이 있는 날이다. 한 시간 전에 도착해 혈액검사를 하고 엑스레이 사진을 찍고 오전 9시가 조금 넘어서야 주치의를 만날 수 있었다. 주치의는 피도 맑고 폐에 물도 조금밖에 차지 않았으니 약속대로 항암치료 일정을 잡자고 했다.

난감했다. 어머니는 죽 반 그릇도 온갖 애원을 해서 겨우 드시는 정도이고 거의 누워서 생활하시는데 어떻게 젊은 사람들도 감당하기 어렵다는 항암 치료를 할 것인지 걱정이었다. 주치의는 항암제를 아주 약하게 쓰겠다고 했다. 여기서 조금 더 나빠지면 항암 치료를 하고 싶어도 못 한다고 하였다. 어머니 본인이나 우리 가족 모두 흔들리고 있었다.

우리는 통증도 좀 줄이면서, 암과 더불어 어머니가 한 1~2년은 더 우리 곁에 계셔 주기를 기대했다. 주치의는 가족들과 잘 상의해 보라며 한 달 뒤에 다시 보자고 했다. 급하면 응급실로 와서 폐에 찬 물을 빼라고 하며 약을 처방해 주었다. 약의 대부분은 진통제였다. 치료가 아닌 생명을 연장시키는 여러 종류의 진통제였다.

집으로 돌아오는 길에 외삼촌의 전화를 받았다. 외삼촌 역시 폐암인데 수술을 하지 않고 1년 이상을 견디며 평상시와 같이 생업에 종사하고 있었다. 외삼촌은 누님인 어머니에게 항암 치료를 받지 말라고 말씀드린 것 같았다. 어머니는 외삼촌의 말을 듣고 나서야 항암을 선택하지 않은 부담감에서 조금 벗어나는 듯한 눈치였다.

걷을 수만 있어도 축복이다

새벽에 일어나 어머니가 잠든 방에 가 보았다. 밖에는 바람이 부는데 창문을 다 열어 놓고 선풍기를 켜고 웃통을 벗으신 채 잠들어 계신다. 어머니의 몸 안에서 덥고 춥고를 조절하는 시스템이 망가져 버린 것 같았다. 어머니는 아주 어렵게, 마치 곧 숨이 넘어 갈 것처럼 힘들게 숨을 쉬신다. 가끔 색색 거리는 소리도 들렸다.

나는 어머니가 얼마 더 사시지 못할 것 같다는 예감이 들었다. 잠든 어머니 곁에 무릎을 꿇고 어머니의 목숨을 연장시켜 달라고 기도했다. 그러나 그것이 무슨 의미가 있을까. 쓸데없는 기도라 생각하니 맥이 풀렸다.

사랑하는 사람의 마지막을 지켜보는 일은 너무 고통스럽다. 어머니가 살아오신 길이 그러했는데, 가시는 길 또한 너무 힘들지 않은가. 나는 갑자기 막막함을 느꼈다. 지금이라도 장례 준비를 해야 하는 것이 아닌가. 별별 생각으로 잠자리가 어지러웠다.

이른 아침 출근을 하려고 지하철로 걸어가는데, 칠순이 넘어 보이는 노인이 내 앞을 지나간다. 저렇게 걸을 수만 있어도 해만 뜨면 이 세상의 참여권이 주어진다. 걷는 것이 축복이라는 생각이 자꾸만 들었다.

새벽에 식전 약을 드시라고 깨우니, 어머니는 귀찮아 하셨다. 조금 나오던 대소변도 그 약을 먹고 난 이후로 뚝 끊겨 버려 그 약을 먹고 싶지 않다고 하셨다. 아들이 이른 아침부터 지키고 서 있는 것이 부담스러우셨던지 겨우 부축을 받아 몸을 일으켜 세우고 약을 드셨다. 조만간 어머니가 일어나시지도 못할 것 같다는 생각이 들었다. 그 날은 조만간 올 것인데 그렇다면 대소변을 일일이 받아 내어야만 할 것이다. 항상 곁을 지켜주어야 하고, 일거수일투족을 부축해 주어야 할 것이다.

그러니 걸을 수 있다는 것만 해도 얼마나 다행인가. 젊은 날 어머니의 정열과 기세도 점차 오그라들어 땅으로 수렴해 가고 있었다. 인생의 마지막 과정을 충실히 이행하고 있었다.

#어쩌다 이렇게 되었을까

어제 저녁 일을 생각하면 끔찍하다. 외출했다가 집으로 돌아오는 차 안에서 아내의 불만이 터져 나오고 있었다. 어머니를 모시기 전에 방의 위치를 염두에 두었어야 했다.

우리 부부와 늦둥이가 자는 방 바로 앞에 어머니의 방이 있다. 그리고 어머니의 방에서 우측으로 더 가서 화장실 맞은편에 큰 딸아이의 방이 있다. 어머니는 새벽에 잠도 주무시지 않고 1시간에 한 번씩은 화장실을 찾았다. 장이 뒤틀리고 변이 곧 쏟아질 것 같아 화장실에 가서 용을 써도 변은 나오지 않았다. 그 때마다 어머니는 비 오듯 땀을 쏟으며 자리에 와서 쓰러지셨다.

어머니는 체온 조절 기능이 상실된 듯 했다. 밤새 방문을 다 열어두고도 선풍기를 하루 종일 틀어 놓으셨다. 그리고 하루 종일 불을 켜고 계신다. 우리 방 맞은편에 있는 어머니의 방문이 하루 종일 열려 있는 것이 문제였다. 여름이라 방문을 닫을 수도 없는데 속옷을 입고 누워 있을 수도 없으니 아내의 불편은 이만 저만이 아니었다.
아내는 불편을 하소연하는 큰 딸에게는 조금만 참으라고 하면서도
무슨 대책을 세워야 한다며 나를 닦달했다.

어머니의 화장실 출입이 잦으니 차라리 화장실 앞의 큰 딸 방으
로 옮겨야 한다고 했다. 짜증내는 아내의 이야기를 듣는 나도 짜증
이 났다. 며칠 모시지도 않았는데 벌써부터 이런 일이 일어나니 불
안이 엄습해 왔다.

아내의 말이 옳다는 생각이 들었다. 저녁에 퇴근하는 딸을 밖으
로 불러 할머니 방과 바꾸는 일에 대하여 이야기했다. 게다가 할머
니 계시는 방이 조금 크니 초등학교 1학년인 늦둥이를 함께 데리고
있으라고 했다. 다 큰 늦둥이를 우리 부부가 끼고 자는 것도 부부생
활에 문제가 있으니 큰 딸아이가 희생해야 한다고 했다.

큰 딸은 26살 먹은 처녀로 회사를 다니며 동시통역사 준비를 하
고 있다. 큰 딸은 방을 옮기는 것까지는 동의했지만, 늦둥이와 함께
방을 쓰는 것에는 반대했다. 공부에 방해가 된다며 그 부분에 대해
서는 양보할 생각이 전혀 없었다. 이제 어머니를 설득할 일만 남았
다. 어떻게 설명해야 할 것인가. 몇 번을 생각해 봐도 그것은 어렵
고 곤란한 일이었다.

어머니를 집으로 모신 이후, 나의 몸은 피곤에 쩔어 갔다. 전철
안에서 졸다가 한 정거장을 지나쳐 버렸다. 기차가 오려면 30분을

더 기다려야 했다. 나는 할 수 없이 폭염경보가 내린 거리를 걸어서
집으로 왔다.

마침 그 시간에 식구들이 다 모여 있었다. 두 딸, 아내와 나 그리
고 어머니, 이렇게 다섯이 모여 식사를 마쳤다. 어머니는 기분이 좋
은지 식사 후 방안을 산책하듯이 몇 바퀴를 돌았다. 열대야는 계속
되었다. 어머니에게 잘 주무셨냐고 물으니 화장실 들락거리느라고
한 잠도 못 주무셨다고 했다. 숨쉬기는 어떠시냐고 물으니, 숨길이
가빠 누워 있으면 더 힘들다 하셨다. 제가 쉬는 월요일 날 병원에
가서 폐에 물을 한 번 더 빼자고 하니 그동안 3일을 어떻게 참을 수
있을지 모르겠다고 하셨다. 정 참기 힘드시면 응급실로 바로 가면
된다고 하니 그제서야 안심이 되시는지 그러냐고 대답하셨다. 숨
이 가쁜 것이 문제다. 나는 하나님께 어머니의 숨길을 다스려 달라
고 기도할 수밖에 없었다.

어제는 천안에서 살고 있는 외숙모가 오셨다. 어머니를 뵙기 위
해서다. 병간호도 어렵지만 더운 여름날 친지들의 병문안 수발도
어렵다고 아내가 고충을 토로한다. 어머니의 발이 또 부어오르기
시작했다. 발이 부어오르는 것은 무엇과 연관이 있는지 인터넷을
뒤져봐야겠다고 생각했다. 그리고 무엇보다 대소변이 나오지 않는
것이 해결해야 할 숙제였다. 암센터 말고 집 옆에 있는 파주의료원
에 가서 해결할 수는 없을까. 쉬는 날 연구해 보기로 했다.

그것은 전쟁이었다

서울 양재동의 하나로클럽, 식자재 창고에서 와송(瓦松) 4팩을 들고 나오는 순간 갑자기 노인 두 명이 내게 달려들었다. 한 사람은 여자고 한 사람은 남자였다. 그들은 모두 내가 들고 나온 와송을 보고 이구동성으로 자기 것이라고 외쳤다. 그 중 여자는 보통이 아니었다. 자기가 먼저 왔으니, 자기 물건이라고 생떼를 쓰고 있었다. 말도 아닌 소리지만 그들의 기세에 눌려 나는 도망이라도 치고 싶었다. 그리고 그들이 불쌍하다는 생각이 들었다. 모두 다 어머니처럼 암 환자들이었다.

저 사람들도 나처럼 어제 저녁 텔레비전 방송을 보고 달려 왔을 것이다. 와송을 먹으면 암 덩어리가 줄어들고 결국 치유가 된다는 내용이 방송되었던 것이다. 와송은 서울 양재동 하나로클럽 한 곳에서만 팔았다. 내가 하나로클럽에 도착했을 때 와송 진열대에 물건이 하나도 없었다. 담당자에게 사정을 하여 식자재 창고에 들어가 재고가 있는지 살펴보고 있으면 가져다 달라고 독려하여 창고 앞에 기다리고 있다가 다행히 4팩을 들고 나오던 참이었다.

얼굴이 창백한 암 환자 두 명이 나에게 달려들자 순간 불쌍하다는 생각이 들었다. 그들에게 한 팩씩을 나누어 주고 도망치듯 그곳을 빠져 나왔다.

전쟁이 나면 저럴 것이다. 모두 살겠다고 아우성치며 먹을 것을 서로 빼앗을 것이다. 다 팔리고 없다는 판매원에게 애걸복걸 사정을 하여 창고에서 물건을 찾아내도록 했는데 알지도 못 하는 이들에게 2팩을 빼앗긴 것이 못내 아쉬웠다.

집으로 돌아와 요구르트 2병에 한 줌 정도의 와송을 넣고 갈아 드렸더니 어머니는 세 번에 나누어 드셨다. 풀 냄새가 조금 나지만 먹기에 불편함은 없다고 하셨다. 다행이었다. 어머니는 비위가 약해서 조금이라도 이상하면 잘 드시지 못 했기 때문이었다.

어머니의 발이 원래 발등의 2배가 되도록 부어올랐다. 외래 일정이 20여 일 남았으니 그동안 와송을 드시게 하고 경과를 지켜보고 싶었지만, 사정은 그렇지 못 했다. 오늘 당장 응급실로 달려가야 할지 모른다. 어머니는 숨이 가쁘고 발등이 부어올라 참기 힘들어 하신다.

지금 밖에는 200밀리의 폭우가 내리고 바람이 분다. 빨리빨리 몸을 움직여야 하는데, 나는 창 밖에 쏟아지는 비만 멍청하게 바라보고 있었다.

빗속을 달려 암센터 응급실로 왔다. 갑자기 숨쉬기가 힘들어 지셨기 때문이다. 누워서 소변을 받아낼 때는 고통의 한숨을 몰아쉬셨다. 어머니는 간단한 몇 마디의 말을 하기 위해서도 이를 악물어야 했다. 어머니는 지금 말을 입속으로 씹고 계신다.

의사가 와서 오른쪽 폐의 윗부분에 물이 찼으니 응급실에서는 빼지 못하고 내일 주치의가 와야 한다고 했다. 그러면 오늘은 응급실에 있다가 내일 시술을 하고 돌아가면 된다는 말인가. 아니면 또 입원을 하란 말인가. 도무지 알 수가 없었다. 병이 생기면 한 치 앞도 모른 채 기다려야 하며, 끝없이 의사의 눈치를 봐야 한다.

내일 오전 병실은 누가 지킬 것인가. '직장에 더 이상 누를 끼치지 말아야 할 텐데.'라는 생각 뿐이었다. 어머니는 이렇게 사는 것은 사는 게 아니라며 한탄하셨다. 자식들에게 누가 되는 것도 그렇고 고통 속에 신음하며 사람답게 살지 못하는 그런 날들은 산 자의 날이 아니라는 말씀이셨다.

이곳 응급실에 들어오는 환자들에게는 비슷비슷한 질문이 이어진다.

"숨이 차세요? 오른쪽으로 돌아누울 때와 왼쪽으로 누울 때 어느 쪽이 더 힘드세요? 앉아 있을 때와 누워 있을 때 언제가 더 숨이 차세요?"

입원실과 응급실에서 대면하는 의사들은 어머니의 생과 사의 갈길을 어느 정도 알고 있을지도 모른다는 생각이 들었다.

응급실에서 밥을 줄 리도 만무했고, 주변 환자들이 모두 중한 상태여서 그럴 상황도 못 되었다. 하지만 끼니때가 되니 걱정이 되었다. 먹지 못하면 기력이 빠져 병세가 더 나빠질 것이기 때문이었다. 밖에 나가 어머니가 평소 드시던 흰죽을 사왔다. 응급실에 오기 전불과 몇 시간 전까지도 죽이나 수박 같은 것을 드셨다. 그런데 응급실에 오니 이곳 의료진들은 이제부터 또 다른 치료를 시작이나 하려는 듯 언제나 반복되는 지겨운 질문과 각종 검사를 해야 하니 금식하라는 명령이 내려졌다. 어머니에게는 지금 무엇이라도 드시게 하는 것이 좋을 것 같은데, 물 한 모금도 못 마시게 하였다.

그러는 동안 응급실 안에서는 주임간호사와 덩치 좋게 생긴 어떤 남자 사이에 언쟁이 붙고 있었다. 그 남자는 환자인 아내가 허리가 아파 침대에 바로 눕지를 못 하니 담요 한 장을 더 달라고 하였다. 간호사가 이곳 규칙에 따라 1인에게 담요 1장 밖에 줄 수 없다고 버틴 것이 화근이었다. 그 남자는 응급실에 환자도 몇 명 없는데, 왜 담요를 안 주냐며 주먹으로 데스크를 내려쳤다. 뒤이어 달려온 환자의 딸은 갑자기 큰 소리로 "더럽다! 아빠, 담요 한 장 사오자!"라며 소리를 질러댔다.

응급실에선 환자와 보호자, 간호사가 모두 칼이었다. 그들은 사나웠다. 서로의 권리를 지키기 위해 날을 세운 한 자루의 칼들! 여기서는 매 순간 순간이 비상상황이다. 환자도 의료진도 한 치도 물러 설 수 없는 전쟁터였다. 살기 위해, 혹은 살리기 위해 끝없이 비열해지고 미친 듯이 몸부림치는 그들에게 연민이 밀려왔다.

#어머니의 고향

응급실에서 근무하는 사람들은 다 프로였다. 의사, 간호사는 말할
것도 없고, 청소하는 아주머니, 자리를 깔아주고 환자를 이동시키
는 사람들 모두가 전문적인 기술을 가지고 있었다. 생과 사가 달린
긴급한 현장에서 화를 내고 울부짖는 환자들을 감당해 내기 위해
서는 그래야 했다. 응급실 청소를 하는 아주머니는 아주 긴 타원형
으로 된 밀대가 붙어있는 청소도구로 구석구석의 쓰레기를 요리조
리 잘도 쓸어 모았다.

  응급실에 와서 폐에 찬 물을 뽑고 금방 나올 것이라 생각한 내가
실수였다. 종이컵, 수건, 와송 같은 물, 평소에 어머니가 드시던 아
침 점심 저녁의 약, 종이 기저귀, 담요, 안경 등등의 물건들을 하나
도 챙겨오지 못했다. 나는 나의 대책 없음을 다시 한 번 확인했다.

  생각해 보니 어머니를 모셔 온 지 한 달이 되었다. 어머니는 그
동안 산소 호흡기를 착용하게 되었으니 악화되어 가는 중이다. 우

측 폐의 상부에 물이 차면서 어머니는 안절부절 꼼짝을 못하셨다. 산소포화도를 나타내는 그래프는 산이 중첩된 모습을 하는 경우가 드물고 긴 너럭바위가 이어지는 모습을 하거나 뚝 떨어져 웅덩이를 만드는 형상을 그리고 있었다. 그러나 그것이 무엇을 의미하는지는 알 수가 없었다.

오늘밤 나는 꼼짝 없이 응급실을 지켜야 할 눈치였다. 어머니가 30분 간격으로 소변을 보았기 때문에 한시도 자리를 비울 수 없었다. 어머니는 "나 때문에 교회도 못 다니는 것 아니냐."며 염려하셨다. 계속되는 퇴원과 입원, 응급실 행으로 나의 직장인 교회에 전념할 수 없음을 염려하신 것이다. 그럴 때 마다 나는 화제를 돌렸다.

스마트폰으로 찍은 부산 집의 사진을 보여 드렸다. 어머니는 "그것 죽이네! 나도 온통 부산 살 때 생각만 하고 있었다."라고 하시며 연신 떠나온 그곳을 그리워했다. 나는 집의 안방, 건넌방, 창문, 대문은 물론이고 옥상에 올라가면 보이는 집 앞의 백양산과 낙동강 그리고 집 뒤편에 우뚝 선 쌍계봉의 모습까지 촬영해 두었다.

사진 감상이 끝나자 몇 번이고 물어보았던 어머니의 태어난 고향으로 화제를 돌렸다. 어머니가 태어난 곳은 '충남 보령군 청라면 장산리 섬말'이라고 했다. 어머니의 아버지는 동네 사람들로부터 신망이 두텁고 호탕하신 분이었다고 한다. 섬말 주변에는 어머니의 고모가 살고 그 건너 마을에는 외숙모가 살았다고 말씀하셨다. 어머니가 살던 동네는 저수지 공사로 매몰되었단다.

나는 스마트 폰으로 장산리를 검색해 보았다. 그곳은 소설가 이문구가 말년에 집필을 위해 들어간 곳이며, 토정 이지함의 외가로서 이지함이 태어난 곳이기도 했다. 어머니가 살던 집은 현재 장산저수지가 되었는데 사진으로 봐서는 차라리 바다라고 이야기해야 할 것 같았다. 나는 어머니에게 장산저수지와 그 주변의 사진을 보여 주었다. 언젠가 시간이 허락되면 어머니의 수몰된 고향을 한 번 찾아 가리라 마음먹었다.

와송을 드시고 응급실에 와서인지 어머니는 2번에 걸쳐 대변을 보시고 제법 시원하다 하셨다. 이제 어머니는 자신이 갈 저 세상을 그려보는 듯, 눈을 지그시 감고 말이 없으셨다.

남자와 여자의 차이

중증 환자들에게 반갑지 않은 소식은 대소변을 잘 보지 못하게 되는 것이다. 나이가 든 암 환자들은 침대에 누워 배설물들을 처리해야 하는 경우가 많다. 여자는 긴 타원형에 중간이 파진 기구를 이용해야 하는데 이것이 여간 불편하지 않았다. 멀쩡한 사람들에게도 누워서 허리를 들고 대소변이 나오는 곳의 위치를 맞추는 것은 어려운 일이다. 어머니는 소변을 한 번 보기 위해 그런 자세를 취한 후에는 숨을 몰아쉬며 힘들어 하셨다. 하지만 남자들은 길게 생긴 통이 있어 옆으로 비스듬하게 누워 그 통에 간단히 일을 보기만 하면 된다.

여자는 병원에 와서 소변을 볼 때마저도 불편을 감수해야 하는 신체 구조를 가졌다는 생각이 들었다. 이 간단한 사실을 보더라도 남자와 여자는 많이 다르다. 단지 신체 구조에 한정된 것이 아니다. 태생적으로 기질과 정서에도 많은 차이가 있다.

남자는 바람이고, 헛된 꿈이며, 사랑하기 보다는 사랑 받기를 원하는 단순한 존재들이었다. 반면에 여자는 자기들의 가슴을 할퀴는 그 바람을 안고 잠재워야 했고, 꿈을 잃고 돌아와 쓰러져 누운 그들에게 정성과 사랑을 주어야 하는 그런 존재다. 그러면서 다른 한 손으로는 아이들을 키우며 살아야 했다. 어떤 남자도 그런 여자를 이길 수가 없다. 여자들은 어떤 면에서 남자를 능가하는 슈퍼맨들이다. 이제는 여자가 남자를 앞서 나가고 있다. 지난 시대에 그녀들이 당한 만큼 남자들에게 되갚음을 해줄 것이다. 남자들은 이런 사실들을 인정하지 않는다. 그것이 남자의 한계일지 모르겠다.

와송에 다시 희망을 걸다

어머니의 변비가 좋아졌다고 생각한 나는 와송에 더욱 목을 매었다. 안 나오던 변이 제법 많이 그것도 두 번이나 쏟아져 나온 것은 요구르트 2개에 와송 한 주먹 분량을 넣어 두 번 드신 후였기 때문이다. 병원 지하매점에서 암센터에서 발간한 폐암에 관한 책을 샀지만 나는 이미 현대 의학을 의지하고 신뢰할 수 없었다. 어머니는 어느덧 폐암 말기에 와 있었고, 폐에 물이 찰 정도로 전이가 되어 수술이고 방사선 치료고 어떤 것도 할 수 없었다. 요즘 유행하는 표적치료도 되지 않는다고 했다.

남은 것은 항암치료뿐인데 그나마 보류하고 있는 것이다. 이제 믿을 것은 와송밖에 없었다. 텔레비전에서 숨을 잘 쉬지도 못하는 폐암 환자나 말기 암 환자가 와송을 먹고 증상이 좋아지는 것을 보았다. 인터넷에 나와 있는 와송 농장으로 전화를 했더니 그곳에는 재고가 없었고 그 대신 와송 농사를 크게 짓는 자신의 친구 전화번호를 알려 주었다. 전화를 해보니 신뢰가 갔다. 자신은 전직 고등하교 교장으로 정년을 마치고 와송과 단감 농사를 짓고 있다고 했다. 사흘째 비가 와서 와송을 딸 수 없으니, 비가 멎으면 따서 다음 주에 보내주겠다고 하였다.

먹는 방법을 물어보니, 물에 잘 씻어 냉동보관하고 조금씩 끼내 먹으면 된다고 하였다. 와송이 크게 먹기 어려운 것은 없으나, 풀냄새가 조금 날 수 있으므로 믹서기에 갈 때 바나나, 사과 등을 조금 섞으면 좋다고도 하였다. 어머니가 와송을 드시고 우리 가족 옆에 2년만 더 계셔 주시면 얼마나 좋을까 하는 간절한 생각뿐이었다. 지금 돌아가신다면 불효막심한 나 자신을 스스로 용서할 수 없었기 때문이었다.

#너와 나는 죄가 많아서 이렇게 만났다

어젯밤은 뜬눈으로 새웠다. 8. 15 광복절 공휴일을 지나 이른 아침 회진을 온 의사는 폐에 물이 찬 부위가 등짝 바로 안쪽이어서 물을 빼기 힘들다며 난감해 했다. 그는 어머니를 한동안 바라볼 뿐 말을 이어가지 못했다. 더욱이 아침에 찍은 엑스레이 사진으로는 오른쪽 폐에 물이 그렇게 많이 차지 않았다는 것이다.

결국 어머니의 숨이 가쁜 것은 다른 이유였다. 이 사실은 폐에 물만 빼고 퇴원할 수 있다는 나의 단순한 희망을 뭉개는 것이었고 주치의가 예상치 못한 새로운 증세였다.

어머니의 부어오른 왼쪽 발등을 누르자 밀가루 반죽처럼 움푹 들어갔다. 의사는 어머니를 바라보며 소변은 자주 보냐고 물었다. 그는 암 덩어리 보다 신체 기능 저하가 더 문제라고 하였다.

처방된 이뇨제 주사를 맞자 어머니는 20분 아니 10분도 못 되어 소변을 자주 보게 됐다. 잦은 소변을 보기 위해 장애인 화장실을 들락거려야 했다. 어머니는 "너는 어찌 나를 책임져 이런 고생을 하느냐."며 안타까워 하셨다. 너나 나나 죄를 많이 지어 이렇게 만났다고 자책도 하셨다.

의사는 물을 빼려는지 어쩌는지 오전에 저니스타(jurnista)라는 진통제를 처방해 주었다. 아마 이번에 물 빼는 일은 쉽지 않으며 많은 통증을 수반하는 일임을 짐작할 수 있었다.

산다는 것은 일기예보 같은 것

병원에서는 폐에 있는 물을 빼야 한다고 갑자기 서둘렀다. 마치 해야 할 일을 잊고 있었던 사람처럼 호들갑이었다. 어머니는 지금 소변을 보아야 한다고 했더니 급하다고 재촉했다. 오전 내내 가만히 있다가 오후 2시가 되어서야 서두르는 것에 짜증이 났다.

어머니는 침대 채로 흉수를 빼는 주사실로 급히 보내졌다. 15분이나 흘렀을까 어머니는 등 쪽 어깨 밑에 주사구멍을 뚫어 관을 심은 채로 나오고 있었다. 흉수는 쉴 새 없이 빠져 나왔다. 나는 그 모습을 보면서 흡족했다. 의사의 염려와는 달리 물은 계속 나와 1000cc정도나 나왔다. 시험용으로 추출한 것을 합하면 1100cc를 뽑은 것이다. 한 손으로 들 수 없을 정도로 묵직했다. 저런 것이 폐에 들어 있으니 얼마나 숨이 가빴을까 하는 생각이 절로 들었다. 물을 다 뽑고 나자 의사는 퇴원을 지시했고 우리는 집으로 돌아 올 수 있었다.

어머니는 숨쉴 때마다 가슴이 아프기는 하지만 한결 수월하다고 하셨다. 응급실을 나올 때 어머니는 의사를 찾아가 살려 주어 고맙다는 인사를 하셨다. 의사는 홍수가 조만간 또 찰 것이니 그 때 오시면 또 도와드리겠다고 했다. 그 말은 희망도 없는 연명 치료이기는 하지만 기꺼이 환자를 도와주겠다는 말로 들려 다소 씁쓸했다.

돌아오는 길은 화창한 여름날이었다. 어제 응급실로 달려올 때는 폭우와 강풍으로 앞을 분간하기 어려웠다. 산다는 것은 어찌 보면 일기예보와도 같은 것이라고 생각했다. 어제는 비바람 천둥이 내리쳤지만 오늘은 언제 그랬느냐는 듯이 화창하다. 어머니는 집으로 무사히 돌아오다니 하나님이 도우셨다고 감격해 하셨다.

나는 지금 늦바람이 들었다

나는 분명 예전과 달라졌다.

집으로 돌아가는 발걸음이 빨라지고 가벼워진 것이다. 어머니를 만날 수 있다는 바램 때문이다. 어머니가 부산에 혼자 계실 때는 비가 오나 바람이 부나 걱정이었다. 겨울이 오면 바람이 문틈으로 숭숭 들어오는 얼음장처럼 차가운 방이 걱정이었고, 장마가 지면 물 새는 집에 혼자 계실 어머니를 생각하며 죄책감에 빠졌다.

하지만 이제 어머니는 우리 가족과 함께 살고 계신다. 어머니를 모시는 이 시간이 얼마나 행복한지 모른다. 남은 시간이 얼마인지 아무도 모른다. 하지만 지는 석양이 온 세상을 물들이듯, 나는 어머니의 마지막 애틋한 사랑에 젖어 들고 있었다.

어머니와 함께 하는 이 시간이 오래 가지 않을 거울 눈꽃과 같은 잠시의 호사라는 것을 나는 잘 알고 있었다. 하지만 어머니 삶의 끄트머리에서 이렇게 다시 만나 서로 기대며 살아갈 수 있다는 것이 얼마나 다행인지 모르겠다. 살아 있고, 이야기할 수 있고, 내 손으로 직접 만져볼 수 있는 어머니가 내 곁에 계시다는 생각을 하면 너무 행복해 눈물이 날 지경이었다.

나는 지금 어느 연상의 여인과 연애하는 느낌이다. 어머니와 한 집에서 산다는 것이 그렇게나 좋은 것이다. 아내가 이런 내 마음을 알면 좋아할 리 없건만, 나는 요즘 은밀하고 조심스럽게 늦바람을 피우는 재미를 보면서 살아간다.

그래 오직 사랑이다

새벽 4시에 일어나 어머니를 집에 혼자 두고 아내와 늦둥이를 태우고 교회로 향했다. 비가 쏟아지고 바람이 불었다. 새벽 5시가 조금 지난 시각, FM라디오에서는 수와진의 노래 '파초'가 흘러나오고 있었다. 부산 촌놈이었던 내가 20년 전 서울에 올라와 서울생활의 걸음마를 시작하였을 때였다. 명동성당 앞에서 수와진이 '파초'를 부르는 것을 보았다. 모금을 하여 백혈병 아이들 수술을 돕는다고 했다. 그들은 바짝 마른 얼굴에 마치 세상의 비밀을 다 알고 있는 성직자처럼 느껴졌다.

어둠이 가시지 않은 비오는 새벽길을 달리며 '파초'를 듣고 있자니 나 역시 이 세상의 비밀을 알 수 있을 것만 같았다. 그래 오직 사랑이다. 우리는 이 땅에 살아가는 동안 서로 사랑하고 보듬어 주어야 할 것이다. "나는 폐하러 온 것이 아니라 완전케 하려 함이로라."라는 예수의 말이 이해가 되었다.

교회에 도착했다. 본당에 올라가 돌아가신 은퇴 장로님의 교회장 준비를 점검했다. 관을 놓을 단과 헌화를 하기 위한 단을 설치하고 국화 꽃 140송이를 갖다 놓았다. 이제 아침 7시가 되면 교회장이 열리고 가정과 교회와 사회를 위하여 혼신을 다해 살아온 한 사람과 이별하는 의식이 시작될 것이다. 그의 죽음을 애도하는 설교를 하고 지인이 나와 고별사를 하고, 고인의 약력과 육성 테이프를 듣고 평소 그를 아끼고 사랑하던 당 회원과 교우들이 헌화를 할 것이다. 떠나는 고인은 어떨지 모르겠으나, 남겨진 가족들에게는 많은 위안과 추억과 감사의 순간이 될 것이다.

나의 어머니는 저런 절차도 없이 그저 가족과 친지 몇 사람들의 애도 속에 이 땅을 떠나게 될 것이라 생각하니 서글퍼졌다. 교회장을 마치고 돌아와 피곤에 빠져 곤히 잠에 들었다.

점심을 마친 어머니는 약을 드시고 몸을 왼쪽으로 비스듬하게 기울인 상태로 눈을 감고 계셨다. 통증을 참고 있는 것 같았다. 어머니는 흉수를 1리터 이상 뽑아내고도 호흡이 나아지지 않았다. 의사의 말에 따르면 폐뿐 아니라 심장 등 다른 장기의 부실이 호흡 곤란으로 이어진다고 했다. 어머니는 숨이 갑자기 가빠오는 것을 두려워 하셨다. 숨을 못 쉰다는 것은 얼마나 고통스럽고 무서울까.

연약한 여자로 태어나, 그늘 속에 살다가, 이제 병마의 고통으로 괴로워하고 있는 어머니. 떠나실 때까지 이렇게 고통스러워야 하다니…

#다시 두려움이 엄습하다

새벽에 일어나 와송 물을 드시라고 하니 어머니는 누워서 아무 말이 없으셨다. 재차 물으니 와송 물을 먹어서 그런지 소변은 많이 나오는데 대변이 안 나온다고 하셨다. 어머니는 지나치게 소변이 많이 나와 어지럽기까지 하셨다. 항암치료도 포기한 지금, 오직 기대할 것은 민간요법인 와송 물을 먹는 것 밖에 없었다. 그런데 그것도 안 드시겠다고 하면 아무런 희망이 없어지게 되는 것이다.

하루만 끊어 보자는 어머니의 말에 동의했다. 와송 물을 계속 드시지 않겠다고 하면 큰일이다. 할 수 있는 것이 아무것도 없다는 것이 절망스러웠다.

아내와 늦둥이는 2박 3일 예정으로 강원도 평창에서 열리는 경로대학 교사수련회에 참가 중이다. 2박 3일 코스 중 1박만 하고 오기로 했는데, 저녁에 전화가 와서 단체행동에서 혼자만 빠져 나오려고 하니 어렵다고 하였다. 나는 암에 걸린 시어머니를 수발하는 스트레스를 생각해 그냥 푹 쉬다 오라고 했다. 아내가 집을 비운 어제와 오늘, 어머니는 아무도 없는 집에 방치되어 있다. 어머니는 며느리가 괘씸할 것이다. 거동이 불편한 병자를 홀로 두고 다니는 며느리가 고울 수가 없을 것이다.

두 입장을 모두 이해하는 나로서는 지금 이 상황이 위태롭다는 것을 직감적으로 알 수 있었다. 부디 아내가 어머니 가시는 날까지 아무런 탈 없이 잘 모실 수 있었으면 좋겠다. 어떤 삐걱거림도 없이, 나중에 사무치게 후회하는 일 없이…

저녁에 모임이 있어 11시가 다 되어서야 집에 들어갔다. 형광등 불빛에 비친 어머니의 얼굴이 유난히 희었다. 어머니 얼굴이 많이 좋아졌다고 하니 좋아진 것 하나 없다고 대답하신다.

아침에 일어나니 찬 기운이 느껴졌다. 순간, 가을이 다가왔음을 느꼈다. 왠지 가을이 오면 또 다른 희망이 생길 것 같은 막연한 느낌이 들었다.

아침 인사를 드리자 어머니는 간밤에 이상한 꿈을 꾸었다고 말씀하셨다. 고기 내장을 다 잘라내듯 뱃속의 내장이 다 비워지는 듯하면서 수족에 마비가 와서 당신의 몸이라는 것을 느낄 수 없었다고 하였다. 그 말씀 끝에 예전의 뇌경색 증세가 다시 찾아온 것 같다고 두려워 하셨다. 어머니는 폐암으로 확진되기 4~5개월 전에 뇌경색 진단을 받아 1달여 정도 치료를 받은 적이 있다. 어머니는 폐암 발병으로 중단했던 뇌경색 약을 다시 찾으셨다. 다행히 약은 3개 월 치가 남아 있었다. 현재 먹고 있는 폐암 치료약과 합하면 아침 식후에 먹는 약이 10알이 넘었다. 죽만 겨우 조금 드시는데 약을 이렇게 많이 먹어야 하니 도저히 몸이 견뎌 낼 수 없을 것이다.

폐암 말기의 예상 수명은 4~6개월이다. 얼마 남지 않은 그 기간에 다시 치매가 찾아들면 어떻게 할 것인가. 장기의 질병도 문제지만, 정신이 무너지면 마비로 인한 보행과 언어에 장애가 오고 대소변을 통제하는 뇌 시스템도 무너져 버려 간호가 어려워진다.

고생할 식구들, 특히 아내를 생각하면 미안한 마음이 든다. 죽을 때 중환자실을 넘나들며 산소 호흡기를 달고 이런 저런 처치를 하게 되면 돈도 수천만 원을 쓰게 될 것이다.

어머니의 사기(死期)는 점차 다가오고 있었다. 사람이 고통 없이 죽는 것은 얼마만한 축복인가. 모진 세월을 겪으며 살아온 인간이 그렇게 쉽게 쓰러진다고 생각하니, 인간성에 대한 모독이라는 생각조차 들었다.

아내란 자리

집에 들어가니 아내의 분위기가 심상치 않았다. 부산 집에서 가져
온 찹쌀로 죽을 쑤었는데 아마 쌀이 상했던지 그걸 먹고 어머니가
탈이 나신 모양이다. 어머니는 늦둥이를 학교에서 데리고 들어오
는 아내에게 바로 나가서 흰죽을 사 오라고 하셨다. 그리고 고구마
순 나물이 드시고 싶다고 했다 한다. 그런데 한 번 잡수어 보시고
입맛에 안 맞는지 다시는 젓가락도 대지 않으셨다는 것이다.

저녁이 되자 게릴라성 호우가 내리기 시작한다. 어머니 방에 보
일러를 돌렸다. 어머니는 방에 돌아다니는 작은 개미들을 여러 마
리 잡았다고 하신다. 나는 어머니가 헛것을 보기 시작한 것이 아닌
가 하고 긴장했다. 그러나 방바닥을 보니 개미는 아니고 조그맣게
생긴 벌레가 이리저리 움직이고 있는 것이 보였다.

아직 어머니의 정신은 말짱하신 것이다!

그런데 폐암 환자는 저러다가도 갑자기 돌아가신다는 경험자들

의 말이 떠올랐다. 나는 방 전체에 보일러를 가동해 방안의 눅눅한 기운을 없앴다. 문제는 그 다음이었다. 잠을 자던 아내가 방이 뜨겁다며 일어났다. 낮에도 시어머니에게 시달렸는데 저녁에 미운 남편이 들어와 잠을 깨웠으니 아내는 꽤나 심통이 나 있었다. 어머니와 내가 거실에 나와 있는데 온 방에 불을 켜고 있다고 투덜대더니 문을 '쾅' 하고 닫고 들어가 버렸다. 나는 한 마디도 할 수 없었고, 어머니는 작게 한숨을 쉬며 자신의 방으로 들어가셨다.

아내의 말이 걸렸는지, 어머니 방에 불이 꺼졌다.

다음날 아침, 아내는 일어나지 않았다. 내가 손수 밥을 차려 먹고 어머니 밥상을 보아 드리고 평소와 같이 아내가 먹을 수 있도록 도라지 주스를 만들어 식탁에 놓아두고 나왔다.

어머니는 자꾸 숨이 가쁘다고 하신다. 이제는 왼쪽으로 누워도 오른쪽으로 누워도 아프다고 한다. 어머니는 얼마 전 부산 집에 살 때 허물없이 지내던 아랫집 점쟁이 얘기를 했다. 몇 살까지 살겠냐는 어머니의 물음에 90을 짚어보더니 "90은 안 되겠고 82살까지는 살겠다."고 했다고 한다.

올해 어머니 연세가 82살. 폐암 4기로 올 7월에 의사가 4~6개월 생존한다고 했으니 어머니는 올해 11월이나 12월까지 사시겠다는 얘기다. 의사와 점쟁이의 말이 맞아떨어진다.

어머니는 약해지고 있었다. 삼시 세끼 억지로라도 죽을 드시고 간식으로 포도나 요구르트를 드시려고 노력하셨다. 하지만 밥은 죽으로, 죽은 묽은 미음으로 바뀌었다.

언젠가 저 묽은 미음도 못 드시는 날이 올 것이다.

나는 어머니와 아내에게 차례로 인사를 한 후 집을 나섰다. 아내는 성경책을 읽고 있다가 잘 다녀오라는 대답을 하였다. 지금 아내의 마음도 편치 않을 것이다. 효도를 해야 한다는 당위성과 시어머니의 병수발과 간섭에 지쳐가는 몸과 마음, 나중에 후회하지 않기 위해 이를 악물고 있을 것이다.

나는 아내를 믿는다. 이 선과 악의 싸움에서 아내는 결코 지지 않을 것이다. 올해로 결혼 27년째, 여전히 나는 아내를 사랑했고 그 사랑은 아내를 믿게 만들었다. 우리는 모두 살아가면서 어쩔 수 없는 운명의 폭탄들을 맞이한다. 그 폭탄들을 훌륭하게 해체하면, 평상으로 돌아가 지난날을 담담하게 회상할 수 있는 특권을 얻게 될 것이다.

일요일 새벽에 일어나 출근 준비를 서둘렀다. 새벽 4시 30분. 남들에게 일요일은 쉬는 날이지만 교회 사무장인 나에게는 전투하는 날이다. 일요일 전투를 치르고 나면 월요일엔 쉴 수 있다.

파주 금촌에서 통일로를 타고 신촌으로 오는 동안 여러 가지 상념에 잠기다 보면 신호를 위반하는 경우도 있다. 지금도 교통신호 위반 적발 카메라 앞에서 간신히 멈추어 설 수 있었다. 말없이 새벽에 나를 내려다보는 저 카메라는 싸늘한 쇳덩어리가 아니라 그야말로 시퍼렇게 살아 있는 권력이었다.

출근하기 전 어머니께 좀 주무셨냐고 물으니 예전에는 왼쪽으로 돌아누워 30분이라도 눈을 붙일 수 있었으나 이제는 도통 잠이 오지 않는다고 한다. 온 밤을 뜬 눈으로 지샜다고 하셨다. 병원에서는 이럴 때를 대비해 강력 진통제를 처방해 주었다. 그러나 어머니는 이 약을 드시지 않았다. 새로운 약이 가져 올 예측할 수 없는 결과가 두려우셨으리라.

어머니는 주먹을 이리저리 뒤집으며 속에서 통증이 이렇게 저렇게 요동을 친다고 표현하셨다. 여름이긴 하지만 추위를 느끼는 어머니를 생각해 주무시기 전에 전기장판을 켜 놓았는데 새벽에 보니 코드가 뽑혀 있다. 자다가 숨 쉬기가 힘들어 코드를 뽑았다고 하신다. 그것이 어머니의 온, 오프 방식이었다. 자는데 숨을 쉬기가 어렵고 답답해 전기장판 때문에 그런가 하여 코드를 뽑았다는 것이다.

어머니 몸속에서는 지금 어떤 일이 일어나고 있다. 그것은 어머니가 겪고 있는 전쟁이다. 하기야 살아있음 자체가 전쟁이지 않는가.

"요즘 큰 아이한테는 왜 연락이 없냐?"

어머니가 물어보신다.

어머니에게 전화를 해서 이런 저런 이야기를 하던 형님은 요즘 어머니와 통화하는 것을 두려워하고 있다. 전화선을 타고 넘어오는 어머니의 가쁜 숨소리를 듣기가 어려웠던 것이다. 형님은 나에게 전화해 어머니의 안부를 묻고, 나 대신 어머니에게 잘 해 드리라고 말하고는 전화를 끊었다.

어제는 일요일이라 시간이 났는지 북가좌동에 사는 여동생과 천안에 사는 외숙모가 방문을 했다. 그리고 오랜만에 형님이 어머니께 전화를 했다.

"제가 어머니를 몇 번이나 살렸는데, 이번에는 힘들 것 같아요. 그게 가슴이 아파서 전화를 드리지 못 했어요."

형님이 어머니께 이런 얘기를 했단다. 참으로 형님답다. 형님은 어머니 곁을 수십 년 기웃거리며 어미 새가 먹을 것을 잡아와서 새끼들 입에 넣어주는 것처럼 어머니가 드시고 싶어 하는 것들을 사드리고 문안을 해왔던 터다. 이제 뇌경색과 폐암 말기 판정을 받고 파주에 있는 동생 집에서 인생의 마지막을 맞이하는 어머니를 보는 일은 괴로움 그 자체였을 것이다.

형님은 어머니를 많이 사랑했다. 사랑하는 사람들만이 할 수 있는 말과 태도였다.

창문에는 찬바람이 부는데 어머니는 웃통을 다 벗으시고 선풍기를 켜고 누워 계신다. 어떤 때는 한 여름에 춥다고 난방을 한 채 이불을 덮고 계시기도 한다. 어머니가 드시는 죽은 이제 물과 같은 미음으로 대체되어 있었다. 암센터에 입원했을 초기엔 밥을 반 공기나 드셨는데…

그래도 아직은 당신의 살아 온 날들을 찬찬히 대화로 풀어내기도 한다. 하지만 이야기하는 것이 고통스럽거나 귀찮은지 품새가 이전만 못하다. 지금은 몸이 비스듬하게 한 쪽으로 기울어진 상태에서 눈을 감고 계신다. 저 각도 역시 처음에는 꼿꼿했다가 그 다음에는 조금 기울었다가 이제는 확연히 옆으로 기울었다.

아마 얼마 있지 않아 어머니는 옆으로 쓰러질 것이고, 살아서의 모든 욕망은 평평한 땅으로 수렴할 것이다. 어머니의 기울기는 날이 갈수록 조금씩 수평을 향해 기울어지고 있었다.

어머니는 야생이었다

새벽 4시 30분에 눈이 떠졌다. 남부지방에 300밀리의 비를 뿌리겠다던 태풍은 오늘 오전 서울과 서부지역을 지난다고 하였다. 새벽기도를 가야 하나 말아야 하나 고민하다가 어머니 방으로 갔다. 쌩쌩거리는 바람이 방안으로 들이쳤지만 창문은 열려 있었다. 잠을 좀 주무셨냐고 물으니 조금 잤다고 말씀하신다. 어제 저녁부터 숨이 가쁜 것이 심해졌다. 어머니는 두려움에 두 눈을 감고 숨을 거칠게 내쉬고 있었다.

나는 잠자코 전기장판의 코드를 꽂고, 어머니 곁에 발을 오므리고 누웠다.

어머니 곁에 이렇게 누우니 유년 시절이 떠오른다. 그리고 어머니의 생애가 그림처럼 스쳐지나간다. 별이 쏟아질 듯한 만덕의 밤하늘이 떠오른다. 어머니가 병 나으면 가고 싶다고 하신 부산 만덕동의 하늘…

　나의 유년은 어머니에 대한 연민과 아버지에 대한 원망이 깊었던 시절이었다. 어머니는 아버지 대신 생계를 책임지느라 닥치는 대로 힘든 일들을 해야만 했다. 어머니는 야생이었고, 어머니의 생애는 한마디로 생존을 위한 전쟁이었다. 그런 추억과 어머니의 피를 물려받은 나 역시 야생의 짐승과 같았다고 할까. 없는 자의 일상은 늘 피곤하고, 거친 한숨을 내쉬어야 한다.

　예수를 믿으며 나는 그 한숨과 불안한 일상의 결핍을 인내하는 법을 배우게 되었다. 만일 그렇지 않았다면 나는 스스로를 해하며 어디선가 죽어 갔을 지도 모를 일이다. 하지만 누가 뭐래도 이 땅은 전장이다. 나는 창과 방패를 마련하고, 울타리를 튼튼하게 해야 했다. 하지만 나의 창은 무디고 나의 방패는 미련하며 나의 울타리는 허술했다. 가솔들은 어설픈 가장을 믿지 않고 다른 울타리를 기웃거렸다. 진퇴양난, 그것이 오늘의 나를 설명하는 단어이다.

　어둠이 걷히고 태풍은 계속 북상하고 있다. 태풍의 경로는 내 밥줄과도 관련이 있다. 교회 앞마당에 심어놓은 가이스까, 주목, 홍목련, 단풍, 사철나무, 라일락이 위태로웠다. 나무들이 뿌리를 내릴 시간도 없이 태풍이 오고 있다.

　나무도 나도, 어떤 강도인지 모를 위기를 눈앞에 두고 있다.

#사랑은 움직이는 것

아내는 태풍이 오니 전철을 타고 가라고 하였다. 밖은 잔뜩 날이 흐려 있을 뿐 비는 오지 않았다.

홍대 전철역 앞에서 두 남녀가 이별의 키스를 하고 있다. 주름치마를 입고 아주 예쁘게 생긴 여자가 하늘을 향해 눈을 감고 입을 내미니 키가 큰 남자가 머리를 숙여 입을 맞추고 그들은 헤어졌다. 8시도 안된 이른 아침인데, 그 둘은 어디서 함께 밤을 지내고 나와서 각자의 일상으로 돌아가며 작별의 키스를 하는 것이리라. 어제 저녁 밤새 껴안고 뒹굴었을 그들에게 또다시 입맞춤이 필요할까? 저렇게 끝없이 상대의 몸을 탐하는 것도 사랑일까?

저것도 분명한 사랑일 것이다. 내가 병든 어머니 곁을 지키는 것도 사랑이고 저들의 작별 키스도 사랑이다. 저들의 사랑은 격하며, 무엇이든 집어삼키며 소비하며 상대방의 온전한 헌신을 요구하는 괴물이기도 하다. 그 괴물의 힘은 놀랍다. 힘이 들어도 힘이 드는 줄 모르며, 피곤한데도 피곤한 줄 모르며, 희망이 없는데도 희망이 있다고 속삭인다. 놀라운 초능력, 그것이 남녀 사이 사랑의 정체일 것이다. 저 힘만 있어도 세상을 살 만한 충분한 이유가 될 것이다.

교회에 가까이 다가가니, 대로변의 키가 크고 잎사귀가 무성한 가로수들이 많이 부러졌다. 그런데 다행히 얼마 전 다른 곳에서 옮겨 심어 놓은 나무들은 멀쩡했다. 북상하는 태풍이 나무들을 뽑아 버리지 않기를, 그리고 내 생의 뿌리를 건드리지 않기를 기도했다.

어머니는 지금쯤 통증으로 신음하고 계실 것이다.

오늘은 아내의 생일이다. 큰 딸아이에게 저녁 6시쯤 엄마하고 식사할 것이니 일찍 들어오라고 말했다. 아내에게 케이크와 샴페인을 사갈 것이라고 말하니 아내는 어머니가 병환 중이라 모양새가 좋지 않으니, 피자나 한 판 사고 어머니 좋아하는 복숭아 넥타와 포도 복숭아 같은 제철 과일을 사오라고 하였다.

물건을 사고 있는데 갑자기 외삼촌의 전화가 왔다. 집 앞이라는 것이다. 생각할수록 짜증이 났다. 아내의 생일날, 식구들이 오붓이 저녁이라도 먹고 싶었는데 갑자기 태풍이 오는 이 어수선한 때에 예고도 없이 집에 오다니…

아내는 최선을 다해 밥상을 차려 어른들을 모셨다. 외삼촌과 외숙모는 처음엔 사양하더니 어느새 밥그릇을 다 비웠다. 조카와 조카며느리가 병든 자기 누님을 어떻게 수발하는지 보려고 불시에 찾아왔을 지도 모르겠다. 어머니와 외삼촌 내외의 대화는 내 여동생 애기로 이어졌다. 여동생은 내가 집을 비우는 주일날 우리 집에 와서 어머니 목욕도 시켜 드리고 하루 동안 식사도 챙겨주고 있다.

어머니는 내 여동생의 남편인 사위가 여동생을 끔찍하게 위한다고 자랑했다. 지난번에 왔을 때는 장모님 여름 옷 한 벌 사드린다고 했는데, 얼마나 고마운지 모르겠다고 말씀하셨다. 그런데 어머니 말씀이 사위가 '아직까지는' 자기 마누라 없으면 안 되는 줄 안다는 것이다. 나는 이 대목이 귀에 걸렸다. 결혼은 언제 깨어질지 모르는 사기그릇 같은 것이다. 어른들은 모든 것을 영원하다고 보지 않는다. 모든 것은 변개될 수 있는 가능성 속에 존재한다. 험난한 세월을 살아 온 어른들은 '사랑은 움직이는 것'이라는 말을 이미 알고 있었다.

식사를 마친 후 외삼촌 내외는 태풍 속으로 사라져 갔다.

#여자의 내숭

삼촌 내외가 떠나가고 음식물 쓰레기를 비우기 위해 밖으로 나갔
다. 그런데 이게 무슨 일인가. 문 앞에 웬 케이크와 꽃다발이 놓여
져 있었다. 나는 큰 딸아이가 알고 지내는 그 사람으로부터 배달되
어 온 것임을 직감했다. 딸아이가 그 사람에게 자기 엄마 생일에 대
해 조근 조근 얘기를 해준 모양이었다. 나는 딸아이에게 뭐 하러 그
런 얘길 했냐면서 싫은 내색을 했다.

  딸아이는 '오늘 뭐 하냐'고 묻길래 '엄마 생신이어서 식구들과 식
사할 예정'이라 대답했을 뿐이라고 하면서, 자신도 그 사람이 케이
크와 꽃다발을 갖다놓은 사실을 알지 못한다며 펄쩍 뛰었다.

  그런데 가관인 것은 아내였다. 내가 케이크와 샴페인을 사온다고
할 때는 한사코 말리던 사람이 웬 젊은 남자, 그것도 내가 별로 탐
탁하지 않게 생각하는 사람이 문 앞에 놓고 간 선물을 거리낌 없이

집 안으로 가져오더니 연신 싱글벙글이다.

아내는 '정성껏 마련한 선물을 어떻게 할 것이냐'며 늦둥이와 함께 케이크의 촛불을 끄며 즐거워했다. 그리고 꽃다발을 든 자신의 모습을 사진 찍어 달라며 장난까지 쳤다. 나는 아내의 이런 내숭에 혀를 내두를 수밖에 없었다. 상대가 누구이든 자신에 대한 사랑을 거절하는 법이 없는 것이 여자의 동물적인 본능인가 보다.

역시 아내는 노련했다. 나처럼 이런 일을 속 좁게 해석하여 냉정하게 거절하고 흥분할 그런 촌닭이 아니었다. 아내는 꽃다발 뭉치에 코를 박고 장미와 국화, 카네이션이 내뿜는 향기를 음미하고 있다. 사랑은 무언가를 주고 싶어 하는 일이기에 이것을 받는다고 죄가 될 것이 없으며 자신의 생일을 축하해 주는 사람이라면 그 사람이 누구라도 미워할 이유가 없다는 생각인 것 같았다. 사태가 이렇게 전개되니 환장할 사람은 나뿐이었다.

내가 여자 뱃속에서 나오기는 했지만 어찌 여자의 내숭을 이해할 수 있을까. 내 나이가 오십을 넘었는데도 그런 일은 가능하지 않았다. 부부가 평생 갈등하는 이유도 이런 암컷과 수컷의 차이 때문이 아닐까.

#모든 일에는 때가 있다

어머니가 얼마 못 사실 것 같다고 생각하니 왜 내가 미리 보험에 들지 못 했던가 하는 후회가 다시 고개를 내밀었다. 2년 전 어머니가 축농증 수술을 받을 때, 이순재 보험을 들어 놓았더라면 지금쯤 돌아가셔도 1,000만 원은 받아 요긴하게 쓸 수 있을 것이다. 그때도 보험에 가입을 안 하려고 했던 것은 아니다. 상담까지 다 마쳤으나 매달 들어가는 보험료가 부담이 되어 미루었던 것이다. 이른바 이순재 보험은 가입한지 2년이 지나 사망했을 때 치료 및 장례비로 1,000만 원을 지급하는 보험이다. 사람이 평생 동안 질병으로 인해 지출하는 비용의 절반 이상은 사망할 때 중환자실을 들락거리며 지출하게 된다.

보험의 가입 연령이 80세까지였는데 어머니는 올해 4월에 만 80세가 되었다. 그런데 보험회사에서는 올해 말까지 가입할 수 있다고 하였다. 그러나 가입한들 어머니는 2년을 버티지 못 하실 것이다. 그래서 끝까지 미적거렸는데, 보험회사의 독촉에 떠밀려 어쩔 수 없이 이제서야 가입을 한 것이다.

무엇이든 늦었다고 생각할 때가 빠른 때라고 하는 말이 있다. 나는 왜 그 많은 시간들을 허비하며 정작 중요한 것들은 준비하지 못했는지 자책했다. 인생에서 때를 놓친 순간들은 많다. 무엇보다 군대를 늦게 간 일이 내 인생 항로를 바꿔 놓았다. 나는 큰 딸아이를 낳고 입대해 전투경찰로 만기 제대를 했다. 지아비를 보낸 그 가정은 어떠했을 것이며, 군대 와서 둘째 동생뻘 되는 전우들과 함께 보낸 기가 막힌 시간들을 어떻게 말로 다 표현할 수 있을까.

당시 나는 군사정권 반대나 미군철수, 시국농성, 노동자 농민과 철거민들의 시위 속에서 진압장비들과 벗하며 보냈다. 게다가 박사과정을 밟다가 군대를 가는 바람에 예정된 교수 자리도 멀어지게 되어 인생의 행로가 바뀐 것이다. 나는 시기를 놓친 자의 서글픔과 어디에도 조화될 수 없는 어색함이 어떠한 것인지를 몸소 체득했다. 어리석은 자는 결단력이 부족하여 때를 놓치고 그것 때문에 괜한 고생을 자초한다.

어머니는 돈도 없는데 뭐 하러 가입했냐시며 안타까워 하셨다.

이비인후과 병동에 갇혀
눈 내린 세상을 바라본다.
여름날 과로한 쿨링타워는
머리에 하얀 깁스를 하고

중환자처럼 쓰러져 쉬고 있다.
한계를 넘은 과로 뒤에는
깊은 잠만이 치유하리라.

세상은 온통 눈의 마법에 걸려
눈을 감고 기도하는 중이다.
모든 일에는 때가 있다.
엉겨 붙어 사랑할 때와
원수처럼 서로를 버릴 때와
신명으로 우쭐거릴 때와
오늘처럼 수술 날을 기다리며
창밖을 바라보는 때가 있다.

어제의 평범한 일상이 그립다.
귓전을 울리며 깔깔대던
늦둥이의 웃음소리가 그립다.
나는 돌아 갈 수 있을까.
나의 지지자들이 모여 사는
천국 같은 일상으로

— 모든 것은 때가 있다

#어머니의 노령연금

일을 마치고 집에 들어가 저녁을 먹었다. 어머니께서는 점심을 늦게 먹어 생각이 없다고 하셨다. 아내에게 오늘 어머니 점심이 왜 늦었냐고 물으니 아내는 대답을 못하고 우물쭈물했다. 교회에서 목요일 마다 열리는 기도회에 갔다 왔느냐고 기습적으로 물었다. 아내는 숨기던 무언가를 들킨 사람처럼 머쓱해 했다.

내 추궁에 심통이 난 아내는 말끝마다 시비였다. 아내는 갑자기 어제 일방적으로 가입한 보험에 불만을 제기하며 그 보험을 해지하라고 몰아세웠다. 그러면서 아내는 오늘 낮에 어머니가 해주신 전라도 아주머니 얘기를 전해 주었다.

전라도 아주머니는 90살 가까이 살다가 돌아가셨다. 생전에 그 아주머니는 70살 이상 되면 매월 동사무소에서 주는 노령연금이 나오기를 애타게 기다렸다고 한다. 그 분은 담배를 무척이나 좋아했는데 아들과 며느리가 사주지 않아 길거리에서 담배꽁초를 주워

피웠다. 아주머니는 노령연금이 지급되자마자 새마을금고로 달려
갔단다. 그런데 며느리가 와서 벌써 타갔다는 청천벽력 같은 말을
전해 들었다.

아뿔사, 보험을 들 때 내 통장의 계좌번호를 기억하지 못 해 바침
가지고 있던 어머니 노령연금이 나오는 새마을금고 통장번호를 불
러준 것이 문제였다. 어머니는 온종일 서운하셨던 것이다.

아무리 부모 자식 간이지만 서로의 마음과 형편을 살피지 않으면
관계에 틈이 생기게 되어 있다. 아내는 어머니에게 '전라도 아주머
니의 며느리 보다 더한 못된 아들'이라고 너스레를 떨며 남편의 경
솔함을 꼬집었다. 나는 어머니에게 변명을 늘어놓았지만, 내가 경
솔했던 것이 사실이다.

나는 매달 통장으로 돈이 들어오는 쏠쏠한 재미거리와 유일한 어
머니의 수입을 없애버린 것이다. 어머니에게는 부산 집과 세간에
이어 최소한의 존립 근거도 사라진 것이다. 이 일을 겪으며 내가 얼
마나 생각이 짧은 사람인지 다시 한 번 뼈저리게 느껴야 했다. 평생
을 이런 철부지로 응석을 부리며 살아왔고, 어머니는 늘 나의 행동
을 용서하며 살아오셨다. 세상은 내가 상대하기에 만만한 대상이
아니었다.

어머니와 금붕어

태풍 볼라벤은 바람이 심했고, 연이어 올라온 덴빈은 비를 많이 뿌렸다. 태풍이 지나간 아침은 그야말로 평온했다. 어제와 오늘 아침이 어쩌면 이렇게 다를 수 있을까. 우리의 삶에도 태풍이 몰아치는 날이 있는가 하면 오늘처럼 부드럽게 미소 짓는 아침이 있다.

어머니께 문안을 드리며 좀 주무셨냐고 하니 한 잠도 못자고 거실에 나가 있다가 이제 들어와 누웠다고 한다. 식구들이 다 잠든 밤에 어머니는 무슨 생각을 하였을까. 어머니 뱃속에서 나왔지만, 어머니의 고통을 함께 할 수 없다는 것이 안타까웠다.

아내는 오전 10시 구역권찰예배 모임에 가기 위해 아침 준비를 서둘렀다. 아내는 어머니가 올라오시기 전에 소화하던 자신의 일상을 그대로 이어갔다. 말기 암 환자인 시어머니가 오셨다고 하여 조금도 자신의 스케줄을 변경하지 않았다.

어머니가 혼자 계실 때 무슨 변고라도 생기면 어쩌나 하는 마음에 아내가 외출하는 횟수를 줄여주기를 바랐지만, 아내가 상처받지나 않을까 염려하여 "요즘 기도할 일이 많지?" 하고 말을 건넸다. 그제서야 아내는 자신의 속내를 털어놓았다.

어머니는 며느리가 없는 것을 좋아한다는 것이다. 아내가 없으면 나와서 냉장고 문을 열고 이것저것 찾아 드시고, 황도 봉숭아도 한 개 드신다고 했다.

어머니는 늦둥이가 키우는 어항의 금붕어 한 마리를 자주 지켜보셨다. "금붕어가 혼자서 잘도 놀고 있네."라고 말씀하시며…

어머니는 감옥 아닌 감옥에서 환자인 시어미를 두고 외출하는 며느리를 괘씸하게 생각하고, 또 한편으로는 빈 집에서 혼자만의 자유를 누리고 있는지도 모를 일이다. 아마 자신의 신세가 금붕어와 비슷하다고 생각하실 지도 모르겠다.

어머니는 지금 이 시간에도 혼자 금붕어와 대화하며 빈집을 지키고 계실 것이다.

#어머니와 아내의 전쟁

어머니와 아내는 언쟁 중이었다. 나는 아내의 얼굴을 보며 몸이 아픈 어머니에게 긍휼을 베풀길 바랐지만 어떤 얘기도 할 수 없었다.

문제의 발단은 저녁을 먹으며 어머니가 죽이 너무 되다고 물을 부어 드신 것이다. 아내는 어머니가 너무 까다로워서 어떻게 맞출 수가 없으니 이제부터 어머니가 직접 쑤어 드시라고 대꾸했다. 아내도 아내지만 사실 어머니는 까다로우셨다.

고구마순 나물을 드시고 싶다고 해서 아내가 만들었는데, 고구마순이 억세고 들깨가루도 들어가지 않아 입맛에 맞지 않는다며 쳐다보지도 않으셨다. 어제는 파주 금촌 장에 들러 어머니 드시라고 물김치를 사왔는데 어머니는 너무 달다며 입에 대지도 않으셨다.

어머니는 부산 만덕에서 아버지를 먼저 보낸 후 혼자서 자유롭게 살아오신 분이다. 신혼 초기 몇 년 외에는 남의 집 전세를 살지 않았고, 자기 집을 지니고 사셨다. 아버지가 살아 계실 때에도 어머니는 당신의 뜻에 따라 사셨다.

어머니는 어릴 적부터 섭생이나 성정이 까다로웠다고 한다. 모든 일이 자신의 취향에 맞아야 했다. 화장실로 가는 거실의 중간에는 조그만 등이라도 켜져 있어야 했으며 방안에도 보조등을 켜야 했다. 화장실의 휴지통은 적기에 비워져야 했다. 이러한 어머니의 다양한 요구에 아내는 죽을 맛이었을 것이다. 아내는 어머니가 자꾸 유별나게 구시니까 사는 게 힘들다고 항의했고, 어머니는 그런 각오도 없이 시어미를 모시겠다 했냐고 응수하며 지지 않았다.

나는 그 사이에서 눈치를 보면서 문제를 빨리 처리해 주어야 했다. 어머니의 요구사항인 화장실 휴지통을 비우고 전등을 켜는 시늉을 해야 했고, 아내를 위해 음식물 쓰레기를 비우고 화장실 청소와 빨래 개기를 도왔다.

두 사람은 거실이라는 공간에서도 기 싸움을 벌였다. 어머니는 통증이 올 때면 식탁 의자에 앉아 계시거나 자신의 방으로 들어가셨다. 그럴 때 아내는 두 발을 쭉 뻗고 거실 소파에서 텔레비전을 보고 있었다.

이런 모습은 흔히 사파리에서 일어나는 사자나 호랑이 무리들의 행태와도 비슷했다. 시어머니는 며느리를 호령하던 여장부였고, 아내는 시어머니의 권위에 말없이 따르던 순한 며느리였다. 하지만 사정이 바뀌었다. 어머니는 이제 거실에 나와 있기도 눈치가 보여 식탁 의자에 앉거나 자신의 방에 들어가 눕는 것으로 분을 삭였다.

어머니의 모습에서 사파리를 호령하던 제왕의 기풍은 찾아 볼 수 없었다. 나는 제왕의 품위가 더 이상 훼손되지 않게 해 드리기 위해서 아내와의 언쟁도 묵묵히 지켜볼 수밖에 없었다. 만일 내가 여기에 개입하여 누구의 편을 든다면 아내에겐 상처를 줄 것이고, 어머니의 품위는 더 손상될 것이므로…

눈물이라는 이름의 보물

일요일 새벽 5시 20분에 집을 나섰다. 밖은 어두웠고 귀뚜라미 소리가 천지를 진동했다. 얼굴에 닿는 선선한 바람이 가을이 다가왔음을 말하고 있었다.

정말 지난여름은 더웠다. 그러나 불의 제왕의 통치도 언제 그랬느냐는 듯이 사라져 버렸다. 사람을 태워버릴 듯한 더위, 어머니의 암, 부산 집의 정리, 계속된 입원과 퇴원의 반복, 이 모든 일들이 일어났던 지난여름은 내 인생에 영원히 기억될 것이다.

새벽 길을 달리며 FM 라디오를 틀었다. 흘러나오는 노래는 한사코 세상이 눈물의 바다라고 한다. 세상살이는 정말 눈물의 언덕길을 가는 것일지도 모른다. 차 안에서 들은 노래의 제목들이다.

‘이 또한 지나가리라’, ‘Try to Remember’, ‘눈물 나는 날이면’…

알고 보면 노래는 삶의 고백이기도 하다. 사람들은 일상의 고통을 잊기 위해 좋았던 날들을 그리워하며, 어느 길모퉁이에서 혼자 서럽게 울기도 한다. 이것이 인간의 실존이다. 하지만 인간에게 있어 눈물의 골짜기 이외에 보물이 생겨날 곳이 어디 있을까. 고난만큼 사람을 겸손하게 하는 것이 또 있을까.

여름은 갔다. 이제 나뭇잎이 붉게 물들고 그 잎이 떨어지면 어머니의 마지막을 맞게 될 것이다. 자연의 사계절과 인생의 생로병사는 너무나도 닮아 있다.

오늘 교회 주보의 설교 제목도 '고난 속의 섭리'였다.

주여, 여름은 소멸하였습니다.
수 개월 간 불덩이로 이 땅을 다스리던
제왕은 고향으로 돌아갔습니다.
한 치 앞을 알 수 없는 날들 속에서
악과 미움만은 소멸하게 하시고
사망에서 건지시며 앞길을 열어 주신
당신과의 추억만을 기억하게 하소서.
주여, 이제는 당신을 위해 내가 죽는
마지막 가을이 되게 하소서.

— 가을 기도

#억지가 사촌보다 낫다

어머니가 점심을 거르셨다. 나는 긴장하지 않을 수 없었다. 곡기가 끊기면 생명줄도 끊어질 것이기 때문이다.

교회 노회 소속 모임에 나갔던 아내가 금릉 역까지 마중을 나와 달라고 하였다. 교회 행사를 마치고 주방 설거지를 할 사람이 없어 일손을 도왔더니 음식들을 많이 챙겨주었다는 것이다. 아내의 손에 들린 비닐 보따리는 엄청 무거웠다.

다행히 어머니는 며느리가 싸온 연근졸임, 시래기 된장국을 보자 식욕이 생겼는지 죽을 조금 달라고 하여 식사를 하셨다. 피곤하여 한잠을 자고 일어나니 저녁 8시가 되어 간다.

내일 아침엔 병원에 가야 한다. 혈액검사도 하고 엑스레이도 찍어야 한다. 어머니는 요즘 병원에 가기 싫다고 하신다. 식사를 하기 싫다거나 병원에 가기 싫다는 말은 예사로 들리지 않았다. 밤 12시부터 금식을 해야 하니 오늘 저녁만은 꼭 드셔야 한다고 했다.

어머니는 이렇게 숨길이 막혀 힘이 드는데 음식이 들어가면 더 숨쉬기가 어렵다고 말씀하셨다. 조금이라도 드시라고 간청을 하자 잣죽 몇 수저를 겨우 드셨다.

아내는 자신의 스케줄을 조정하는 일로 고민하고 있다. 내일은 호스피스 총회에 가야 한다고 선수를 쳤다. 모레도 교회 찬양대 개강 예배로 야외로 가야 한다. 그런데 큰 딸아이는 대전에서 일본 관광협회의 한국 행사에 통역하는 일이 있어 그 전날 대전에 내려가야만 했다. 딸아이는 자기 엄마에게 같이 내려가자고 졸라댔다.

아내는 어머니로 인해 자신의 스케줄을 조절해야 하는 스트레스를 받았다. 나는 아내에게 큰 딸아이 통역 일이 처음이니 함께 가주는 게 좋겠다고 조언했다.

억지가 사촌보다 낫다는 속담이 있다. 어머니는 먹기 싫은 식사를 억지로 드셨다. 집안의 모든 일도 이처럼 억지로 돌아간다. 이런 저런 이유를 둘러대면 인생에 닥친 일들을 감당하지 못할 것이다.

고향에 가서 살림살고 싶다

어머니의 외래 면담일이다. 지난 면담일로부터 한 달이 되었고, 응급실에서 홍수를 뺀 지는 20일이 지났다. 아프기는 하지만 집에서 서로의 얼굴을 보고 이야기하며 일상생활을 영위해 나갈 수 있다는 것은 다행 중의 다행이었다. 이 상태를 방해 받고 싶지 않았다.

엑스레이에 나온 어머니의 우측 폐는 한 달 전보다 많이 희어졌다. 주치의의 말로는 암이 더 커진 것이라고 한다. 오늘은 홍수를 빼라는 이야기도 하지 않는다. 의사는 지금이라도 항암치료를 하자고 한다. 항암치료를 하지 않는다면 자신이 해 줄 수 있는 것이 아무것도 없다는 것이다.

나는 어머니와 아내를 진료실 밖으로 내 보내고 의사와 단 둘이 앉았다. 나는 어머니가 얼마나 더 사시겠냐고 물었다. 준비도 해야 하니 솔직히 말해 달라고… 의사는 폐암 4기 진단을 내렸으므로 진단일로부터 서너 달 정도 생존할 거라고 하였다. 벌써 그 기간이 지났으므로 한 달 안에도 돌아가실 수 있다는 것이다.

병실을 나온 어머니는 낙심을 하고 계신 눈치다. 나, 아내, 어머니, 여동생 모두 말이 없었다. 형님에게 전화가 와서 오늘 진료 내용을 말씀드렸더니, 형님 역시 말이 없었다. 아내는 집으로 돌아가는 길에 죽을 사러 갔다. 한참동안 돌아오지 않자, 어머니가 짜증을 내셨다. 여동생이 요즘 죽 집은 끓여서 나오니까 시간이 걸린다고 설명했다. 어머니는 그걸 먹는다고 병이 나을 것도 아닌데 무슨 상관이냐며 말끝을 흐리셨다.

어머니는 병이 나아 만덕 집에 가서 산다면 얼마나 좋겠냐고 말씀하셨다. 하지만 현실을 직시하셨는지 고향집의 월숙이 엄마 이야기를 꺼냈다. 월숙이 엄마는 폐 섬유종으로 산소호흡기를 달고 살았는데, 지금 내가 그이 꼴이 되었다고 탄식하셨다. 어머니는 그동안 몸무게가 조금 줄었다. 손과 발이 붓고 숨이 차오면서 불덩어리 같은 것이 등짝과 옆구리로 번갈아 돌아다닌다고 했다.

나는 항암치료를 생각했다. 체력이 바닥난 어머니는 항암을 받으면 물 한 모금 못 넘기고 돌아가실지도 모른다. 나는 어머니에게 항암치료의 부작용에 대해 말씀드렸다. 어머니의 반응은 의외였다.

"내가 죽지도 않고 너희들 애를 먹이면 어쩐다냐? 차라리 항암치료를 받고 빨리 죽는 편이 낫지 않겠냐?"

나는 새로운 결단을 내려야 할 기로에 처했다. 항암치료든 돌아가실 경우든 구체적이고 현실적인 문제들로 눈을 돌려야 했다.

#산다는 것은 흔들리는 것이다

"누가 나를 옆에서 돌보냐, 너희들 교회 간다고 나가면 아무도 없는데 나 혼자 생명을 부지하려고 코에 산소호흡기 단 채로 목숨을 연장해 너희들을 괴롭힌다냐? 나, 항암치료 받고 싶다. 그래서 빨리 떠나고 싶다."

전화선을 타고 건너편의 가쁜 숨길이 느껴져 온다. 의연하던 어머니의 목소리는 울부짖음으로 변해 있었다. 더 이상 이야기해 보아야 어머니만 힘들게 할 뿐이었다. 암센터 주치의에게 이야기 하여 산소호흡기 처방을 받겠다고 말씀드리고 전화를 끊었다.

외삼촌에게 전화가 왔다. 저번에 보니 어머니 안색이 좋지 않더라는 것이다. 그리고 어제 꿈에 어머니가 나왔다고도 했다. 어른들이 돌아가실 때에는 꿈에 나타난다는 이야기를 해주고 싶었던 모양이다.

어머니의 병세가 악화 기로에 들어선 것은 틀림없어 보였다. 그렇게 의연하시던 어머니의 울음 섞인 음성이 귓전을 맴돌았다. 어머니는 살고 싶으셨고, 먹고 살기 위해 자리를 비우는 철없는 아들 내외를 향해 분노를 쏟아낼 만큼 서운했을 것이다.

언젠가 어머니가 이불 호청을 따야 한다며 면도칼을 구해 달라고 하셨던 것이 생각난다. 나는 어머니에게 행여 딴 생각 하시지 말라고, 그러면 자식도 죽이는 거라고 말씀드렸다. 그 뒤로 어머니는 면도칼을 찾지 않으셨다.

이제는 어떻게 해야 좋단 말인가. 나는 한 치 앞도 내다보지 못하고 어머니의 2년 생존을 기원하며 보험까지 들어 놓았다. 항암치료를 해야 할 것인가. 나는 결정을 하지 못했다.

나는 늘 선택의 기로에서 어느 한 쪽을 선택하는 일에 늦었다. 내 인생은 늘 질서 없이 뒤죽박죽이었다.

내가 가장 사랑하는 사람이 죽어가고 있는데 나는 어떤 선택도 하지 못 하고 있다. 산다는 것은 한 치 앞을 내다볼 수 없는 것이며, 끝없이 자기 합리화만 하다가 나중엔 빈주먹 쥐고 돌아서서 우는 것이다. 아마 나는 어머니의 목숨 줄이 끊어지는 그 순간까지 계속 흔들릴 것이다. 어쩌면 산다는 것이 흔들리는 것인지도 모르겠다.

산다는 것은 흔들리는 것이다.
어제는 참 무서웠다고 생각하며
오늘은 정말 감사하다고 생각하며

그렇게 흔들리며 가는 것이다.

방황하지 않는 삶이 어디 있으며

흔들리지 않고 가는 삶이 어디 있으랴.

정해진 그곳까지 가기 위해서

흔들려야만 도달할 수 있다

오늘도 사람들 속에서 흔들거리며

한발 한발 나의 길을 간다.

한 걸음을 앞으로 내딛기 위하여

좌로 한 번 흔들리다가

한 걸음을 앞으로 내딛기 위하여

우로 한 번 또 흔들린다.

산다는 것은 숨이 멎는 끝까지

흔들리며 가는 것이다.

— 산다는 것은

수요 예배를 마치고 교회로 돌아오는 길에 차 안에서 아내와 마주하게 되었다. 어머니의 병세가 위중하니 어머니 곁을 지켜야 한다고 조심스럽게 말을 꺼냈다. 아내는 내일 또 교회 찬양대 개강 예배로 태안 천리포 수목원을 가기로 되어 있었다. 아내는 성가대의 알토 파트장이어서 대원들에게 내일 빠지지 말라고 전화까지 해놓았다며 적잖이 당황했다.

나는 내일 파주의료원에 가서 산소 처방전을 받아야 한다고 말했다. 의사가 한 달 안에 돌아가실 수도 있다고 했으니 앞으로 좀 더 신경을 쓰자고 얘기했다.

아내는 자기가 어머니 곁에 있을 필요가 없다고 했다. 어머니는 아내가 있으면 방안에서 한 발자국도 안 나오시지만, 아내가 나가면 텔레비젼도 보고, 먹고 싶은 것도 드신다는 것이었다. 그러니 일부러라도 자리를 피해 준다고 했다.

또한 어머니는 사람을 의심하는 증세가 있다고 말했다. 아내가 정성껏 죽을 쑤어 놓아도 어머니는 남이 한 음식을 꺼림칙하게 생각해 물을 붓고 다시 끓여 드신다고 했다. 아내의 말을 들으니 예전 생각이 떠올랐다

아버지는 살아생전 자식들에게 너희 어머니가 의부증이 있어 자기를 못살게 군다고 하소연하셨다. 하루는 집안에 큰 소리가 났다. 아버지가 개장수 여자와 붙어 다닌다고 어머니는 입에 거품을 물고 아버지를 쪼아댔다. 아버지는 서류 처리할 일을 도와주었더니 개장수 여자가 고맙다고 밥 한 끼 산 것 뿐이라고 억울해 했다. 아버지와 어머니는 늘 그런 식이었다.

어머니가 걱정 되어 집에 일찍 들어갔더니, 형님이 두 번씩이나 전화 해 어머니께 죄를 지었다고 하더라고 전해주셨다. 부산 대동 병원에서 서울로 올려 보낸 일, 부산 집을 정리하기 위해 내려갔을 때 떠밀다시피 어머니를 올려 보낸 일이라고 했다는 것이다.

어머니는 긴 한숨과 함께 넋두리를 하셨다.

"이게 다 무슨 일이냐, 내가 숨 떨어지기 전까지는 다른 사람에게 신세지지 않겠다는 결심 하나로 살아왔는데, 내가 이렇게 여러 사람을 괴롭힌다냐."

나는 어머니의 부은 발목을 주물러 드리며 잘 주무시라고 인사하고 방을 나왔다.

오늘은 피곤했다. 큰 딸아이를 어제 저녁 대전까지 실어다 주고, 오늘 새벽에 올라와 어머니 일로 신경 쓰고, 직장 일을 하다 보니 눈꺼풀이 무거워 눈을 뜰 수가 없었다. 잠을 자야 한다. 고달픈 자에겐 잠만이 보약이다.

아무리 힘이 들더라도 일단 쓰러져 한잠 자고 나면 내일 다시 세상과 맞서 싸울 수 있다. 이런저런 일상의 고민으로 내 영혼은 지쳐갔다.

희망이라는 단어

초록의 행진을 이어가던 가로수의 잎들은 어느새 노랑 물감을 한 모금씩 머금고 서있다. 소리 없이 가을이 오고 있었다. 통일로 변에는 빨강, 흰색, 분홍의 코스모스가 쑥대머리를 한 쑥대와 버들강아지와 더불어 곱게 피어 있었다.

우측 폐까지 암이 퍼진 어머니는 통증이 오는지 좌측으로 10도가량 몸을 기울인 채 눈을 감고 계신다. 죽을 드시라는 말에 눈을 뜨며 조금 있다 먹겠다고 하셨다.

폐에 물이 차서 힘들 때는 물을 빼면 나을 것이란 희망이 있었다. 하지만 지금은 더 이상 희망을 품을 것이 남아 있지 않았다. 어머니와 나는 말수도 줄었다.

대책이 없다는 것, 정확히 말하면 희망이 없다는 것은 사람을 말려 죽이는 것이나 매한가지였다. 어머니는 독일 제약회사가 만든다는 고혈압 약에 집착하고 계셨다. 어머니가 여동생네 집에서 몇

164

달 지낼 때 근처 내과에 간 일이 있었는데, 그때 의사가 말하기를 할머니는 혈압 약을 평생 먹어야 한다고 했다면서 떨어져 가는 혈압 약에 신경을 쓰셨다. 그 약이 암센터에서 처방해준 약과 어떤 상관관계가 있는지, 먹어서 안 되는 것인지는 알 바가 아니었다. 어머니는 혈압 약을 먹으면 손과 발의 붓기가 조금 내리고 숨 쉬는 게 조금 나아진다면서 다시 그 내과에 갈 수 없냐고 물으셨다.

어머니는 흔들렸고, 나도 따라서 흔들리고 있었다.

희망이 없어진 것이 무엇 때문인지를 생각해야 했다. 왜 도중에 길을 잃고 주저앉게 되었는지를 생각해야만 했다.

어머니와 파주병원을 찾았다. 몇 가지 어머니의 원을 풀어 드려야겠다는 생각이 들었기 때문이었다. 만일 어머니의 섭섭한 마음을 풀어 드리지 못하면 그 한이 생명을 단축하고 말 것이다.

그 병원에도 폐암 전문의가 있었다. 그런데 그 의사에겐 장애가 있는 것 같았다. 안면의 근육이 일그러지고 평상시 말의 높낮이가 조절되지 않았고 몸이 한쪽으로 기우는 경우도 있었다. 어머니는 못 미더워 하는 기색이 역력했다.

그 의사는 나에게 아드님이냐고 어눌하게 물으며 어떻게 이곳에 오게 되었느냐고 물었다. 이제까지 있었던 일을 간략히 설명하고, 몇 가지 도움을 받고 싶다고 했다.

우선 어머니가 드시는 고혈압 약이 암센터에서 처방해준 혈전제하고 같은 계열의 약이 아닌지, 만일 아니라면 그 고혈압 약을 처방해 줄 수 있는지를 물었다. 그리고 산소 처방을 해주기를 원하며, 폐에 홍수가 찼다면 좀 빼달라고 했다. 곁들여 식사를 잘 하시지 못하니 영양제 주사를 처방해 달라고 했다.

의사는 고혈압 약을 약국에서 구입할 수 있도록 처방전을 써 주고, 영양제도 맞도록 해주었다. 산소 처방은 혈액검사 후에 해주겠다고 했다. 폐에 물을 많이 차지 않았으며, 온 몸에 암 덩어리가 퍼져 숨통을 막아 숨 쉬기 어려운 것이라 말해 주었다.

일어나서 나오려는데 의사는 나를 좀 보자고 하였다.

그는 어머니가 앞으로 숨이 더 가빠질 것이므로 사후를 준비하라고 말해 주었다. 나는 순간 고마움을 느꼈다. 어떤 의사가 묻지도 않는데, 보호자 입장에서 가장 묻고 싶지만 차마 묻지 못 하는 이런 이야기를 해 주었던가.

명의는 누가 명의인가. 환자와 보호자의 마음을 읽고 기쁨과 고통을 함께 나눌 수 있는 사람이 명의 아닌가. 비록 몸에 장애를 가지고 있지만 그가 바로 명의라고 생각했다. 그는 아마 장애를 가진 아픔을 겪었기에 겸손해지고 상대를 감싸 안을 수 있었을 것이다.

장애가 있다는 것, 겸손하다는 것은 인생을 위대하게 만드는 거름이었다.

어머니의 얼굴은 예전의 얼굴이 아니었다. 어머니는 전쟁터와 같은 이 세상에서 훌륭한 전사였으며 용감하신 분이었다. 하지만 지금 어머니의 얼굴은 일그러지고, 두 눈은 이 세상이 아닌 다른 세상을 바라보고 있는 것 같았다.

어머니는 살아 계시나 산자의 목숨이 아니었다. 나는 생명만 연장하기 위해 진통제로 연명하는 것에 참을 수 없는 무력감을 느꼈다. 어머니 역시 그런 생각이었을 것이다. 어머니는 병이 나아 살림하면 좋겠다고 하신다. 어머니의 눈으로 보면 천국은 이 땅에서 살림을 사는 데 있었다.

어머니 눈에는 건강한 사람들의 평범한 일상이 천국이었고 숨이 붙어 있는 동안 자신의 살림을 사는 것이 축복이었다. 그런 생각을 하는 동안 흐려졌던 눈이 환해지고, 풀지 못하던 수수께끼가 하나씩 풀리는 느낌을 받았다. 인생은 기 싸움이다. 싸우지 조차 않는 사람은 이미 죽은 사람이다. 설익은 감도 떨어지고 삭은 감도 떨어지는 법, 인명은 재천이니 최선을 다해 치료를 해볼 일이었다. 나는 즐겨 읽었던 김훈의 〈칼의 노래〉를 다시 꺼내 들었다.

> 임진년에 이물의 앞쪽에서 눈보라로 나부끼며 달려들던 적을 맞
> 을 때보다 더 크고 깊은 무서운 적의로 나는 잠들지 않았다. 적은
> 가까이 있었다.

— 김훈 〈칼의 노래〉 중에서

이순신 장군이 무서운 적의를 품고 칼을 갈았듯이 나도 싸워 보기로 했다. 어머니에게 전신마비가 온 것도 아니고 치매환자도 아니며 의식이 명료한데 항암치료를 못 할 것이 없지 않는가. 내가 어머니의 몸속에서 나왔지만 어머니의 고통을 대신 해줄 수는 없다. 모든 생명체는 타인이다. 내가 감히 타인의 고통을 계속 감수하라고 강요할 수는 없는 것이다.

나는 마음이 변했다. 어머니의 의지만 있다면 장렬히 암과 싸우는 것이 사람답게 사는 것이다. 설령 싸우다 쓰러져 죽는 한이 있더라도… 나는 어머니에게 내 뜻을 전하고 며칠 더 생각해 보시라고 했다.

병원에서 어머니 간호를 마친 여동생과 함께 각자 집으로 가기 위해 버스를 기다린다. 나는 항암치료를 하더라도 생명이 2~3개

월 연장될 뿐이라는 의사의 말을 전해 주었다. 내 말이 떨어지기 무섭게 여동생은 주저 없이 "오빠, 그래도 2~3개월이 어디야?"라고 말했다. 진정으로 사랑하는 사람의 대답은 간단하나 명료했다.

세상에 찌든 나는 여러 가지 생각을 했지만, 여동생의 태도는 달랐다. 속물이 된 내가 부끄러웠다. 어떤 경제적인 희생이 따르더라도 그것을 감수해야 한다고 여동생은 무언으로 말하고 있었다.

우리가 사랑이라 이름 부르는 그것은 어쩌면 악마의 속성을 가진 것인지도 모르겠다. 사랑은 엄청난 소비와 희생을 요구하며 자라나는 괴물 같은 것이기도 하다. 사랑은 소비다. 사랑은 상대의 모든 것을 헌신하도록 요구하며 헌신이 부족하면 귀신같이 눈치 채고 달아나 버리는 냉혈한이기도 하다.

나는 어머니의 삶에 대해 다시 생각해 보았다. 하루를 살더라도 인간답게 사는 것이 중요하지만, 삶의 질이 떨어지더라도 오래오래 살아주기를 바라는 마음이 마음속에서 똬리를 틀고 혀를 날름거렸다. 아무리 생각해 보아도 어머니에겐 먼저 통증을 없애주는 것이 급선무였다.

#늦둥이의 뽀뽀 세례

출근길에 부슬비가 내리고 있다. 오늘은 제2자유로 쪽으로 방향을 잡았다. 어머니와 더불어 현재의 어려운 상황을 견뎌내는 것이 내 삶의 전부였다. 그저 하루하루를 충실히 살아가는 것이 낙이었다. 이렇게 되기까지 50년의 세월이 걸렸다. 지난 세월은 얼마나 피곤한 삶이었던가. 젊은 날의 일상은 모두가 헛것이었다. 별다른 유토피아는 존재하지 않는다. 정답은 하루하루 살아내는 이곳의 일상에 있었다. 나는 이제 이분법적인 삶을 살지 않는다고 말할 수 있다. 그러자 삶이 얼마나 편해졌는지 모른다.

파주병원을 다녀온 이후, 마지막을 준비하라는 의사의 충고가 머릿속을 맴돌았다. 앞으로 한 달 정도 남았다는 어머니가 더 아프지 않고, 하고 싶은 것을 하며 일상을 살도록 해드리고 싶었다. 먼저 통증을 없애기 위해 산소호흡기를 대여하는 회사로부터 호흡기를 들여왔다. 모터 돌아가는 소음이 조금 있었으나 문제가 될 수 없었다. 처방된 산소의 양을 준수하면 숨을 쉬는데 많은 도움이 될 것이다.

그리고 어머니의 의지대로 삶을 끌고 가는 것이 중요하다고 생각했다. 어머니가 항암치료를 원하시면 따를 것이다. 국가의 보험정책이 잘 되어 있어서 경제적 부담도 많이 적어졌다고 한다. 나는 어머니의 결심이 떨어지기만 기다렸다. 나는 늦둥이에게 아침에 일어나면 할머니에게 가 사랑한다고 말씀드리고 뽀뽀도 해드리라고 했다. 늦둥이는 일어나자마자 누워 계신 어머니에게로 달려가 뽀뽀 세례를 퍼부었다.

#여자는 솔직하다

어머니는 통증에도 불구하고 마약성 진통제는 입에 대지 않으려고 하셨다. 그것은 최후에 의존하는 약물이라고 생각하신 것 같다. 어머니는 자신의 생이 한 달 정도 남았다는 것을 알지 못 했다.

어제 파주병원에 동행했던 여동생에게 어머니의 사기(死期)에 대해 아무에게도 말하지 말라고 당부했다. 그것은 너와 나만 감당할 일이고, 어머니가 돌아가신 후 형제들에게 어머니의 부음을 알리면 된다고 일러두었다. 어머니의 사정을 얘기해 보아야 먹고 살기 바쁜 사람들이 올라오기도 힘들 것이고, 또 얼마 안 있어 돌아가실지도 모르는데 두 번 걸음을 할 여유가 없다는 것이 나름의 이유였다.

저녁에 죽과 약을 드신 어머니는 불이 꺼진 방안에서 몸을 곧추 세우고 앉아 계셨다. 먹은 것들이 내려가지 않아 그렇게 하고 있다는 말씀이다. 암 덩어리가 점점 커져 어머니의 기도와 식도를 압박하니 음식이 내려가지 않고 호흡마저 가쁠 것이다. 어머니는 언제

부턴가 신음소리를 뱉기 시작했다.

내일은 일요일, 우리 식구 모두 교회에 가서 저녁 9시에나 돌아오므로 여동생이 어머니 목욕도 시키고 병간호도 할 겸 우리 집에 오기로 했다. 그것까지는 좋았는데 천안 외숙모가 온다는 것이다. 아내는 천안 외숙모를 싫어했다. 아내는 자기가 외출하여 없는 동안 입방아를 찧어댈 외숙모가 마음에 걸렸던 것이다. 아내는 나에게 집안의 쓰레기와 음식물 쓰레기를 비워 달라고 하면서 짜증을 내었다.

나는 말기 암 환자인 어머니와 성격차이를 이유로 다투는 아내가 미웠다. 아내는 왜 어머니와 끝까지 섞이지 못하고 물과 기름처럼 떠돌까? 아내가 거실에 나오면 어머니는 온종일 방안을 지키고, 아내가 집을 비우면 어머니가 방을 나오는 두 사람의 불편한 관계가 마음에 걸렸다. 하지만 나는 아내도 어머니도 소중했고, 그들의 실존 모습 그대로를 받아들여야 했다. 지금 누가 누구를 판단한다고 이득 될 것이 없었다.

어머니가 그동안 손으로 만지작거리고 쳐다보기만 하던 마약 성분의 진통제를 달라고 하셨다. 통증이 심하다는 증거였다. 나는 항암치료에 대해 생각해 보셨냐고 했다. 어머니는 "병이 낫지도 않는 걸 해서 뭐하냐."고 대답하셨다. 말기 암이어서 목숨을 3~4개월 정도 연장하는 의미가 있다고 다시 말씀드렸다.

어머니는 "3달?"이라고 되물으시며 적잖이 놀라셨다. 차마 입에

담지 못 하던 '시기'가 언급된 순간이었기 때문이다. 나는 횡설수설
하며 그 순간을 얼버무렸다.

　큰 딸아이가 쥐눈이 콩과 감초를 달인 물을 마시면 여드름이 없
어진다고 하여 물을 끓이고 있었다. 나는 어머니의 암 덩어리도 염
증이니까 그 물을 마시게 하면 도움이 되지 않을까 생각했다. 아내
에게 어머니에게 그 물을 드시게 하라고 했더니 아내는 버럭 짜증
을 냈다.

　아내는 평소에 인내력이 대단한 사람이었는데도 '시' 자가 붙은
시어머니나 시어른들, 시누이, 시아주버니 등을 무척이나 어려워
했다. 나는 여자의 속성에 대하여 이해하기가 어려웠다. 하지만 그
것은 신앙인이고 아니고를 떠나 인간이 갖고 있는 본질적 속성이
었다. 잘 하려고 노력하지만 이기적인 본성을 가진 인간이기에 자
신도 모르게 마성으로 돌아가는 것이다. 반인반마(半人半魔), 인간
의 이중적인 속성이 문제였다.

　그렇지만 섭섭한 마음이 사라진 것은 아니다. 여자는 무엇을 음
흉하게 숨기고 연기하기 보다는 비교적 솔직하게 감정을 표현하고
사는 사람들이라는 생각이 들었다. 아내는 못난 남편을 만나 힘들
게 사는 것도 억울한데, 암 환자인 시어머니와 병문안을 하겠다고
찾아오는 시댁 어른들이 많이 부담스러웠을 것이다.

어머니가 나를 부르셨다.

"암센터 의사가 얼마를 더 산다고 하더냐? 너한테는 얘기해 주지 않았느냐? 부산의 월숙이 엄마는 5년 선고를 받았는데 아직도 살고 있다. 병원을 그렇게 다녔는데, 어찌 이 병을 발견 못 했다냐. 하기야 점쟁이 말이 82살에 죽는다고 했다."

어머니는 나에게 질문을 하는 것인지, 혼잣말을 하는 것인지 모를 말들을 쏟아내시며, 갑자기 허가 찔린 사람처럼 허둥대셨다. 자신의 마지막이 다가왔음을 직감한 눈치였다.

나는 차마 한 달 정도 남았다고 말할 수가 없었다. 그래서 묻기도 뭐하여 물어 보지 않았다며 어머니의 질문을 뭉갰다. 나는 어머니의 얼굴을 바로 쳐다보지 못했다. 어머니가 나를 뚫어져라 쳐다보고 계셨기 때문이다.

어머니의 인생은 가여운 운명을 타고 난 듯 했다. 여자의 몸으로 생계를 책임졌고, 남편은 일찍 떠났으며, 애써 키운 자식들은 모두 먹고 사는 형편이 좋지 않았다. 굳세게 살지 못하고 이혼을 하고, 제대로 된 직장 하나도 없이 떠돌아 어머니 가슴에 한이 된 것이다. 더군다나 아들 자식 둘 다 어머니가 그렇게도 원하던 아들 하나 낳지 못 했다. 어머니는 그런 며느리들과도 관계가 좋지 못했다.

형님이 며칠 뒤 파주로 온다는 소식을 어머니가 전해 주었다. 아마 여동생이 어머니의 위급한 상태를 전한 모양이었다. 오면 뭐하나, 눈물만 뿌리고 먼 길을 돌아갈 형님을 생각하니 안쓰러웠다. 사람이 겸손해야 하는 이유는 생명의 유한성 때문이다. 인간은 약하고 약한 존재다. 한 마디 말로도 쓰러뜨릴 수 있는 풀잎 같은 존재…

어느 누구도 자신이 가는 운명의 길을 구부리거나 늘이지 못한다. 그저 정해진 코스에 따라 혼자 담담하게 걸어가야 한다.

일요일 새벽 5시, 출근을 하려고 어머니 방으로 다가가 인사를 드렸다. 저편에서 "엉" 하는 대답이 들려온다. 아마 "응"이라는 소리를 저렇게 하시나 보다. 어머니는 눈인사도 마중도 없이 누워서 눈을 감은 채 "엉" 하고 대답만 하신다.

"잘 다녀와라, 차 조심해라." 하시던 어머니의 목소리가 그리웠다. 그래도 어머니는 지금 당신이 할 수 있는 최대한의 반응을 하신 것이리라.

176

어머니는 죽음이 다가올수록 마지막 몸부림인양 그리운 것들을
찾았다.

만덕으로 돌아가 살림 살고 싶다고 하시거나, 한 동네 살던 대길
이 엄마와 통화하고 싶다고 하셨다. 이제 어머니는 만덕 시절 어머
니를 돌보아 주었던 예수쟁이 아주머니의 목소리가 그리워지신 모
양이다.

"아이고, 그 동생 목소리 한 번 들어 봤으면 소원이 없겠다."

예수쟁이 아주머니는 어머니가 드실 반찬을 일주일에 한 번씩 날
라다 주고, 젊은 날 배운 안마 기술로 어머니의 몸을 주물러주며 마
치 친언니처럼 어머니를 섬겼다.

어머니의 살림살이를 정리하고 부산을 떠나 올 때, 그 아주머니
는 내 전화번호를 물으셨다. 그런데 정작 나는 그 고마운 아주머니
의 전화번호를 적어 오지 못 했다.

어머니의 소원을 들어 드려야 할 텐데, 이제 그 아주머니가 먼저
전화를 걸어오지 않는 한 영영 이 생에서는 목소리를 듣지 못할 것
이다.

어머니의 그리움이 구천의 하늘을 맴돌고 있었다.

그대는 원수를 가졌는가

오늘은 월요일이라 하루 집에서 쉴 수 있는 날이다. 어제는 여동생이 다녀갔고 외숙모도 와서 깨죽과 호박죽을 끓여 놓고 갔다. 외숙모의 집은 천안인데 일하지 않는 일요일 하루 쉬지도 못하고 전철을 타고 어머니를 보러 온 것이다.

어머니는 오늘도 눕지 못하고 몸을 일으켜 고개를 한없이 땅을 향해 떨구었다. 그 무게는 천근이나 되어 보였다. 어머니는 그렇게 땅속을 향하고 계셨다.

오늘도 아내는 외출을 했다. CBS 방송에서 우리 교회를 30초 동안 소개하게 되어 있는데 그것을 아내가 하기로 되어 있다고 했다. 아내는 집을 나서며 "그냥 갈까, 어머니께 말씀 드리고 나갈까?" 하고 물었다. 내가 말씀 드리고 가라고 이야기하자 아내는 "어머니, 좀 다녀올게요."라고 말을 흐리며 도망치듯 나가 버렸다.

어머니는 분노하고 계실 것이다. 노인네, 그것도 말기 암 환자를 모신다고 데려다 놓고 천지를 모르고 다니는 며느리가 미웠을 것이다. 어머니는 "으엉" 하고 대답한 뒤 고개를 원위치 하셨다. 가까운 사람들 사이에서 생기는 분노는 어떻게 다스려야 하는가.

시어머니의 며느리에 대한 분노가 있었다. 그런가 하면 갑자기 말기 암이 걸려 의지하라 온 까탈스러운 성격의 시어머니로 인해 행동을 제약받아야 하는 아내의 황당함과 분노가 있었다.

예수는 내가 너희를 사랑한 것처럼 서로 사랑하라고 가르친다. 그러나 나를 무시하고 사사건건 내 삶에 거슬리는 상대를 어떻게 사랑하라는 말인가. 이러한 문제는 사십 중반 이후 내 고민거리 중의 하나였다. 그 이전의 삶은 내가 중심이 되어 주변과의 관계는 생각도 하지 않고 내 마음대로 살았다. 그것은 완전한 삶이 아니었다. 그래서 나는 사십대 중반 이전의 삶은 삶으로 치지 않는다.

껍데기가 사정없이 벗겨진다.
세상이 뒤집힌다 .
죽든지 버리든지
그것도 아니라면
가득 채워야만 넘을 수 있는
생의 나이테, 사십대 중반
아무도 무사히 건널 수 없다.

너의 뻔뻔함을 보여 다오.
네가 짊어진 십자가도

상대를 사랑하기 위해서는 내가 얼마나 악한 존재인지를 깨달으면 된다. 내가 이 세상에서 가장 악한 존재임을 인정하지 않고서는 상대에 대한 긍휼이 생기지 않는다.

인간은 모두 이기심을 가지고 있으며 이 이기심은 무슨 짓이라도 자행할 수 있는 선한 힘인 동시에 악한 힘이기도 하다. 그런 점에서 이 땅의 모든 인간은 세상에서 가장 악한 존재가 될 수 있다. 이런 겸손한 자각이 생기면 상대에 대해 기 싸움을 할 일도 없으리라.

자리에 모로 돌아누운 어머니의 마음속에 무엇이 남아 있을까 궁금했다. 나는 아내가 한시가 급하게 빨리 돌아와 주기를 바랐다.

#내 조카 현구

여동생과 매제가 함께 집에 왔다. 어머니 드시라고 이런저런 먹거리를 손에 들고 있었다. 집에 사람이 오니 어머니는 조금 안심이 되는 듯 보였다.

매제는 인테리어 업을 하고 있다. 건설경기가 바닥을 친 요즘에도 매제는 성실해서 일이 넘쳐 난다고 한다. 이런 저런 이야기를 하던 중에 조카 현구 이야기가 나왔다.

현구는 중학교 1학년인데 학교에서 골칫거리인 듯 했다. 수업 받는 태도가 좋지 않고, 다른 사람들이 공부할 수 없도록 떠들고 방해를 해서 선생님으로부터 여러 번 주의를 받고 부모도 반성문을 수차례 써내었다고 했다. 저녁을 준비하면서 매제의 말을 듣고 있던 아내는 그녀답게 현구가 교회에는 잘 나가는지를 물었다.

나는 큰 딸아이의 중학교 시절을 떠올렸다. 아이는 교회 예배시간에 적응을 하지 못 했다. 아내는 딸아이를 위해 교회학교 중등부 교사가 되었고 얼마 안 있어 나도 교사가 되었다. 딸아이는 예배 시간이 되면 꼭 화장실을 간다고 하여 자리를 비웠고, 예배가 진행되는 내내 엎드려 잠을 자고는 했다. 다른 아이들과 비교해서 자꾸 쳐져만 가는 딸아이를 보면 억장이 무너졌다.

그 이후에도 아이는 교회를 싫어했다. 아내는 교회 나오는 대가로 용돈을 주어 한동안 교회를 나올 수 있도록 했다. 아이는 용돈을 받기 위해 어쩔 수 없이 교회에 나가게 되었고, 아이러니하게도 그 덕분에 지금의 신앙을 이어갈 수 있었던 것이다.

현구를 생각하니 나의 중등부 교사시절이 떠올랐다. 중학생들은 정말 골치 아픈 존재들이다. 자신도 부모도 그리고 선생들조차도 그 시절의 반항과 이유 모를 삐딱함에 어떻게 대처해야 할지 몰랐다.

그 시절 이야기를 하려면 당연히 명길이 얘기를 해야 하리라. 명길이 아버지는 매일 술에 절어 살았다. 허구한 날 아내를 때리고 집안을 전쟁터로 만들었다. 이런 환경에서 자라며 명길이는 가출을 했고 술과 담배를 했다. 그런데 이런 명길이에게 실낱 같은 희망이 있었다. 그것은 장학금을 받으려고 교회에는 나온다는 사실이었다. 매 맞는 어머니의 애원을 뿌리치지 못했던 것이다.

어느 날 명길이의 몸에서 모기 잡는 살충제 냄새가 진동해 수업을 할 수가 없었다. 그 뒤에도 몇 번 그런 일이 있은 후, 나는 명길이가 담배 냄새를 숨기기 위해 몸에 살충제를 사정없이 뿌리고 나타난다는 것을 알게 되었다. 얼마나 절박했을까. 교회에 빠지면 장학금을 받을 수 없고, 그리되면 남들처럼 학교에 다닐 수가 없었던 것이다.

자기 반 아이들을 하나씩 품에 안고 기도하는 순서가 있었다. 나는 명길이를 끌어안고 나도 모르게 엉엉 소리내어 울고 말았다. 어울리지 않는 광경이었다. 그 당시 나는 90Kg이 나가는 거구였고 아이들에게 규율부장 같은 무서운 선생 노릇을 했었다.

내 품에 안긴 명길이는 영문도 모른 채 따라 울었다. 그날 이후 나는 명길이를 중등부 행사의 리더로 내세웠고, 명길이에게 기를 불어넣어 주려고 안간힘을 썼다. 이제 명길이는 훌륭하게 성장해 해병대를 제대하고 청년부에서 회장을 맡으며 교회의 기둥으로 성장했다. 나는 매제에게 이 이야기를 들려주며 교회에 한번 의지해 보라고 말해 주었다.

매제는 돌아가며 자기가 돈의 여유가 조금 있으니 항암치료를 한번 해보시고 돈이 어려우면 갖다 쓰라는 이야기까지 하였다. 고마웠다. 진정 피붙이는 어려울 때 이런 말을 해 줄 수 있는 사람이어야 한다고 생각했다. 나는 한참이나 떠나는 매제의 뒷모습을 바라보았다.

사랑은 고단한 육신을 이끌고

먼 길을 달리고 항해하여

그대를 만나러 가는 일이다.

3

겨울이 오는 길목에서
바라본 생의 풍경

삼촌, 용서해 주세요

퇴근해 집으로 돌아오니 어머니가 거실에서 형님과 형수님과 이야기를 나누고 있었다. 어머니는 보고 싶었던 큰 아들이 오니 반가웠던지 다소 상기되어 있었다. 간간히 미소도 짓도 즐거워하는 표정도 지으셨다. 어머니는 나를 불러 형님이 언제 간다고 하더냐고 물었다. 내일 저녁에 간다고 하니 흡족해 하는 눈치였다. 어머니는 형님이 얼굴만 보여주고 날이 새자마자 부산으로 내려가는 줄 알았던 모양이다. 저 웃음이 어머니 생전에 지을 수 있는 가장 행복한 미소가 될지도 모른다.

그런데 서울에서 직장을 다니고 있다는 큰 조카딸인 정현이도 온다고 한다.

정현이는 몇 년 전 할머니와 삼촌인 나에게 죄를 지은 일이 있다. 형님은 효자여서, 자신의 가정보다는 어머니가 우선이었다. 이러한 모습에 제일 절망한 것은 형수였다. 한 집의 가장이 아내인 자신과 두 딸에게 주어야 할 사랑을 다른 데 쏟아붓고 있었던 것이다.

형수는 어머니 치마폭에 쌓여 있는 형님을 미워했고 시어머니를 미워했다. 그리고 그 배후에는 삼촌인 내가 있었다.

자연히 이런 감정은 조카딸들에게도 전해졌다. 어머니와 내가 형님 집에 갈 일이 있었는데, 형님은 없고 징현이가 대문 잎에서 더 이상 자기 집에 오지 말라고 소리를 질러댄 것이다. 형수는 그 자리에서 그 광경을 지켜보고만 있었다. '할머니와 삼촌이 뭔데 우리 엄마 아빠를 못살게 굴며 우리 집을 이렇게 어렵게 하느냐는 것이었다.

이 일이 있은 후 나와 어머니는 형님 집안과 자연히 멀어지게 되었다. 이날의 문제는 우리들만의 문제로 끝나지 않았다. 내 큰 딸아이와 사촌 언니가 되는 정현이는 서로 죽이 맞아 친하게 지냈다. 그런데 사정을 모르는 내 딸아이가 정현이에게 전화를 해서 만나자고 하니 쌀쌀하게 굴며 전화를 끊어 버리더라는 것이었다.

그랬던 정현이가 온다고 하니, 나는 그 아이를 어떻게 대면해야 할지 난감했다.

그런데 정현이는 나를 보자마자 "삼촌, 지난날 제가 잘못했어요. 용서해주세요!"라며 말을 꺼냈다. 나는 그 아이의 사죄를 받을 자세가 되어 있지 않은 상태에서 "응, 그래!"라고 엉겁결에 대답할 수 밖에 없었다. 정현이는 예전처럼 내 딸아이의 방에서 또 다른 화해를 하고 있었다.

형수는 어머니에게 그동안 잘 못해드려 죄송하다고 사죄를 했다.

형님 역시 어머니 이부자리 옆에 누워 이렇게 먼 파주 동생 집으로 떠돌게 해서 죄송하다고 했다. 어머니는 헛웃음을 지으며 뿌듯해 하셨다.

죽음은 모든 불화한 것들을 화해시켰다. 죽음을 앞 둔 사람 앞에 서는 일상의 모든 미움이 다 용서되고 화해되는 신비한 일들이 벌 어졌다. 그것은 자연스러운 순리일 수도 있다. 어머니가 돌아가시 면 멀어졌던 형제들도 피붙이라는 이름으로 하나가 될 것이다.

이제는 어머니가 돌아가신다 해도 우리 형제들이 모여 초상을 잘 치를 수 있을 것만 같았다. 죽음은 한 인간의 육체적인 소멸을 가져 오는 대신 이 땅에서 살아야 할 원수진 사람들을 다시 화해하게 만 들었다. 그래서 죽음은 한 인간이 이 세상에 주는 마지막 희망이고 선물이기도 했다.

바나나 우유

출근하는 나에게 어머니는 나중에 집에 올 때 바나나 우유를 사달라고 말씀하셨다. 퇴근 무렵 나는 바나나 우유를 까맣게 잊고 있었다. 아내의 부탁인 보조 전구 하나만 사서 집으로 돌아왔다.

어머니는 밤에 화장실을 자주 다녔기 때문에 어머니 방에서 화장실 가는 길목에 밤새 전등을 켜놓았다. 형수가 지난 번 우리 집에 왔을 때 이 모습을 보고 아내에게 전기료가 많이 나올 테니 3와트짜리 보조등을 꽂아 놓으면 전기료가 절감된다고 했다. 정말 어머니가 오신 후 전기가 많이 소비되었다. 어머니는 여름에도 전기장판을 사용했으며, 산소발생기를 24시간 틀어 놓고 살았다.

뿐만 아니라 어머니가 드실 음식을 별도로 사야 했고, 반찬도 신경을 써야 했으며, 잦은 손님 접대로 씀씀이가 커졌다. 거기다 병원비까지, 아내는 생활비를 걱정했다.

어머니는 집에 들어서는 나를 보자 바나나 우유를 찾으셨다. 나는 "가방 두고 사러 가려고요."라고 얼버무리며 서둘러 가게로 갔다. 어머니는 소변이 많이 나온다는 이유로 와송 물을 못 드셨고, 가슴이 쓰리다며 잘 드시던 요구르트도 안 드셨다. 그런데 유일하게 물 이외에 드시는 것이 바나나 우유였다. 하지만 예전과는 달리 한 개를 2번에, 요즘엔 4번에 나누어 드신다. 언젠가 이것도 드시지 못 할 날이 올 것이다. 그런 생각만으로도 나는 고통스러웠다.

다행히 어머니는 병의 진행에 비해 의식이 명료했다. 의식마저 없으시면 아내는 꼼짝없이 집에 갇히게 될 것이다. 집으로 들어가는데, 아내가 현관 문 밖에서 누군가와 통화를 하고 있다. 아내는 병든 어머니를 두고 친구와 소리 내어 이야기하는 것이 부담이 되었던 모양이다.

아내는 어머니에게 다가서고 싶었으나, 어머니는 평소 자기를 남겨두고 교회로 모임으로 나돌다가 남편이나 아이의 귀가 시간에 맞춰 집으로 돌아오는 아내를 용서할 수 없었다.

죽을 드실 때도 냉장고에 있는 죽을 꺼내 전자레인지에 데우는 일까지가 아내의 몫이다. 어머니는 식탁으로 나온 뒤 한참 죽이 식도록 기다려 혼자 죽을 드셨다. 드신 후에도 그릇과 수저를 손수 닦았다. 그 후 30분 정도 앉아 계시다가 약을 드신 후 방으로 들어가셨다.

어머니는 까다로운 분이셨다. 병이 나기 전에도 딸들이 하는 설거지까지 미더워 하지 않으셨다. 지금도 아내가 드린 죽이 마음에 드시지 않는지 죽을 다시 냄비에 넣고 물을 부어 끓여 드신다.

어머니께 며느리가 해주는 대로 드시는 게 어떠냐고 말씀드리자 "죽에 소금이 덜 들어가서 도저히 먹을 수 없는 것을 어찌 주는 대로 먹으라고 하느냐."며 화를 내셨다. 당황스럽지만 한편으로는 아직 정신이 맑으셔서 본인이 원하는 바를 주장하고, 몸소 실행할 수 있는 어머니가 고맙기까지 하였다. 그런데 문제는 그렇게 손수 일을 하고 난 뒤 매번 숨이 가빠 고통스러워 하신다는 거다. 욕실에 비누 거품이 남아 있다며 당신이 직접 빗자루를 들고 바닥을 쓸고 물을 뿌리신 적도 있다. 매사 그런 식이었다.

나는 그런 어머니를 있는 그대로 인정하고 받아 들여야 한다고 생각했다. 자식들의 기준에 맞게 어머니의 뜻을 재단해서는 안 될 일이다. 하지만 아내는 달랐다. 아내와 어머니의 갈등을 지켜보는 일은 고통스러운 일이었다. 어머니의 인생은 어머니를 야생적인 노인으로 만들었다. 그리고 그로 인해 어머니는 중병에도 굴하지 않는 불굴의 정신을 가지게 된 것이다.

산 자의 존엄

새벽 출근을 위해 일어나니 6시가 채 되지 않았다. 어머니는 눈을 뜨고 계셨다.

"잘 주무셨어요?"

"내가 무슨 잠을 자? 사람이 잠을 자야 사는데, 잠은 무슨 잠?"

아침이면 늘 듣는 퉁명스러운 대답이 돌아왔다.

"아침에 죽 드실 거죠?"

"먹든지 안 먹든지, 일어나면 따뜻하게 죽을 데워 놓아라. 묻지 말고!"

어머니와 우리 내외는 뭔가 맞지 않았다. 어제 저녁의 대화가 어머니의 신경을 건드린 것 같았다. 만덕집의 이주비가 600만 원 정도 나왔다고 말씀드리니 "그 돈은 내 돈인데…"라고 말씀하셨다.

아내는 박봉을 쪼개 병원비며, 반찬값이며, 손님 접대로 많은 생활비를 지출한 상태였다. 이주비가 나오면 보충을 하리라 눈이 빠져라 기다리고 있었다. 나는 어머니에게 병원비와 생활비로 돈을 많이 썼으니 그 돈은 저희들이 좀 써야겠다는 투로 말씀드렸다. 어머니는 "그래, 앉은뱅이가 돈은 뒀다 어디에 쓰겠냐." 하시며 말을 끊으셨다.

산다는 것은 끊임없이 자신이 원하는 바를 기억하는 것이며, 타인과 대립하며 때로는 용서하는 행위다. 숨이 넘어가기 전에는 아무리 그 생명이 비천하고 영육이 다 꺼져간다 할지라도 함부로 다루거나 대해서는 안 된다. 어머니는 그 권리를 잊지 말 것을 아들과 며느리에게 당부하고 있었다.

나는 내일 돈을 찾아 어머니 무릎 앞에 갖다 놓을 것이다.

어머니가 "옛다! 이 돈 내가 가져 무엇 하겠냐, 나 때문에 돈이 많이 필요할 테니, 너희가 써라." 하고 말씀하시면 고개를 조아리며 그 돈을 받아 쓸 것이다.

아직은 살아 있는 권력으로 어머니를 상대하리라. 산 자의 존엄은 이처럼 지엄한 것이다.

저녁에 퇴근해 간단히 샤워를 한 후, 어머니가 계신 방으로 갔다.

어머니는 벽이었다. 한마디 말도 섞기를 거부하는 높고 거대한 벽!

그 높은 벽 틈으로 깊은 분노가 내비쳤다. 무슨 일이 있었을까. 오늘 우리 가족 모두는 아침에 교회로 가 저녁 9시경에 돌아왔다. 낮 시간엔 여동생이 잠시 와서 어머니 시중을 들어 드렸다.

어머니는 누군가 한 사람이 자신을 돌보아 주기를 바랐다. 하지만 우리 가족의 오랜 생활 패턴은 그것을 충족시켜 드릴 수가 없었다. 귀가한 아내가 문제였다. 늦게 돌아와 시어머니 방에 가서 인사하는 것을 잊어버리고 콧노래를 부르면서 집안을 돌아다닌 것이 화근이었다. 어머니는 시퍼렇게 칼을 갈고 있었다. 누군가 옆에 다가서면 베어 버릴 기세였다.

"나는 네 아내를 사람으로 안 친다! 하루 종일 나갔다 왔으면 그동안 잘 지내셨는지, 죽은 어떻게 드셨는지 물어봐야 되는 게 아니냐? 집에서 키우는 강아지에게도 그렇게 못 한다. 내가 너희 집에서 개만도 못한 대접을 받고 있다!"

그냥 얼버무리기엔 문제가 심각했다. 나는 적극적으로 맞불을 놓을 필요를 느꼈다.

나도 어머니 못지 않게 핏대를 세워 "어머니를 절대 홀대하지 않았고, 아내는 시어머니를 우습게 생각하는 사람이 아니다."라고 강하게 말씀드렸다. "아내가 콧노래를 흥얼거리는 것은 평소의 습관이며, 아내가 비록 사근사근하지는 못 하지만 악하고 철없는 사람은 아니다. 어머니가 오해하신 거다…"

어머니는 더 이상 듣기 싫으신 듯 밤이 늦었으니 자리를 물리라고 하셨다. 나 역시 새벽 4시에 나가 저녁 9시 넘어서야 집으로 오니 쓰러지기 직전이었다. 자리로 돌아가 빨리 잠을 청하기로 했다. 나는 이 순간 잠이 아닌 어떤 것도 두 사람의 마음을 치유할 수 없으리라는 것을 안다. 이럴 때는 잠이 하나님 같기도 하다.

병상세례

아침 7시가 넘어서 눈이 떠졌다. 오늘은 교회 원로목사님이 어머니에게 병상세례를 해주기로 되어 있었다. 병상세례는 아내의 구상이었다. 우리는 먼저 집안 청소부터 해야 했다. 방을 쓸고 걸레질을 하고 화장실 청소를 했다. 청소를 하며 나는 어머니께 죄송한 마음이 들었다. 어머니를 위해서 이렇게 땀 흘려 청소를 해본 적이 없기 때문이다. 내가 어머니를 목사님 이상으로 대접하지 못했음을 깨닫자 죄송한 마음이 밀려왔다.

태풍이 올라온다고 한다. 빗속을 뚫고 원로목사님, 사모님, 여 전도사님이 집으로 왔다. 마치 광풍을 뚫고 귀신이 들린 거라사 광인을 고치러 오신 예수님 생각이 날 정도였다.

사랑은 고단한 육신을 이끌고
먼 길을 달리고 항해하여

그대를 만나러 가는 일이다.

사랑은 일심이다.

병들어 죽어 가는 생명을

자신의 혈육처럼 여기며

폭풍 속을 뚫고 달려가는

사랑은 언제나 목숨을 걸어야 한다.

오해와 질시에 온 몸이 서러워도

나 하나만은 흔들리지 말아야 한다.

사랑은 무식하게 사랑은 전투하듯

그렇게 해야 한다, 너를 위한 사랑은

찬송이 시작되자 어머니의 눈에 영롱하고 굵은 눈물이 맺히기 시작했다. 나는 외로움과 병마로 딱딱하게 굳어진 어머니의 마음이 저렇게 쉽게 무너지리라고는 상상도 하지 못 했다. 목사님은 어머니 앞에서 거침없이 말씀하셨다. 목사님 말씀 중에 '인생의 마지막'이라는 말이 등장했다. 목사님도 어머니도 마지막임을 인정하며 받아들이고 있었다.

어머니는 목사님 말씀 중 "믿습니다!"라고 하는 부분과 "아멘" 하는 부분을 또렷하게 따라했다. 황금빛 성찬기가 아니라 우리집

국그릇에 물을 부은 성수가 어머니 머리 위로 한 주먹 부어지며 어머니는 세례를 받았다. 그 시간 함께 예배를 드린 증인들은 진심으로 어머니가 병상세례를 받게 된 일을 기뻐해 주었다.

세례를 마치고 목사님이 돌아가실 때, 어머니는 눕쓸 병이 들어 목사님 힘들게 해드렸다며 미안한 마음으로 배웅을 하셨다. 병을 낫게 해달라는 이야기는 한 마디도 없는, 세례를 주는 사람이나 받는 사람이나 지켜보는 사람이나 얼마 있지 않아 죽을 것을 전제하며 드리는 병상세례는 우울했다.
하지만 믿어야 했다. 세례를 받은 어머니는 돌아가시더라도 구천을 떠돌지 않고 우리와 함께 천국으로 가서 살게 되었다는 것을…

기다리던 이주 보상금이 나왔다. 650만 원으로 알고 있었는데 722만 원이 들어왔다. 생각지도 않았던 이사비까지 들어온 것이다. 어머니는 독신가구여서 아마 1인 가구 이사비가 72만 원이었던 모양이다. 돈을 받기 위해서는 시공자들이 쉽게 철거할 수 있도록 집을 완전히 치워주는 것이 조건이었다. 전기와 수도를 끊고 계량기를 반납하고, 정화조를 청소한 후 그 필증과 함께 열쇠를 제출해야 했다. 그 무덥던 지난 여름, 옥상에 설치한 가건물과 간장, 된장 단지들, 그리고 37년을 묵혀 온 쓰레기라 불러도 좋을 살림들을 낑낑대며 다 치운 것은 형수였다. 형수가 어떤 철거업자에게 맡겨 손수 짐들을 치운 것이다. 나는 형수가 말하는 철거업자 앞으로 철거비를 송금해 주었다.

이제 남은 돈은 650만 원, 돈을 찾아 어머니 앞에 놓아 드렸다.

어머니는 지엄하신 처분을 내렸다.

"이 돈 중에 50만 원은 너희 형수가 그 더운 여름날 빈 집을 치우느라 고생을 했으니 부쳐주고, 나머지는 내 명의로 된 새마을금고 통장에 갖다 넣어라!"

나는 이대로 물러설 수 없었다.

"어머니, 그동안 병원비와 생활비로 300만 원은 주셔야 돼요."

어머니는 작은 며느리에게는 한 푼도 주고 싶지 않다는 듯 눈을 감고 입을 굳게 닫았다. 나는 다시 애원하다시피 재촉했다.

어머니는 300만 원을 넣은 돈 봉투를 아내 무릎 앞에 던지듯 팽개치셨다. 아내는 마음이 상했으리라. 하지만 아내는 어머니께 감사하다는 말을 남기고 저녁을 지으러 부엌으로 나갔다.

형수에게 내일 아침 돈을 보낼테니 계좌번호를 불러 달라고 하였다. 형수는 어머니를 바꾸어 달라고 하여, 앞으로 돈이 많이 필요할 테니 어머니 수중에 지니고 계시라고 말한 모양이었다. 형수와 통화하는 어머니는 메마른 암 환자의 모습과는 달리 목소리에 윤기가 흘렀다.

돈을 쥔 어머니는 당당했다. 한창 때 자식과 며느리를 호령하시던 그 모습이 되살아나신 것이다. 우리집에 오신 후 가장 당당하신 모습이었을 것이다.

날이 밝자 어머니는 나를 찾으셨다.

"밤새 아무리 생각해 보아도 9월에 제사도 있고, 형수한테 50만

원은 너무 작은 것 같다. 제사 이야기는 꺼내지 말고 50만 원 더 보
태 100만 원을 보내주어라. 더 이상 긴 말 하지 말고…”

어머니의 표정은 참모에게 작전을 명령하는 장수와 흡사했다. 나
는 어머니의 당당한 모습이 보기에 좋았다.

돈이면 죽어가는 어머니도 일순간 저렇게 생생한 사람으로 만들
수 있다는 생각이 들자 웃음이 나왔다. 돈을 벌고, 돈을 쓰고, 살림
사는 일이야말로 어머니에게는 돌아가고 싶은 천국이었던 것이다.
사실 어머니는 어제 받았던 원로목사님의 병상세례를 그렇게 달가
워하지 않으시는 눈치셨다. 사후의 천국 따위가 자기에게 무슨 소
용이냐는 생각이신 것 같았다.

어머니에게는 평범한 일상이 천국이었다. 천국은 정작 네 마음속
에 있다는 예수님의 가르침도 생각났다. 매일 맞는 아침 햇살, 매일
먹는 따뜻한 밥 한 그릇, 눈을 마주치며 웃어주는 사람들, 실존이야
말로 얼마나 감사해야 할 일인가.

#어머니의 핫라인

어머니가 달라지셨다.

한마디로 설명하기는 어렵지만 의욕적이고 활발해지셨다. 죽과
물로 연명하며, 바나나 우유도 숨이 차서 4번에 나누어 드시는 어
머니였다. 그런 어머니가 저녁에 삼겹살이 드시고 싶다고 했다. 파
저리와 무생채도 드셨다. 어린 배추 속에 쌈을 싸 드시기도 했다.

나는 겁이 났다. 갑자기 저렇게 드시고 탈이 나실까봐 걱정이 되
었던 것이다.

오늘 저녁 따라 집의 전화벨이 계속 울어댄다. 어머니는 전화통
을 잡고 목소리를 높여 이야기 하고 계신다. 어머니 머리맡의 전화
기는 큰 아들과 딸이 있는 부산, 친구가 있는 김해, 외숙모가 있는
천안, 외삼촌이 있는 문산과 연결되는 핫라인이었다. 어머니는 전
화를 통해 아들과 며느리 흉을 보시곤 하셨다. 어머니에게 머리맡
의 전화통은 언제나 원하면 하소연이라도 할 수 있는 정신적인 숨

통이기도 했다.

먼저 온 전화는 이주비 중 100만 원을 받게 된 형수와 형님의 문안 인사였다. 어머니는 이 두 사람에게 당당히 이야기하신다. 다른 전화는 불개미 아저씨로부터였다.

아저씨는 불개미 아주머니가 어머니가 살던 집 옥상을 바라보며 매일 운다는 얘기를 전해 주었다. 어머니와 불개미 아주머니는 더운 여름이면 어머니 집 옥상에 올라가 밤늦도록 이야기 하며 놀았다고 한다.

불개미 아저씨는 어머니에게 내일 돈을 좀 보낼 테니 맛있는 것 사드시라고 했고, 어머니는 그러면 돌려보낼 테니 절대 그러지 말라고 즐겁게 거절하신다. 어머니는 흥이 났다. 모처럼 컨디션이 회복된 듯 했다. 이렇게만 살 수 있다면 얼마나 좋을까.

팔순을 넘긴 말기 암 환자로 시한부 인생을 살아가는 어머니에게도 기적 뭐 그런 것이 있을 수 있을까. 만약 있다면 어머니에게 일어나기를 간절히 기도했다.

#내 배를 갈라 보고 싶다

어머니께서 잘 다녀오겠노라는 내 인사를 받지 않으신다.

어머니의 침묵은 나의 발걸음을 그 자리에 묶어 두었다. 나는 몸을 숙여 어머니 곁으로 다가섰다. 어머니는 힘든 표정이 역력했다.

"내 배를 칼로 쫙 갈랐으면 좋겠다. 뭔가 불덩이 같은 것이 등 뒤고 배고 가슴이고 막 돌아다닌다. 이제는 가슴 위쪽으로 무언가가 꽉 막혀 죽마저 내려가지 않는구나."

어머니는 힘들게 말을 이어 나가셨다.

"오늘 하루 종일 이 고통을 어떻게 견딜지… 파주병원에라도 가 보는 게 어떨까?"

어머니는 내가 오기만을 기다리셨다. 어머니의 오른쪽 가슴에 있는 암 덩어리와 고통을 없어지게 해달라는 나의 기도를 받는 것을 하루의 희망으로 삼고 계셨다. 암센터에서 항암치료를 거부한 이

204

후 먹는 약이라곤 뇌경색을 대비하기 위한 혈전방지제와 마약성 진통제가 다였기 때문이었다.

어머니는 희망 없이 표류하고 있는 나날들을 안타까워 하셨다. 정신이 맑아 모든 것을 다 알고 계시는 것 같았다. 나는 혼신을 다해 어머니의 오른쪽 가슴에다 손을 대고 기도했다. 하늘의 기운으로 이상한 호르몬이라도 분비되어 어머니의 병이 치유되는 기적을 꿈꾸기도 했다. 어떨 때는 이마에 땀방울이 맺히기도 했다.

하지만 아무리 생각해 보아도 이미 때가 늦은 것 같았다. 기어이 그때는 오고 있었다. 만일 아무도 없는 빈집에서 돌아가시기라도 하면 얼마나 한이 될까. 그러나 직장에 나오면 집에 계신 어머니 생각은 까맣게 잊고 일에 치여 다녔다. 나를 낳아주고 평생 사랑해주던 사람이 혼자 죽어가고 있는데, 먹고 살겠다며 직장에 나가 생업에 몰두하는 내가 부도덕하게 느껴졌다.

나에게 우울증이 생긴 것은 아닐까?

무기력한 날들이 이어지고, 처리해야 할 일은 자꾸만 쌓여갔다.

#진흙탕

바깥 슈퍼에 갔다 오니 집안의 분위기가 썰렁했다. 아내의 분위기가 험상궂게 변해 있었던 것이다. 어머니는 방에서 형님과 통화를 하고 계셨다.

아내가 큰 딸아이와 다툰 것 같았다. 여드름 치료를 위해 250만 원이 필요한데, 자기가 돈을 벌어 갚을 테니 치료비를 빌려 달라고 떼를 쓴 모양이다. 딸아이에게 여드름은 큰 문제였다. 피부과를 다니고 여러 가지 약을 써도 낫지를 않았다. 딸아이는 여드름 때문에 우울증에 걸릴 지경인데 치료를 해주지 않는다고 불평을 하였다.

아내는 좀 전에 어머니께 항암치료를 해드려야겠다고 한 내 얘기와 큰 딸아이의 요구가 골치 아팠을 것이다. 예민해진 아내는 자신이 씻고 있던 프라스틱 우유 용기를 주방 바닥에 내팽개치며 "형님이 어머니를 모시고 내려가서 항암치료도 해드리고 간병도 하도록 해라, 나도 이젠 지쳤다."면서 나를 향해 고함을 질러댔다.

　어머니 안전에서, 그것도 부산 형님과 통화를 하는 중에 거침없이 소리를 지르며 화를 내는 아내는 정상이 아니었다. 이 광경을 지켜본 나는 눈에 쌍불을 지피고 원색적인 욕을 쏟아 부었다. 나도 놀랐다. 교회를 이십 년이나 나가고 대학원을 나와 박사까지 한 사람의 입에서 아내를 향해 그런 쌍욕이 나오는 모습을 보고 말이다. 아내의 절규와 나의 쌍욕이 섞여 집안 분위기는 갑자기 살얼음판이 되었다.

　이 광경을 보고 늦둥이는 겁에 질렸고, 큰 딸아이는 자기 방문을 쾅하고 닫아 버렸다. 어머니는 전화를 끊고 거실로 나와 “너희들 나 때문에 그러냐?”라며 불안해 하셨다. 얼마나 되었을까. 어색한 시간이 흘렀다.

　나는 어머니 때문에 그런 것이 아니라, 큰 딸애가 피부 치료를 하겠다고 하는데 돈도 돈이지만 얼굴에 함부로 손대면 안 된다고 얘기하느라 그렇다고 말씀드렸다. 어머니는 요즘 젊은 사람들 큰일이라며, 얼굴에 손대면 못쓰게 된다고 말씀하셨다. 피부과 치료와 성형을 혼동하신 모양이다.

　나는 큰 아이 방으로 가서 지금 그렇게 큰돈은 없으며, 정 하고 싶으면 네가 벌어서 하라고 했다. 딸은 먼저 치료를 하고 갚겠다는데 그것도 안 되냐고 따지고 들었다. 흥분한 나는 할머니 항암치료 할 돈도 없는데, 당장 그 큰돈이 어디 있냐고 되받았다. 딸아이는 항암하면 무슨 효과가 있냐며, 두세 달 생명 유지하는 것밖에 더 되냐고 소리쳤다.

나는 폭발했다.

"무슨 효과가 있냐고? 이년아! 사람의 목숨이 연장된다, 목숨이!"

일단 말싸움은 끝이 났다. 나는 아내 곁에서 자고 싶지 않았다. 어머니 옆에서 자고 싶었지만 그럴 수는 없었다. 하는 수 없이 아내가 있는 방으로 들어갔다. 불을 끄고 누웠는데 아내가 말을 걸어 왔다. 큰 아이가 당신을 빼닮았다. 수중에 돈 한 푼도 없는 사람들이 피부치료가 무엇이며, 항암치료가 무엇이냐며 몰아세웠다. 나는 입을 닫았다.

나이 오십을 넘기니 잠처럼 편안한 것이 없다. 나는 점점 죽어가는 것일까? 죽음을 연습하고 있는 것은 아닐까? 이런저런 생각을 하다 잠이 들었다.

요란한 자명종 소리가 나를 깨웠다. 새벽 4시였다. 나는 전투화와 같은 구두를 신고 거리로 나섰다. 차에는 서리가 끼어 있었다. 날은 서늘했고 저 멀리 어디선가는 이미 겨울이 오고 있었다. 나는 음력 12월생이다. 그래서 그런지 여름보다는 겨울이 좋았다. 하지만 지금은 상황이 달라졌다. 어머니와 더불어 추운 겨울을 나야 한다는 것이 왠지 두려웠다.

태풍이 지나간 아침

주일날 한바탕 전쟁을 치르고 난 다음날, 오늘은 내가 쉬는 날이다. 늦둥이를 학교에 데려다 주는데 갑작스럽게 "아빠, 어제 그 말은 좀 심하지 않았어?"라고 말한다. "무슨 말?" 하고 물으니 늦둥이는 "새장가 간다는 그 마알~" 하고 대답했다. 나는 아이의 귀에 대고 사랑하는 사람들도 매일 좋은 것이 아니며 가끔은 싸움도 하며 사는 것이라고 속삭여 주었다.

어제 저녁 교회를 마치고 집으로 돌아오는 길에 큰 딸아이가 지각해서 찬양대에 서지 못한 일로 훈계를 하고 있었다. 그런데 정작 아이는 가만히 있는데 옆에 있던 아내가 역성이었다.

"집이 멀어서 늦잠을 자면 지각도 할 수 있지, 괜한 애 잡지 말고 당신이나 잘해!"

"내가 어때서?"라고 대꾸했다.

"형님도 있고 아가씨도 둘씩이나 있는데 당신이 어머니를 집으

로 모시고 와서 안방 앞에 떡 하니 문도 안 닫고 24시간 버티고 있
게 만들었으니 사는 게 사는 것 같지 않다니까."

똑같은 레파토리였다. 나는 어머니가 말 그대로 3~4개월 시한
부 선고를 받았으니 그 기간 동안 최선을 다해 모시라고 했다. 아내
는 어머니가 얼마나 까다로운 분인지 아냐며 대들었다. 냉장고에
자기 반찬을 따로 넣어두고, 그릇은 자기 그릇만 사용한다고 했다.

아내는 자기가 늦둥이 하나 보고 그나마 살아가는데 더 힘들게
하면 늦둥이 데리고 집을 나가 버리겠다고까지 했다. 그러면 나는
새 장가 들어 버젓이 살겠다고 독기를 내뿜으며 대꾸했다.

집에 도착했는데, 아내와 두 아이는 뭐 살 게 있다면 집으로 들어
오지 않았다. 이상한 낌새를 알아차린 어머니가 왜 혼자만 들어오
냐고 물으셨다. 샤워를 마치고 나서도 한참 후에 아내와 아이들이
들어왔다. 늦둥이는 엄마가 기도했다고 했다.

벤치에 앉아 병중의 할머니를 잘 모시게 해달라고, 그리고 아빠
와 더 이상 싸우지 않게 해달라고 기도를 했다는 것이다. 큰 딸아이
는 엄마와 아빠가 차 안에서 싸우는 것을 보니 젊은 자기들보다 더
유치하다며 핀잔을 주었다.

그도 그럴만하리라. 사랑이 깊을수록 싸움도 유치하다는 것. 인
간의 모든 선하고 악랄한 면이 적나라하게 표출되는 것이 가족 아
닌가. 때로는 천국이지만, 때로는 유황불이 타는 지옥이 되기도 하
는 그것이 가족이며 부부라는 것의 실체이기도 했다.

#그녀는 이기적이었다

가을이 완연해졌다. 이번 주말이 추석 명절이다. 초가을의 청량한 하늘과 서늘한 바람은 어머니의 마음을 아프게 할 것이다. 이렇게 좋은 날, 어머니는 죽음을 기다리고 있는 신세였다. 나는 아내에게 오늘 어머니 모시고 파주병원에 다녀오자고 했다.

숨이 가빠오는 어머니를 위해 폐 사진도 찍어 보고, 물을 뺄 수 있으면 물을 빼고, 영양제 주사도 놔드려 어머니의 마음을 달래주고 싶었다.

그 때까지 아내는 찬송가를 흥얼거리고 있었다. 어머니의 건강이 어떻든 자기는 그 상황에 빠지지 않겠다는 생각이었다. 함께 진흙탕에 빠져 허우적거리지 않는 것이 자신이나 타인에게 바람직하며, 그것이 어머니를 위해서도 도움이 된다고 생각하는 것 같았다.

하지만 나는 달랐다. 함께 울고 함께 아파하길 원했다. 그것이 진실된 인간의 모습이며 상황에 적합한 행동이라 생각했기 때문이다.

이런 아내와는 달리 어머니는 '병마'와 '며느리에 대한 고통'이라는 이중고를 겪고 계셨다. 어머니와 아내는 물과 기름이었다. 어머니는 이기적인 며느리를 미워했으며, 그 미움은 어머니의 삶을 위축시키고 어머니의 영혼을 구속했다.

엑스레이를 살펴보던 의사는 10일 전과 별 차이가 없다고 했다. 폐에 물이 조금 차 있으나, 그것이 숨을 못 쉬게 하는 원인은 아닌 듯하다며 CT를 찍어 보는 게 좋겠다고 했다.

나는 일주일 뒤에 암센터에 예약이 있으니 그 때 CT를 찍겠노라고 했다.

의사는 "추석 명절을 잘 보내셔야 할 텐데…"라고 염려를 해 주었다. 어쩌면 일주일도 못 견딜 수 있다는 말로 들렸다. 어머니는 병원에 온 김에 독감 주사도 맞고 영양제도 맞았다. 암 중증환자로 등록되어 영양제 가격은 2천 원도 되지 않았다.

어머니가 영양제를 맞는 동안 나는 지하에 있는 장례식장에 찾아가 장례 절차와 비용을 알아보았다. 장례 비용을 절약하자면 파주 병원을 이용해야 했고, 조문객을 위한다면 신촌 세브란스로 가야 했다. 장례란 것이 누구를 위한 것인가? 근본적이고도 실제적인 문제였다.

아무리 생각해 보아도 장례란 살아 있는 자들을 위한 일이었다.

그렇다면 돈이 더 들더라도 세브란스를 이용해야 하리라. 영양제를 다 맞은 어머니를 모시고 집으로 돌아왔다. 어머니에게 꽂게 된장국을 만들어 드리려고 꽃게 6마리와 어린 조기 한 두름을 샀다. 평소 조기를 꼬들꼬들하게 햇빛에 말려 바싹 구워 놓으면 맛있게 드시던 어머니였다. 하지만 이제 어머니는 조기에 아무런 관심이 없었다.

가을의 따가운 햇살 아래 조기는 저 혼자 잘 말려지고 있었다.

나는 괜찮다

"정말 해도 해도 너무 한다. 이제는 혓바닥 밑까지 아프다. 너무 고통스럽구나."

어머니의 고통을 호소하는 목소리가 어렵게 어렵게 한 마디씩 뱉어져 나왔다. 어머니는 어제 저녁부터 부쩍 더 힘들어 하셨다. 누우면 숨쉬기 힘들어 앉아 있는 시간이 늘어났다. 어머니는 그 자리에서 땅으로 꺼질 태세였다.

새벽 5시에 눈이 떠져 어머니 방으로 갔다. 어머니가 밤새 돌아가실까 염려되었다. 어머니의 왼 팔을 만지는 순간, 어둠 속에 누워 계시던 어머니는 깜짝 놀라시며 "나는 괜찮다!"라고 말씀하셨다.

그랬다. 어머니는 모든 것을 알고 계셨다. 가족들이 언제 돌아가실지 불안해하고 있다는 것을… 나는 어머니를 돌려 눕혀 드리고 기도를 하자고 말씀드렸다. 어머니의 우측 가슴을 두 손으로 움켜쥐었다. 내가 지금 할 수 있는 일은 기도밖에 없었다.

214

꺼져가는 등불을 끄지 아니하시고, 상한 갈대를 꺾지 않으신다고 하신 하나님 아버지, 지금 우리 어머니가 어려운 상황에 처해 있습니다. 우리 어머니의 한 맺힌 일생을 아시는 하나님 아버지, 내가 잡은 손을 통하여 성령의 놀라운 역사를 일으켜 주시옵소서. 소경의 눈을 뜨게 하시고, 앉은뱅이도 걷게 하시고, 심지어 죽은 자도 살리신 당신 아닙니까. 이 순간부터 어머니의 종양덩어리를 없애셔서 식통과 숨통을 열어 주시옵소서. 꺼져가는 생명이 다시 소생되는 당신의 역사를 일으켜 주시옵소서. 어머니와 우리 가정이 당신의 위대하신 치유의 손길을 경험하고 당신의 위대한 능력을 찬양하며 살게 하옵소서. 이제 또 하루가 시작되었습니다. 오늘도 힘겨운 통증과 싸우게 될 터인데 지지 않게 하시고, 하나님 아버지가 동행해 주셔서 승리하는 하루가 될 수 있도록 은혜를 부어 주시옵소서. 예수님의 이름으로 기도드립니다. 아멘.

나의 기도가 끝나기 무섭게 어머니도 "아멘" 하고 따라 하셨다. 어머니는 살고 싶으셨다. 허구한 날 방안을 지키며 만나는 사람들로부터 위로만 받는 그런 시시한 시간들을 보내고 싶지 않으셨다. 예전 만덕에서 살림을 살던 날들처럼, 아버지를 먼저 보내고 혼자 치열하게 살던 그때처럼 전장에서 전사처럼 살고 싶어 하셨다. 위로 받는 삶은 삶이 아니다. 전쟁터에서 함께 싸우며 지지고 볶을 때, 비로소 이 땅에 발을 디딜 자격을 얻게 된다.

할머니 손은 약손

"애기 배는 복배, 할머니 손은 약손…"

일을 마치고 집에 들어가니 어머니가 잠든 늦둥이를 눕혀 놓고 부지런히 배를 문지르고 있었다. 그 모습은 기이한 느낌마저 들었다. 통증이 가슴에서 목 밑까지, 이제 혓바닥까지 올라와 숨을 쉬기도 어려운 할머니가 어린 손녀딸의 배를 문지르고 있는 것이다.

아이는 죽어 뻐드러진 개구리 마냥 사지를 뻗고 곤히 잠들어 있었다. 목숨이 다한 어머니에게도 사명이라는 것이 있었다. 이 땅에서 무언가 쓸모 있는 일을 한다는 것에 감사하며, 이 일이라도 빼앗길까 두려워하는 모습이었다.

나는 어머니가 우리 집에 와서 늦둥이와 마지막을 보낼 수 있게 된 것을 감사하게 생각했다. 늦둥이가 할머니의 어깨죽지를 주물러 드리면 "아이구 아파라, 어린 것의 손이 이렇게 맵다냐."라고 흐뭇해 하셨다. 어머니는 늦둥이 때문에 한 번이라도 더 웃을 수 있었고, 늦둥이도 할머니의 따스한 손길을 머리에 각인시킬 수 있었다.

또 한 가지 다행스럽다고 해야 할까, 다소 의아한 것은 어머니가 그토록 통증에 시달리면서도 저녁 8시 반이면 어김없이 방영하는 연속극을 고정적으로 시청한다는 것이다.

지금도 한기가 드시는지 이불을 뒤집어쓰고 앉으셔서 텔레비전을 보고 계신다. 두 눈은 움푹 꺼져 죽음의 그림자가 이미 당도해 있는 지경인데 어머니는 텔레비전에서 눈을 떼지 않으신다. 한술 더 떠서 연속극 안에 나오는 주인공을 향해 '미친 놈'이라고 욕을 해대신다.

어머니는 드라마와 현실을 동일시하고 있는 것 같았다. 나는 죽음의 문턱에 와 있으면서도 여전히 삶의 중심을 놓지 않으려는 그 강한 삶의 애착에 혀를 내두를 수밖에 없었다. 내 기도의 덕인가, 그 극심한 통증에 밤을 두려워하면서도 저렇게 차분하게 삶의 중심을 견지해 나가는 힘은 무엇인가. 저 진중함은 언제까지 갈 것인가. 어머니는 암마저 태연히 견디실 만큼 어떤 강한 유전자라도 가지고 계시다는 말인가.

나는 삶에서 어떤 목적을 위해 무언가를 유보한다는 것은 옳지 않다고 생각해 왔다. 하지만 어머니와 이렇게 한 2년 정도만 더 지낼 수 있다면 무엇이라도 희생할 수 있을 것 같았다.

또 한 사람

추석이 하루 지난 오늘, 충남 서산이 고향인 매제가 고향집에 갔다
가 오는 길에 우리 집으로 왔다. 시골집에서 고추, 마늘, 고구마 순,
호박 등을 가져와서 우리 집에도 내려놓았다.

나는 매제가 오기 전에 숯가마를 하고 있는 외삼촌을 찾아가 명
절 인사를 할 참이었다. 매제도 처외삼촌을 한 번도 뵙지 못 했다며
이번에 함께 가기로 하였다.

어머니는 지난 번 외삼촌으로부터 들은 말을 가슴에 응어리처럼
품고 계셨다. 외삼촌은 사위가 몇 명이 있어도 장인이 술을 좋아하
는 것을 알면서 소주 한 병 사오는 사위가 없다고 서운해 했다고
한다.

어머니는 외삼촌을 만나러 가는 나에게 소주를 5병만 사가지고
가고 소고기 안주 거리도 좋은 걸로 사가라고 신신 당부를 하셨다.
나는 어머니의 소원을 들어 주어야만 했다. 숯가마 앞 슈퍼에서 꽃

등심과 소주 1박스를 샀다. 매제는 처음 처외삼촌을 만나 뵙는 것이라며 자기가 사겠다고 우겼다. 그는 인테리어 일을 하기 전에 정육점을 한 경험이 있어 좋은 고기를 한눈에 알아보았다.

외삼촌은 숯가마 뒤에 있는 밭에서 도라지 씨를 얻기 위해 추수를 하고 계셨다. 폐암이 걸린 외삼촌은 수술도 하지 않고 1년 넘게 별 이상 없이 일상생활을 영위하고 있는 중이었다. 숯가마 2층에 허름하게 지은 집으로 올라가 외삼촌 내외를 만났다. 외숙모 역시 심장이 좋지 않고 당뇨가 있어 더 이상 숯가마를 할 수 없는 사정이라며 땅이 꺼져라 한숨을 쉬었다. 자식들은 이미 숯가마 일에서 나가 떨어진지 오래다. 외삼촌은 지난 달 숯가마 땅 재산세만 1,200만 원을 물었다고 했다. 게다가 불경기가 계속되어 숯가마를 사려고 덤비는 사람도 없다는 것이다.
우리의 방문을 받은 외삼촌은 기분이 조금 좋아진 듯 보였다. 어머니의 당부대로 소주를 사가기는 했지만, 정작 외삼촌은 암 때문에 이제는 술을 거의 들지 않는다고 했다. 외삼촌과 외숙모의 고생은 당분간 계속되어야 할 듯 했다. 어머니도 어머니지만 외삼촌의 겨울이 걱정되었다.
이글이글 뜨거운 숯가마에서 외삼촌은 추운 겨울을 맞고 있었다.

다시 항전(抗戰)

한 달 전에 예약한 대로 오늘 아침 어머니를 모시고 암센터로 향했다. 백 미러로 고통을 참고 계신지 눈을 감고 있는 어머니가 보였다.

의사는 역시나 항암치료를 권했다. 암센터에서 항암치료를 하지 않겠다고 하면 자기가 할 일이 없다는 것이다. 어머니는 불덩이 같은 것이 온 몸을 돌아다니며 삭신이 쑤셔 견딜 수 없다며 하소연 하신다.

나는 의사에게 단도직입적으로 물었다. 지금 항암을 하면 뭐가 좋아지냐고 했더니, 어머니의 생명이 연장될 것이라고 한다. 암과 더불어 싸우며 좀 더 살아갈 수 있다는 것이다. 그래도 우리가 머뭇거리자 의사는 지친 듯 보였다.

의사로서의 경험상 느낌이 있는데 어머니의 경우 의식도 있고 살고자 하는 의지가 강해 항암치료를 해보는 것이 좋을 것 같다고 아쉽다는 듯 말했다. 환자와 가족이 우려하는 것처럼 안 좋은 경우라면 의사인 자기 측에서 먼저 항암치료를 권하지도 않는다고 했다.

　이어서 그는 결정적으로 나와 어머니의 마음을 뒤흔드는 말을 했다. 만일 자기 어머니가 이런 경우에 처했다면 자기는 항암치료를 해드리겠다는 것이다. 묵시적으로 항암치료를 받지 않기로 했던 나와 어머니는 크게 흔들렸다. 아내 쪽으로 고개를 돌려 의향을 물었다. 아내는 고개를 가로저었다.

　하지만 나는 이미 아내와는 다른 결심을 하고 있었다.

　"어머니, 어떻게 하고 싶으세요?"

　갑작스러운 내 말에 아내가 당황하는 눈치다. 마치 그 말을 기다리기나 했다는 듯 어머니의 대답이 돌아왔다.

　"그래, 한번 해보자꾸나. 죽기 아니면 살기다!"

　순식간에 분위기가 훈훈해졌다. 부정적인 것보다 무엇을 해보자는 긍정적인 것은 이렇게나 좋은 것이었다.

　"의사 선생님, 제가 너무 고생을 해서 이렇게 죽기는 너무 억울해서 조금 더 살고 싶어요."

　병실을 나오기 전 어머니는 묻지도 않는데 이렇게 부연 설명을 하셨다.

　어머니는 무척이나 기분이 좋으셨다. 사람에게 희망이 있다는 것은 엄청난 에너지가 된다. 죽었던 어머니의 바이탈리티(Vitality)는 즉각 다시 회복되었다. 반면 아내는 어머니가 항암치료의 부작용으로 쓰러지면 누가 붙어 간호를 하냐며 우려를 표했다. 하지만 상황이 자신의 생각과 다르게 돌아가자 아내는 저 주치의가 돌팔이라고 빈정거렸다.

2달 전에도 항암을 권유하며 2달 정도 지나면 항암치료의 시기를 놓쳐 하고 싶어도 못 한다고 하지 않았냐는 것이다. 저 의사의 말은 도무지 앞뒤가 맞지 않는다고 했다.

어머니는 한 시간 조금 넘게 걸리는 항암 주사를 맞았다. 돌아오는 차 속에서 아내는 불안해 하는 기색이 역력한데, 어머니의 표정은 날아갈 듯하다.

마치 항암제 반 병 맞은 것으로 병이 다 나을 것처럼 생각되시는 모양이다. 2~3일 뒤에 찾아올 부작용은 전혀 생각지도 않는 눈치였다. 하지만 함박웃음을 지으며 아이처럼 기뻐하는 어머니를 보니 만감이 교차했다. 아, 저렇게 좋아하는 것을 그동안 도대체 누가 막고 있었단 말인가? 나는 내 자신을 부끄러워했다.

집에 돌아오자 어머니는 갑자기 LA갈비를 구워달라고 하신다. 항암치료를 했으니 잘 먹어 두어야 견딜 수 있다고 생각하신 것이다. 어머니는 살기 위한 의지를 불태우고 계셨다. 어머니는 딴 사람처럼 행동했다. 병이 나으면 부산으로 머리를 자르러 가겠다고 하셨을 정도다.

그런데 나의 놀라움은 이게 끝이 아니었다. 이번엔 아내다.

아내는 어머니의 병세가 장기전으로 들어갔으니, 방을 옮겨야 한다고 주장했다. 우리 부부의 방 바로 앞에 있는 어머니의 방을 우리 방과 제일 먼 끝 쪽 방으로 옮겨야 한다는 것이다. 어머니의 소원을 들어 드렸으니, 이제 자기의 소원도 들어 달라고 나를 다그쳤다.

아내는 어머니에게 온통 정신이 팔려있는 남편이 못마땅했던 것이다. 이것은 어떻게 할 수 없는 여자의 질투였다. 아내의 인격과 신앙과 교양으로도 도저히 해결되지 않는 암컷의 본능이었다. 나는 맹목적이고 무서운 사랑의 갈구 앞에서 머리를 쥐어짜야 했다. 아내도 살기 위해 저러는 중이었기 때문이다.

쓰레기를 버리고 올라오니 어머니가 나를 불렀다.

"애야, 나 좀 보자. 에미가 나를 화장실 앞방으로 가라는 것이니 방을 옮겨라. 내쫓는 것도 아니니 다행이다. 내 그리로 가마."

나는 눈물이 쏟아져 내릴 것 같았다. 그렇게 기뻐하던 어머니에게 찬물을 끼얹었다는 생각이 들었다. 하지만 나도 살고 어머니와 아내도 살아야 했다.

"어머니, 끝 방이 남향이라 햇빛도 잘 들고 화장실도 가까워 좋아요. 산소호흡기 줄도 방안을 가로질러 다니지 않아서 좋고…"

나의 변명이 이어졌다.

"됐다. 누가 그 방으로 가지 않겠다고 하더냐? 더 이상 말 안 해도 된다. 나가 보거라."

어머니는 섭섭함을 속으로 달래고 계실 것이다.

남자라는 이유로

추석연휴이자 개천절인 오늘은 큰 딸아이가 집에서 노는 날이었다. 큰 딸 아이는 자기가 하루 쉬는 날, 방을 바꾼다는 말에 짜증을 내었다. 두 방에는 장롱과 책장과 책과 잡동사니가 가득하여 보기만 해도 한숨이 나왔다. 딸아이는 사람을 불러야 한다고 했다.

　어머니도 이 골치 아픈 이사를 빨리 마쳐주기를 바라고 있었다. 큰 딸과 늦둥이 그리고 나와 아내, 어머니까지 이 난장(亂場)에 합류할 수밖에 없었다. 아마 우리 집 짐의 삼분의 일은 옮기지 않았나 생각된다. 막판에 큰 딸아이의 무거운 원목 침대가 조립이 되지 않아 한참 실랑이를 하느라 진을 다 빼버렸다. 이런 모습을 보며 아내는 흡족한 눈치였다. 자기의 구상대로 온 식구가 동원되어 노예들처럼 일을 하는 것을 보며 안도의 한숨을 쉬었다. 나와 딸아이는 쉬지 않고 일을 해야 했다. 아내의 뿌듯한 표정을 보며 나도 안도했다. 이렇게라도 하여 아내의 마음이 풀어진다면 얼마나 다행인가.

아직 항암치료의 부작용은 나타나지 않았다. 어머니께서는 아내에게 3만 원을 주시며 LA갈비를 사오라고 하셨다. 그런데 아내가 잘못해 뼈를 발라낸 순 갈비살을 사온 것이다. 그것도 소고기가 아닌 돼지고기를…

방으로 들어가신 어머니는 화가 나서 참을 수가 없으신지 원망에 가까운 말들을 쏟아내셨다. "잘 걷지도 못하는 시어미를 보고 교회에 가자는 며느리가 한심하다. 아이쿠, 한심하다! 시어머니가 이렇게 이를 악물고 있는 것을 두 눈 뻔히 뜨고 보면서도 모르나? 설사가 나서 이리저리 똥을 싸고 다니는 나를 서울로 올려 보낸 자식이나 모두가 한심하다. 사람이 할 짓이 아니다. 사람 축에도 넣고 싶지 않다!"

어머니는 단단히 화가 나셨다. 아내와 부산 큰형님을 빗대 악담을 하고 계셨다. 아내는 아내대로 몹시 당황했다. 아내는 이런 실수를 한 자신에게 화가 나는지, 나를 보고 마트에 가서 환불받고 다른 곳에 가서 LA갈비 양념된 것을 사오라고 다그쳤다.

그 말을 들은 어머니는 어디 사내가 물건을 바꾸러 다니게 하냐고 역정이셨다. 아내는 당신 어머니가 저렇게 까다로우신 분이라고 빈정대었다.

저녁에 수요예배가 있어 아내와 늦둥이를 데리고 신촌에 있는 교회로 갔다. 아무 말이 없던 아내는 교회 앞 신호에서 내 뒤통수에다 대고 "이제 정말 못 살겠다."고 한숨을 쉬었다.

나는 머리가 쭈뼛했다. 어머니를 간호하기도 벅찬데, 가끔 두더지처럼 머리를 쳐들고 나오는 아내의 서운함을 다독여 주는 일도 만만치 않았다. 아내의 요구대로 방도 옮겼는데, 아내는 못 살겠다고 한다. 내 마음도 오늘 낮의 집처럼 난장판이 되는 것 같았다.

도대체 아내라는 이름의 정체는 무엇인가. 그리고 도대체 왜 저러는 것인가. 어머니를 모신지 두 달 보름, 이제 시작이라 할 수 있는데 앞으로 한 집에서 계속 살아갈 수 있을까.

나는 자꾸만 쭈그러들었고, 나의 행동은 위축되어 갔다. 나는 항상 죽어지낼 수밖에 없는 처지의 남자였다.

노래방에라도 가고 싶다고 생각했다. 내 십팔번인 '남자라는 이유로'라는 노래라도 크게 불러제끼면 숨통이 트일 것 같았다.

투혼

사그라지던 촛불은 다시 불꽃을 일으켜 세웠다.

어머니는 아이러니하게도 남들이 부작용으로 음식을 입에도 못 댄다고 하는 항암치료를 시작하면서 식성이 바뀌었다. 그동안 쌀 죽도 못 드셔서 묽은 미음을 드셨는데, 이제는 아주 질게 밥을 지어 LA갈비 몇 조각과 묵은지 김치국과 함께 드시는 것이다.

살아야 한다고, 일어나야 한다고 두 주먹을 쥐고 항암치료의 부작용과 싸워 이기기 위해 온 정신을 집중하고 있었다. 늦둥이는 그러한 할머니의 결연한 태도를 흉내내어 온 가족들의 배꼽을 잡게 했다.

점잖게 두 손을 뒤로 젖히고 수심이 가득한 표정으로 땅을 바라보다가 갑자기 "가만히 있어! 가만히 있어!" 하고 부산하게 왔다 갔다 하시는 할머니의 모습을 능청스럽게도 재현해 낸 것이다.

어머니는 당신의 방으로 나를 불러 언제가 고비냐고 물었다. 어

머니는 보통 항암치료를 하고 2~3일 정도 지나면 부작용이 나타
난다는 의사의 말을 하나님 말씀처럼 기억하고 계셨다. 오늘이 항
암치료를 한지 정확히 3일이 되는 날이니까 내일까지 잘 참으면 항
암치료의 부작용은 없고, 항암제가 어머니에게 잘 맞는다는 이야
기이라며 하루를 밀처놓있다. 하루하루가 중요했기 때문이다. 어
머니는 병에 지지 않으려고 안간힘을 쓰고 계셨다.

어느 정도 치료가 될 것이라는 긍정적인 생각을 하셨는지는 모르
겠지만 지금 이때 너가 나를 잘 돌보아 주어야 한다며 몇 번이나 당
부를 했다.

아내는 퇴근해 돌아온 큰 딸아이와 함께 식사를 하며 어머니에
대한 섭섭함을 농담 식으로 털어 놓고 있었다. 아내는 인천 사는 사
촌 형수가 사다 놓은 멜론과 배를 우리 집을 방문한 여동생에게 나
눠주라고 하면서, 이런 음식은 나누어 먹어야 한다고 했다는 것이
다. 그 말은 아내가 병문안으로 들어온 음식을 동기간들에게 나누
어 주지도 않는다고 말씀하시는 것 같았다는 것이다.

어머니는 늘 그랬다. 가진 것 없이 평생을 살아오면서 인심을 잃
지 않고 살아온 것은 떡 한 조각이라도 나눈 자신의 삶 때문이었다
고 했다. 어머니의 말을 들어서인지 아내는 여동생이 가져온 시골
양파를 한 바가지 담아다가 앞집에 갖다 주었다. 양파를 갖다 주니
그 집에서 어린 아이 대갈통만한 배 2개와 사과 1개를 주더란다.
아내는 되로 주고 말로 받는다며 신기해했다.

격랑(激浪)

팔순의 노모가 항암치료를 잘 받을 것이란 생각은 안일한 착각이었다.

항암 치료 후 3일이 되는 날 부터 어머니는 가만히 있어도 숨이 차올랐으며 어지러움이 찾아들었다. 가만히 있어도 신음에 가까운 소리가 새어 나왔고, 숨을 쉴 때마다 쌕쌕 소리가 났다. 병원 응급실로 가야 하나? 조금 더 견뎌 보기로 했다.

만일 체온이 38도 이상 올라간다면 그때는 응급실로 달려가야 하리라. 어서 항암치료의 부작용이라는 거친 풍랑이 잠잠해지기를 간절히 바랄 뿐이었다.

어머니의 일거수일투족을 염려하는 사람들은 어머니 쪽으로 긴 더듬이를 늘어뜨리고 있었다. 오전과 오후에 여동생이 전화를 했고, 부산 형님도 어머니의 안부를 물었다.

어머니는 외출이 잦은 우리 식구들이 없을 때 혼자 사경을 헤매게 되지나 않을까 노심초사하였다. 그리고 내가 집에 있을 때 식사를 권하면 "네가 없으면 밥 줄 사람도 없으니 먹으라고 할 때 어서 먹어야지." 하며 따라 나와 식사를 하셨다.

어머니의 돌덩이 같은 저 집념이 어머니를 일으켜 세우기를 바랐다. 어머니의 굳센 저 의지는 옆에서 지켜보는 아들인 나에게 금은보다 귀한 유산(遺産)이 될 것이다. 나는 저 불굴의 투혼을 내 유전자에 아로새겨 넣기로 다짐하였다.

어머니는 결코 쉽게 무너지지 않을 것이다. 이대로 지기에는 너무 슬픈 사연을 간직한 한 송이 꽃이었다. 그것은 이 땅도 하늘도 자식들도 어머니 자신도 너무나 뚜렷이 알고 있었다. 나는 아침저녁으로 어머니의 가슴을 뒤에서 끌어안고 기도를 했다. 어머니는 기도가 끝날 때 마다 "아멘, 아멘" 하며 마음을 다잡는 것 같았다. 나는 어머니 방을 들락거리며 기도하고 몸을 주물러 드리는 것을 나의 사명처럼 생각했다.

어머니는 조금씩 불꽃을 일으켜 세우며 생명의 질기고 질긴 여정을 이어나갔다.

오려면 어서 오라

일요일 새벽 4시 반이면 어김없이 자명종이 운다. 거실에 나가자 어둠 속에서 어머니의 신음 소리가 났다. 어머니에게 잘 주무셨냐고 인사를 드리자, 어머니는 당신의 목 부분을 가리키며 이제 목구멍까지 막혀 온다며 당신이 바라던 것이 마침내 왔다고 말씀하셨다.

어머니는 늘 빨리 가시고 싶다고 했다. 고통 속의 삶이란 삶이 아니라, 살림 사는 삶이 사람의 삶이라고 하셨다.

어머니의 숨이 막히는 증세는 점차 가슴에서 가슴 윗부분으로, 이제는 목구멍으로 올라와 있었다. 형수는 사람들이 묵 공장을 하라고 할 정도로 도토리묵을 잘 쑤는데, 어제 형님이 안부 전화를 하면서 보름 뒤에 어머니 좋아하시는 묵을 쑤어 가겠다고 한 모양이다.

"묵이라도 간신히 넘길 수 있을 때 오지. 조금 더 있으면 아무것도 넘기지 못 할 텐데. 어서 오지…"

어머니는 독백처럼 말을 내뱉고 계셨다.

한두 달 전까지 방에 보조등이라도 켜고 계시던 어머니는 최근 들어 불빛을 싫어하셨다. 어두운 어머니의 방에서는 산소발생기의 모터 돌아가는 소리만 요란했다.

어머니에게 항암치료 효과가 없는 것 같다고 하자 어머니는 그런 셈이라고 말씀하셨다. 아침부터 나는 격심한 혼란을 느꼈다. 오늘부터 구체적으로 어머니의 죽음을 대비해야겠다는 생각이 들었다. 직장에 가면 어머니 사망 시 연락해야 할 사람들과 장례식장을 구체적으로 알아봐야 할 것이다.

어머니가 계신 끝 방으로 가서 출근 인사를 했다. 어머니는 아무 말씀 없이 손만 흔드셨다. 어머니와 나의 출근 인사에 이런 적은 한 번도 없었다. 억지로라도 잘 다녀오라고 대답을 해 주셨던 분이다.

흰 뼈만 앙상한 어머니의 핏기 없는 손은 마치 전장에 나부끼는 백기(白旗)와도 같았다.

어머니는 오늘 하루도 힘겹게 이어가고 있었다.

오후 서너 시가 제일 견디기 힘들다고 하셨다. 아파트 문을 열고 나갈 줄만 알면 방안이 답답하여 몇 번이라도 문밖으로 뛰쳐나갔을 것이란다.

간당거린다는 말, 어머니를 두고 하는 말이다. 숨을 한 번 쉬기 위하여 온 몸을 들썩이며 오만상을 지어야 했다. 항암치료의 부작용인지 혓바닥이 헐어 밥은 다시 미음으로 바뀌었다. 숨 한 번 쉬는 것, 물 한 모금 넘기는 것, 몇 발자국 옮기는 것 하나하나가 눈물겨운 사투였다.

출근하자마자 이틀 후에 열릴 예정인 전교인체육대회에서 사용하기로 한 실내체육관으로 갔다. 점심시간이 되어 체육관 측 담당 팀장과 차장, 두 사람과 식사를 했다. 초면임에도 불구하고 우리는 허심탄회한 대화를 나누었다.

내가 폐암 말기의 어머니를 모시고 있다는 이야기를 하자 팀장은 나의 괴로움을 이해한다며 자신의 힘겨운 세월을 이야기해 주었는데, 나의 고생은 고생도 아니라는 생각이 들어 기가 죽기까지 했다. 팀장은 과거에 연탄을 땔 때는 16평 집에서 치매에 걸린 아버지와 암에 걸린 어머니, 남동생과 여동생 그리고 두 아들과 아내 이렇게 8명이 힘겹게 살았다고 했다.

힘들어 하는 아내와의 갈등으로 마음고생이 심하여 사는 것이 사는 것이 아니었단다. 어떤 날은 그만 죽고 싶다는 생각에 차를 몰아 자살을 시도한 적도 있었다고 한다.

도대체 생의 아픔은 얼마나 깊어져야 눈부신 새벽을 맞을 수 있을까.

나 역시 거기서 조금도 다를 바 없었다. 어머니의 고통 앞에서도 자신의 스케줄을 조금도 변경하지 않는 아내와의 갈등, 죽음을 앞둔 시어머니와 며느리의 기 싸움, 생의 끝을 향해 가며 간당거리는 어머니의 병세를 지켜보며 나는 괴로워하고 또 흔들리고 있었다. 하지만 이 땅에는 나보다 훨씬 힘든 아픔 속에서 신음하는 사람들이 많았다.

언제부터인지 내 눈 속으로 조용히 울고 있는 세상의 남자들이 들어오기 시작했다. 아버지, 아들, 그리고 남편으로 불리는 사람들, 여자들이 흔들릴 때 넓은 가슴을 빌려 주던 남자들이 이제는 반대로 흔들리고 있다.

＃또 다시 한 걸음

오늘은 2차 항암치료가 있는 날이다. 어머니 항암치료일 마다 내가 차를 몰아 모셔드리다 보니 오전 근무에 빠지는 경우가 있어 아내에게 운전 연습을 시킬 필요가 있었다. 아내는 서울 살 때는 교회와 집을 오가는 정도로 운전을 했으나 그 이상의 범위를 벗어나는 것을 두려워했다. 한마디로 정해진 루트만 운전할 줄 아는 반쪽 운전자였다.

나 없을 때도 일산에 있는 암센터까지 어머니를 모시고 갈 수 있도록 연습을 시킬 겸, 아내에게 운전대를 맡겼다. 아내는 긴장된 표정이 역력하다. 어머니도 환자인 자신을 태우고 미숙한 며느리에게 운전대를 넘기는 아들이 맘에 들지 않았을 것이다.

어찌어찌 암센터에 도착한 아내는 성취감에 뿌듯해 했다. 나는 회사에 가서 오전 일을 처리한 다음 다시 병원으로 갔다. 여동생도 와 있었다. 의사는 항암치료에 의한 부작용은 그리 크지 않다고 결론을 내렸다. 하지만 암이 얼마나 줄어들었는지는 4번의 치료를 마친 후에 CT를 찍어 판단하겠다고 했다.

어머니는 암과 잘 싸워 나가고 있었다. 4번의 항암치료를 마치면 암이 줄어들 것이라는 희망을 가지고 있는 듯 보였다. 사람에게 희망이 있다는 것은 밥과 더불어 그 사람을 살아있게 하는 양식이었다. 생목숨은 참으로 질긴 것이어서 쉽게 지지 않는 꽃과 같았다.

암센터의 주치의는 항암을 하지 않으면 1달 이내에 돌아가실 수도 있다고 했고, 파주병원의 전문의는 추석을 넘기지 못 할까 염려했으나 어머니는 이렇게 나와 함께 겨울을 맞고 있다.

나는 시간과 여건이 되는 대로 어머니를 안고 기도했다. 어머니의 생존이 지속되고 장기전에 대한 희망이 생기자 혹시 어머니가 목숨 줄을 놓지 않고 있는 것은 나의 기도 때문인지도 모른다는 막연한 생각을 하게 되었다.

이제 나의 기도는 구체적이고 힘이 있는 기합과 같은 기도로 발전해 갔다. 강조할 부분에서는 열정적이었고, 구호처럼 리듬이 있었다. 어머니는 신이 나셨는지 "아멘 아멘" 하며 흡족해 하시는 눈치였다. 얼마나 열심히 기도를 했는지 땀이 나고 다리가 저려왔다.

알 수 없는 것이 사람의 일이다. 어머니는 항암치료를 위해 힘을 내야 한다는 생각에 다소 쿰쿰한 냄새가 나는 곰국을 다 비우셨다. 벌어진 문틈으로 어머니 방을 엿보았다. 어머니는 몸을 이리저리 움직이며 체조를 하는 듯 보였다.

누가 물이고 누가 피인가

어머니의 병은 날마다 변덕스러웠다. 어머니는 자신의 배를 가리키며 오늘은 또 속에서 조화를 부려 힘이 들었다고 했다. 어머니는 오늘이 어찌 될지 내일이 어찌 될지 예측할 수 없는 변덕스런 놈의 병이라고 혼자 중얼거렸다. 2차 항암치료를 하고 와서 설사를 조금 했고, 속이 좋지 않다고 했다. 소변도 대변도 안 나왔다고 한다. 모든 것을 뱃속에서 다 주관하니 어찌해볼 도리가 없었다.

우리 집에서 차로 20분 거리에 살고 있는 외삼촌은 요즘 들어 전화 한 통이 없었다. 태풍이 오던 지난 여름날 저녁, 어머니를 잠시 찾아 온 것이 마지막이었다. 저 멀리서 겨울을 다스릴 제왕이 군대를 이끌고 조금씩 말을 달려오는 모습이 보였다. 아프고, 돈이 없고, 살기가 힘에 부치는 사람들에게 겨울은 두려움 그 자체였다. 겨울이 깊을수록 나나 외삼촌이나 피붙이들은 자기들의 삶이 버거워 점차 다른 형제들의 삶을 돌아 볼 겨를이 없었던 것이다.

아내의 변덕도 어머니의 병세와 닮은 점이 있었다. 어제는 수요 예배를 마치고 돌아오면서 뜬금없이 피와 물중에서 어떤 것이 더 진하냐며 물었다. 나는 무심결에 피가 더 진하다고 대답했다. 내 말이 떨어지기 무섭게 아내는 자기는 물이라고, 남편과 시누이와 부산의 아주버니와 모두가 하루에도 몇 번씩이나 전화를 해대는 것을 보면 피끼리 뭉쳐 이리 저리 꺾어지며 흐르는데 자기만 물처럼 섞일 수 없다고 한숨을 지었다.

아내는 피들이 뭉쳐서 사람을 피곤하게 만들며 지랄을 떠는 듯한 그 분주함이 싫다고 했다. 그래서 자기는 친정 식구를 얼씬거리지도 못하게 하는 것이라고 힘주어 말했다. 이럴 때 나는 어떤 말도 할 수 없었다. 그저 묵묵히 이야기를 들어주는 것만이 아내와의 관계를 악화시키지 않는 최선의 방법이었다. 그렇다고 아내의 외로움을 달래주고 보듬어 주기에는 나의 몸과 정신이 극도로 황폐화된 상태였다.

나의 삶은 이미 겨울이었다. 살얼음이 끼어 한발 한발 조심스럽게 디뎌야 했다.

＃독한 그 놈

어머니는 보름에 한번 꼴로 항암치료를 받았다. 10월 2일에 이어 10월 16일 2차 항암치료를 했다. 2차 항암치료를 한 후 어머니는 더 많이 힘들어 하셨다. 자신의 몸속에 뭔가가 들어 있는데 이놈이 신출귀몰할 뿐 아니라, 변덕이 죽 끓듯이 하는 놈이라고 하였다. 여기서 욱씬, 저기서 욱씬, 팔다리, 어깨, 가슴, 머리, 뼛속… 이놈은 안 다니는 곳이 없다고 한다.

두 번째 항암치료를 한 후 어머니는 코피가 나고 온 몸이 가렵다고 하신다. 어떤 날은 열이 올라 얼굴이 원숭이 엉덩이처럼 붉어지기도 했다. 하지만 어머니 역시 만만한 상대는 아니었다.

통증이 와도 밥 한 끼 굶지 않으시고 많이 움직이려고 노력하셨다. 의사는 고통이 오면 하루에 몇 알이라도 좋으니 마약성 진통제를 먹어도 좋다고 했지만, 어머니는 통증의 실체를 느끼고 싸워서 이기기라도 하겠다는 듯이 진통제를 마다 하셨다.

병은 아침에 심하다가 낮에는 좀 낫다가 다시 오후 4~5시가 되면 심하다가 그 후로 조금 나아지다가 어두운 밤이 찾아오면 다시 심해졌다. 그럴 때 마다 어머니는 나도 독하지만 그 놈도 참 독한 놈이라고 말씀하시며 괴로워하셨다.

내 가슴을 칼로 짝 갈리 흐르는 물에 흔들흔들 씻어 보고 싶다고도 하셨다. 어머니는 하루에도 몇 차례씩 국지전을 벌이고 있었다. 어떤 때는 어머니가 이겨서 이리저리 온몸을 돌아다니는 통증 덩어리가 어디론가 사라지기도 했다. 이제 좀 괜찮다고 생각할 때면 통증은 어김없이 다시 왼쪽 어깨죽지를 들쑤시며 돌아왔다.

오늘도 출근하기 전에 어머니를 잘 지내게 해 달라고 기도를 드렸다. 어머니는 주방 냉장고에서 죽을 찾아 데운 후, 소고기 장조림을 가지고 방으로 들어가셨다. 아내는 잠을 자고 있었고, 어머니는 빈 그릇을 손수 씻어 설거지통에 넣어 두었다.

나는 밥 챙겨 먹는 것도 귀찮아 만두를 쪄서 간장에 찍어 먹고 아침을 대신했다. 아내와는 말도 섞기가 싫었다. 인사도 하지 않고 출근하고 싶었지만, 하루 종일 언짢아 할 아내를 생각해 간단한 인사를 했다. 아내는 좀 미안한지 풀 죽은 소리로 잘 다녀오라고 대꾸한다. 어머니 방에서 밥도 챙겨주지 않는 며느리한테 인사는 무슨 인사냐는 의미의 군시렁거리는 소리가 들려왔다.

어머니는 4차 항암치료를 받아 숨이라도 쉴 수 있게 되면 이곳을 떠날 생각을 하고 있는지도 모른다. 며느리가 마음에 들지 않더라

도 참고 견디며 항암치료가 성공적으로 끝날 때까지 납작 엎드려
있을 것이다. 그것만이 미운 며느리를 이기고 이곳을 나 갈 수 있는
유일한 방법이므로…

낙화 앞에서

여동생에게 어머니를 부탁하고 1박 2일로 직원들과 미리 계획해 두었던 야유회를 갔다.

일본으로 선교사 나가기 전에 여드름을 고치겠다고 250만 원을 달라고 생떼를 쓰던 아이가 마음에 걸렸다. 나는 물론 아내도 딸아이를 상대하지 않았다. 아이는 자기 방문을 걸어 잠그고 아내와 내가 있을 때는 거실로 나오지도 않고 있었다.

10월의 마지막, 속리산에는 단풍이 절정이었다. 며칠 안 있어 11월에 들어서면 단풍은 지금의 황금빛이나 핏빛 색을 잃어버릴 것이다. 우리 일행은 비가 내리는 가운데 속리산 법주사를 구경하고 정상인 문장대로 향했다. 떨어지는 잎새들이 눈처럼 휘날렸다.

산을 오르는 동안 어느새 딸아이에 대한 미움은 이해로 바뀌고, 이해는 관심과 사랑으로 변했다. 나는 딸아이에게 더 훌륭한 사람이 되라고 잔소리를 무던히도 해댔었다. 훈계를 잘 따르지 않을 때는 회초리도 들었다. 딸아이는 아내와 나의 말을 잘 듣지 않았고 자신의 방식대로 모든 것을 처리하는 경향이 있었다.

단풍 비가 내리는 속리산을 걷는 동안, 그 아이는 나의 아이가 아니라 하나님이 사용하시는 아이인지도 모르겠다는 생각이 들었다. 잘나고 똑똑한 사람보다 못난 사람을 귀하게 사용하는 것이 하나님의 용인술이었다.

떠나올 때 뼈가 으스러지도록
때려 주고 싶었던 그 아이
오르던 산 속 길 어디쯤에선가
나 같은 것이 무어라고 해도
귀한 그릇이 되리라는 생각에
깊은 반성이 가슴을 친다.
서울을 세 시간만 벗어나도
미움은 변하여 사랑이 되는데
그 속에서 지지며 볶으며 지내온
아수라의 세월이 부끄럽다.
법주사 지나 문장대 가는 길
비바람에 어지러이 날리며
눈처럼 떨어져 내리는 잎새들

깊은 산중 지는 단풍 앞에
내가 가진 미움도 함께 진다.

속리산 산행을 마치고 증평으로 가서 좌구산 휴양림에서 하루를
보내고 다음날 아침 청주로 떠났다. 나는 어머니의 상태가 몹시 궁
금해져서 여동생에게 전화를 걸었다. 어머니는 여전히 숨이 목까
지 차올라 힘들어 하시며 간당거리며 버티고 계셨다. 만일 신과 거
래를 할 수 있다면 어머니가 한 3년만이라도 통증 없이 사실 수 있
게 해달라고 졸랐을 것이다.

가을이 수놓은 산야는 단풍이 절정이었다. 계절의 여왕이 오월이
라면 시월은 계절의 황제라 불러야 마땅했다. 이 좋은 시절 단풍 구
경 한 번 못 하고 살아온 것이 고단한 어머니의 삶이었다. 단풍이야
올해 지면 내년에 다시 만날 수 있지만, 사람의 생은 한 번 꺾이면
그것으로 끝이다.

어머니는 이제 더 이상 살림을 사실 수가 없을 것이다. 이 땅에서
살림을 산다는 것, 그것은 자신의 수입으로 의미 있는 활동을 하며
살아간다는 것을 말한다. 어머니는 그저 위로 받는 삶이나 덤으로
사는 삶을 수치스럽게 생각하셨다.

244

어머니의 82회 생신을 맞아 부산에서 형님 내외가 올라오고 서울
에서는 여동생 내외와 조카들이 왔다. 연유야 어찌 되었든 한자리
에 모이기 어려운 사람들이었다.

어머니와 형수는 원수지간처럼 지냈고, 여동생의 아이들 역시 우
리집에 오기 어려웠다. 대학생인 여동생의 딸은 우울증을 앓고 있
었고, 중학생인 아들은 성격이 거칠어 학교에서도 골칫거리였다.

그런데 이런저런 사연을 가진 사람들이 한자리에 모였다. 죽어
가는 사람 앞에서는 모든 원한과 다툼도 더 이상의 핑계거리가 될
수 없었다. 형님과 형수는 어머니와 머리를 맞대고 마치 다정한 연
인들처럼 이야기하고 있었다. 여동생은 케이크와 샴페인을 사와
생일 축하 노래를 불렀다. 모처럼 집안에는 생기가 돌고 웃음이 그
치지를 않았다.

조카딸은 스모키 화장에 검정 자켓, 그리고 금발 가발을 쓴 특이

한 스타일을 하고 나타났다. 형님은 10년 만에 본 조카딸을 보며 러시아 아가씨 같다고 농담을 했다. 사내아이 역시 노랑머리에 독특한 차림이었다. 저 아이들을 끌고 오기 위해 여동생과 매제는 공을 들였을 것이다. 나는 아이들에게 할머니를 보기 위해 찾아주어서 고맙다고 이야기하고 용돈도 주었다.

다음날 아침 6시경 형님을 깨웠다. 오늘은 어머니 3차 항암치료를 하는 날인데 형님 내외와 함께 병원에 가 볼 생각이었다. 검사를 하고 얼마를 더 기다린 후, 형님과 나 그리고 형수 모두가 주치의의 설명을 들었다. 혈액검사 결과 백혈구의 수치도 줄지 않았고, 엑스레이 상에서도 증상이 없으므로 항암주사를 맞고 집으로 돌아가라고 했다. 주치의는 다음번 4차 항암 일정을 11월 13일로 잡았다. 4차 항암이 모두 끝난 후, CT 검사를 하여 그동안 항암치료의 효과를 판단할 요량이었다.

병세는 전체적으로 보아서는 큰 진전이 없는 듯 했다. 형수는 암의 증세가 악화되지 않는 것만 해도 치료의 절반은 성공이라고 말했다. 하지만 항암치료의 결과가 좋을 것인지는 현재로서는 알 수 없었다.

형님은 이번에 어머니를 만나러 와서 내가 어떻게 어머니를 모시는지 과정을 소상히 지켜볼 수 있어서 만족스러워 했다. 국립 암센터의 규모와 시스템에 만족했으며 어머니가 우리 집에서 바람을 쏘이러 나가기도 하고 어린 손녀와 웃으며 지내는 것을 보고 다행으로 여겼다.

아내는 형님에게 생활비를 좀 보태라고 이야기하라고 하였으나, 차마 그 말을 전하지는 못했다. 자신들이 알아서 주지 않는 한 어떻게 내 입으로 그 말을 할 수 있을 것인가. 아마 이 시간쯤 형님은 KTX를 타고 부산을 향해 출발했을 것이다.

계절은 가을과 겨울이 서로 스치며 갈라서는 어디쯤엔가 와 있었다. 일산과 파주의 거리에도 단풍이 곱게 물들었다. 어머니의 생애도 단풍과 별반 다를 것이 없었다. 오래 살아 피부는 검게 변하고 때로는 붉은 색조가 나타나기도 하였다. 서리가 내리면 단풍이 지듯이 어머니의 삶도 그렇게 스러질 것이다.

어머니를 차에 태우고 단풍으로 물든 거리를 달리니 왠지 마지막을 향해 가는 기분이 들어 서글펐다.

#아내의 두 얼굴

나에게는 평소 내가 아는 아내 말고 또 다른 아내가 있었다.

나는 그것을 오늘에서야 똑똑히 확인할 수 있었다. 원래의 아내는 연애로 만나 결혼을 하고 아이를 낳아 키우며 행복한 가정을 위해 모든 것을 헌신하던 사람이었다. 서로 부둥켜안고 격렬한 키스를 하며 온 몸으로 사랑을 나누던 여자였다.

또 다른 한 명의 아내는 험한 세상과 세월을 감당할 수가 없어 자신을 분열시켜 만든 사람이었다. 분열된 아내는 폭력적이고 감정적이었으며 분노에 가득 차 무엇이든 망가뜨리고 싶어 했다.

아내는 어머니의 생신을 맞아 우리 형제들이 모여 어머니 곁에서 웃고 떠들며 모처럼 살맛나게 시간을 보내는 것을 질투했다. 분열된 아내는 자신의 비참한 처지를 분풀이하는 타겟으로 남편인 나를 지목했다. 아내는 내가 자기에게 따귀를 몇 대 사정없이 맞아도 싸다고 했다. 그 기세와 분노로 보아 능히 싸대기를 칠 준비가 되어 있는 듯 보였다.

분열된 아내는 어머니가 다 죽어가고 있어도 자신과는 무관하며 전혀 동감할 수 없다고 고백했다. 그리고 2주 후에 어머니의 4차 항암치료를 지켜보기 위해 형님이 우리 집으로 오겠다고 하자 시 아주버니가 오는 게 싫다고 말했다. 나는 아내가 처한 현실을 인정해야만 했다.

나는 여자의 미묘한 정서를 이해해야 했다. 아내는 내가 어머니에게 붙어 있거나 간혹 생선을 찢어 어머니의 수저에 올려주는 일, 그리고 시가집의 식구들이 방문을 하거나 전화를 걸어와 통화를 하는 것을 못마땅하게 여겼다. 자신이 보지 않는데서 하든지 말든지 하라는 것이었다. 조선시대 여인의 칠거지악이라는 '질투'는 디지털 시대인 오늘날에도 그 유전자가 살아남아 여자들의 몸과 혼을 지배했다.

어머니께서는 아내가 자신도 왜 이러는지 모르겠다고 하소연 했다며 안타까워 하셨다. 백 번을 잘 하다가도 한 번을 못하면 잘못하는 것이 된다는 것이었다. 나는 분열된 아내를 이해해야 했고 시한부 인생을 살고 있는 어머니에게 며느리를 이해해 달라고 부탁했다. 이런 지경이었으니 어머니의 병세가 더 이상 악화되지 않고 견디어 주는 것만 해도 감사할 일이었다.

어머니는 그동안 아무런 영양가 없는 흰죽만 드셨다.

그것도 거의 자신이 챙겨 드셔야 했기 때문에 어머니의 서글픔은 깊었을 것이다.

어머니는 한 토막 남은 갈치조림을 방으로 가져가셨다. 우리들이 나가고 없을 때 밥이나 죽을 먹게 되면 반찬으로 찍어 먹기 위해 그러신다고 했다. 어머니는 홍시와 바나나 우유, 그리고 호두과자 같은 것을 간식으로 드셨다.

항암치료 과정에서 어머니는 체중이 6kg이나 줄었다. 항암치료의 부작용으로 인하여 입안이 헐고, 숨통과 먹통이 막혀 음식물을 넘기기 어려웠기 때문이다. 어머니는 미음에 가까운 묽은 흰죽을 후루룩 마시며 힘든 항암치료를 이어가고 계셨다.

올해도 두 달만 남았다. 11월의 첫날인 오늘은 교회에서 매월 드리는 월삭예배가 있어 일찍 집을 나섰다. 나에겐 기도할 것이 너무 많았다. 나의 모든 삶이 기도해야 할 것들이었다. 북한과 접경지대인 이곳 파주에는 좀 더 일찍 겨울이 당도하고 있었다.

화답(和答)

우려와는 달리 어머니의 병세는 더이상 악화되지 않고 그대로였
다. 죽만 드시던 어머니는 입맛에 맞는 반찬이 나오면 억지로라도
밥을 조금 드시기도 하고, 노란 콩을 불렸다가 갈아서 흰쌀과 함께
죽을 쑤어 드셨다.

어머니는 살림을 사는 흉내를 내고 계신 듯하다. 깔아져서 땅으
로 수렴되기 보다는 수직으로 일어서고 있었다. 아내는 어머니가
쉽게 돌아가시지 않고 장기전으로 돌입하게 될 것이므로, 형제들
에게 어머니 치료와 간병에 들어가는 생활비를 분담하도록 하라며
나를 압박했다. 하지만 나는 차마 그런 말을 꺼낼 수 없었다.

퇴근해 들어온 나에게 아내는 얼마 전 어머니가 혼자서 기도를
하더라며 신기해 했다. 어머니 방에서 무슨 소리가 나서 가까이 가
서 들어보니 어머니가 몸을 이리저리 움직이면서 열심히 기도를

하고 있었다고 한다. 아내가 기도하시냐고 여쭈었더니 아머니가 대답하셨단다.

"네 남편이 평생 제대로 된 직장도 없이 50이 넘도록 교회에 가서 저렇게 얻어먹고 살려고 밤낮 고생하는 게 안됐지 않느냐. 너의 남편 좀 잘되게 해달라고 이렇게 기도한다."

어머니는 기도를 하고 있지 않을 때에도 몸을 주무르고 움직이는 등 활발하게 지내고 계신 것 같았다. 어머니는 내 기도를 매일 들으며 '기도는 이렇게 하는 것이구나' 하는 것을 배우셨을 것이다. 식구들이 다 나가고 아무도 없는 빈집에서 통증이 엄습할 때에 어머니는 그 고통을 잊기 위해서라도 필사적으로 기도에 매달리셨을 것이다. 나는 그런 변화를 어머니의 목숨이 연장될 수 있는 상당히 고무적인 징표로 받아들였다.

기도하는 동안은 생생히 살아 있는 것이며, 언젠가 응답받게 되는 삶의 희열도 있으리라 굳게 믿었다.

가을날의 외출

오늘은 쉬는 날이어서 어머니에게 바람을 쐬 드리기로 했다. 행선지로는 파주 금촌 시장을 택했다. 어머니에게 왁자지껄한 세상 구경도 시켜드리고, 드시고 싶은 것도 드시게 할 요량이었다.

그런데 금촌 시장에 도착한 어머니는 숨이 차올라 한 발자국도 걸을 수 없다고 하셨다. 하는 수 없이 어머니를 시장 한 편 앉을 수 있는 곳에 혼자 계시도록 하고 서둘러 시장을 봤다. 차 안에서 어머니는 '아까는 죽는 줄 알고 무서웠다'고 말씀하셨다.

맥이 풀렸다. 나는 어머니가 잘 견뎌주고 의사들이 말한 시한이 넘어가기에 이제 기적이 시작되나 보다 내심 기대했던 것이다. 언제 무슨 일이 일어날지 모른다. 나는 절망스러웠다.

돌아오는 길에 파주시에서 운영하는 주말농장에 들러 가을 무와 배추를 수확하는 것을 지켜보았다. 어머니는 차안에서 배추와 무 걷이하는 풍경을 보고 계셨다. 어머니는 배추 농사 참 잘 되었다고 하시며 배추 속 고갱이로 쌈 싸먹으면 좋겠다며 혼잣말을 하셨다. 마트에 들러 배추한 포기와 삼겹살을 사서 집으로 돌아왔다. 아내는 오늘도 이것저것 사느라 8만 원이나 썼다며 쪼들리는 살림을 걱정했다.

미지막을 맞은 어머니와, 어려운 살림을 걱정하는 아내와, 무능한 내가 한 차를 타고 가을 거리를 달린다. 오늘이 입동이어서 그런지 거리는 을씨년스럽게 느껴졌다. 도대체 나는 어떡해야 하는 것일까. 남들은 다가올 앞날의 희망을 이야기하지만, 나는 언제나 지금이 좋았고 갈수록 힘든 것이 삶이었다.

배추의 푸른 겉잎을 떼어 된장국을 끓였다. 배추의 노란 속 고갱이는 깨끗이 씻어 내었다. 어머니는 남은 갈치조림 국물과 배추 속을 멸치젓국에 찍어 밥그릇을 비우셨다. 게다가 삼겹살도 서너 점 드셨다. 이럴 때는 또 어머니가 살아나실 것만 같다.

어머니의 병세는 하루에도 열두 번이나 변했다. 어머니의 병세에 관한 한 이제 나는 아무 것도 믿고 자신할 수가 없었다. 부산 형님에게 어머니가 이제 밥을 조금씩 드시니 갈치나 굴, 꽃게 같은 제철 해산물을 좀 보내라고 한 것도 괜한 짓 같았다.

아무 것도 알 수 없었고 아무 것도 자신할 수 없었다. 방심과 헛된 꿈은 버려야 했다. 지금 내게 필요한 것은 겸손과 감사뿐이었다.

\# 하늘에는 별, 지상에는 가족

오늘은 어머니의 4차 항암치료가 있는 날이다. 삶의 이치를 알려면 암 병동에 가 보면 된다. 삶은 사람들의 생각처럼 그렇게 복잡하지가 않다. 유리로 된 어항에서 금붕어의 움직임을 지켜보는 것처럼 투명하고 간단명료했다.

세상에는 두 종류의 사람이 있다. 젊은 사람과 세상을 살 만큼 산 사람들이다. 그리고 암 환자들도 두 부류가 있었다. 수술이나 방사선치료를 할 수 있는 사람과 암이 전신에 퍼져 아무런 조치를 취할 수 없는 사람들…

폐암의 경우 수술이나 방사선치료를 해도 재발을 하거나 전이가 되는 경우가 많았다. 그러나 손을 쓸 수 있다는 것은 아직 희망이다. 그러니 병원에서 듣는 '더 이상 해줄 것이 없다는 얘기'는 그대로 절망이다. 어떤 의사는 '집에 가서서 강남 가는 제비가 떠날 때 함께 떠나시라'는 농담으로 환자의 처지를 완곡하게 알려주기도 한다.

이곳 암센터를 왕래하며 사람들의 지나쳐 가는 모습들을 보고 있노라면, 인생은 별 것이 아니고 잠시의 순간이며 어차피 지는 꽃이었다. 돈과 명예, 권력, 젊음 따위는 잠시의 거품이었다.

하지만 이러한 헛된 세상에서도 분명히 귀한 것들이 있었는데 그 중의 하나가 가족이었다. 죽어 가는 사람 옆에는 살아갈 날들이 많이 남은 자식들이 붙어 있었다. 배우자 옆에는 어김없이 아내나 남편이 있었다.

가족은 끝까지 함께 싸워줄 용맹스런 전사(戰士)였다. 생의 마지막 위로였고 사랑이었다. 저 하늘에는 언제나 빛나는 별이 있었고 이 땅에는 보석 같은 가족이 있었다.

우체국에서 부르는 사랑 노래

좁은 방안에 물이 배꼽까지 차올라 있다. 나는 물이 새어 나오는 수도꼭지를 잠그려고 필사적으로 노력했으나 허사였다. 물은 점점 차올랐다…

버둥거리다 잠에서 깼다. 잠에서 깨어나서도 그 장면이 생생하게 기억나서 영 께름칙했다.

자리에서 일어나 어머니 방으로 갔다. 새벽 5시인데 어머니는 일어나 계셨다. 어머니는 어제 네가 출근하고 난 다음부터 갑자기 숨이 가빠와서 지금까지 이렇게 헐떡이고 있다고 말씀하셨다. 마치 어항에서 나온 금붕어가 할딱이는 것과 흡사했다.

애당초 암센터에서 잔여 수명이 4~5개월이라고 했던 것이 생각났다. 어머니의 생존기간을 5개월로 본다면 어머니는 11월인 이번 달이 다 가면 돌아가신다는 것이다. 그러나 나는 항암치료를 잘 견

다시는 어머니를 보며, 그보다는 훨씬 오래 사실 것으로 믿었다. 이제 그런 부질없는 희망들이 다 허물어져 내렸다.

어머니는 저수지의 물이 고갈되듯, 당신의 생명 물이 다 빠져나간 것 같다는 이상한 비유를 들어 자신의 처지를 설명했다. 어머니는 다시 수평으로 깔아지기 시작했다. 나는 심하게 헐떡이는 어머니를 보며 아내에게 응급실로 옮겨야 할까를 물었다. 아내는 오늘 지내보고 내일 옮기자고 말했다. 혹시 돌아가실지 모른다는 생각에 잔뜩 겁을 집어 먹은 나와는 달리 아내는 항암치료의 여파일 수도 있다고 판단했다. 아내는 지독하도록 침착했다.

어머니는 죽과 진밥을 번갈아 드셨다. 아이들이나 우리 부부나 진밥을 먹는 것이 고역이었다. 그래서 어머니 전용의 밥통을 하나 사기 위해 집을 나섰다. 어머니는 시장으로 가는 나를 불러세웠다.

"애야, 시장에 가거든 너의 형 입을 팬티 석 장만 사와라. 제일 고급으로 사와야 한다."

시장에서 돌아오니 어머니는 내가 사드린 겨울 내복 중 하나를 팬티와 함께 형님께 부쳐주라 하신다. 어머니는 여자 내복을 불편해 하셔서 남자 내복을 입으신다. 그 중 한 벌을 입지 않고 두셨다가 형님께 드리라는 것이다. 일전에 부산 어머니 집을 정리할 때 형님이 자기가 입어야 하겠다며 내복 한 벌을 가져간 일을 기억하고 계신 것이다.

어머니는 종종 그 못난 놈이 내복 한 벌 얻어 입지 못하는 모양이

라며 형님의 주변머리 없음을 안타까워 하셨다. 이를 지켜보던 아
내는 어머니와 형님이 서로 연애하는 것 같다고 농담을 던진다. 부
모의 자식에 대한 사랑, 그것은 목숨이 끊어지는 순간까지 계속될
지독한 사랑이었다.

우체국 안은 북새통이었다. 이곳 파주가 시골이어서 그런지 농
사 지은 작물들을 피붙이나 지인들에게 보내는 사람들로 분주했
다. 어머니는 추운 겨울이 오면 제대로 된 직장도 없는 둘째 아들에
게 김치, 젓갈, 간장, 북어 등을 바리바리 싸서 올려 주셨다. 나 역
시 추위를 많이 타는 어머니를 생각해 겨울 내복을 사서 부쳐드리
곤 했다.
직장 근처 서대문 우체국, 때마침 그날은 눈이 엄청나게 쏟아져
서대문 언덕배기는 눈에 파묻혔다. 꼼짝없이 갇힌 나는 눈 내리는
우체국 창가에 서서 주고받는 사랑을 노래했었다.

창밖에는 눈이 내리는데
사람들은 포장 테이프를 찢고 붙이며
어디론가 보낼 선물들을 포장한다.
보고 싶고 주고 싶은 마음에
서대문 언덕배기 우체국에서
사랑의 마음을 터뜨린다.
주고받는 일은 너를 살리고

나를 살린다고 굳게 믿는다.

친구야 동생아 형님아 그리고 어머님

그리운 이들의 이름을 부르면서

질기고도 험한 이 세상에서

서로 부둥켜안고 함께 가야지.

눈밭을 달려 이곳 우체국에 와서

그들의 주소와 이름을 적으면서

내가 사는 이유도 알게 된다.

때로는 힘들고 처지가 어렵더라도

쓰러지지 않고 살아남아서

지금 서 있는 그 자리를 지켜다오.

악한 세대에 지지 않고 살아서

우리들의 생을 노래하자.

— 우체국에서 부르는 사랑 노래

세상에 왜 '우는 방'은 없나

계절은 겨울로 접어들었고, 어머니는 숨 쉬기가 더 어려워졌다.

그동안 4차 항암치료를 마치고 11월 28일 저녁에 피검사, X-Ray, CT 촬영을 마치고 그 다음날 담당 의사를 만났다. 의사는 검사 결과 지난번과 큰 차이가 없으며 다만 한 가지 안 좋은 것은 폐정맥에 혈전이 생겨 매일 환자 본인이나 가족이 항응고제 피하주사를 놓아 주어서 한다는 것이다. 피 덩어리가 폐정맥을 막아 숨쉬기가 어려워졌다는 것인데 의사들은 이를 폐색전증이라 부르는 모양이었다. 그리고 항암치료는 4차가 끝났고, 이제 '이레사(Iressa)'라고 하는 표적치료용 알약으로 바꿀 것이라 한다.

항암치료의 결과가 좋기만을 바랐는데 이제는 매일 혈전을 용해시키는 주사까지 맞아야 한다는 말에 나는 기가 막혔다. 어머니가 삶에서 조금씩 밀려나고 있음을 인정해야 했다. 시간이 흐를수록 어머니의 병세는 일정한 각도의 기울기로 하향하며 수평의 축으로

수렴하고 있었다. 그러다가 어느 날 어머니는 저 세상으로 건너가
게 될 것이다.

  아내는 자꾸 늘어나는 생활비를 걱정했다. 어머니가 산소발생기
를 24시간 틀어놓고 살았으며, 전기장판과 방안의 전등도 24시간
켜져 있었다. 방을 따뜻하게 하기 위해 난방도 계속 해야 해서 전기
료와 가스비 지출이 병원비보다 많이 들어갔다. 그뿐만이 아니었
다. 먹는 것, 입는 것도 이런저런 신경을 쓰다 보니 의외로 비용이
많이 들어갔다. 아내는 밤에 잠을 자지 못하고 구멍이 난 살림 앞에
서 살아남기 위해 발버둥을 쳤다.
  아내는 돈을 벌기 위해 직장이라도 다녀야겠다고 하다가 지금 어
디에 가서 일을 한다고 해도 이것저것 다 떼고 나면 몇 십만 원 벌
이가 될까 말까하다는 걸 알고는 다시 맥없이 포기하고 말았다. 아
내는 돌보아야 할 초등학교 1학년의 딸아이와 폐암말기의 시어머
니가 있어 어디 취직할 형편도 못 되었다.
  겨울이 깊어갈수록 아내의 시름도 따라 깊어갔다. 나의 정신적
고달픔 역시 극에 달했다. 어떤 날은 노래방에 가서 1시간씩 노래
를 불렀다. 한바탕 노래를 부르고 나면 스트레스가 날아가고, 다시
일상으로 복귀할 힘이 생겼다. 이른바 셀프 음악치료인 셈이었다.
  세상에는 노래방도 있어야 하겠지만 '우는 방'도 있어야 마땅하
다는 생각이 들었다. 나는 '우는 방'이 없어 하는 수 없이 '노래방'
에 가는 것이다.

어머니는 매일 주사를 맞아야 한다는 사실을 염려하는 눈치였다.

항응고제 주사는 매일 일정한 시간에 맞아야 하므로 내가 퇴근해서 매일 밤 10시경에 놓아 드리기로 했다. 그동안 내가 어머니에게 해드릴 수 있는 것은 어머니의 몸을 주물러 드리는 것과 기도가 전부였다. 그러나 4차 항암을 마친 이후, 나의 기도는 힘이 없었다.

오늘 기도는 내가 한 기도 중 가장 짧고 무력했음을 자책하며 어머니 방에 잠시 누웠다가 잠이 들었다. 밤 9시 반이 넘어 눈을 떴는데, 어머니는 무슨 놈의 코를 그렇게 고느냐고 핀잔을 주신다.

어머니는 잠에서 깬 나에게 주사 맞을 시간이라고 재촉을 하셨다. 내가 주사를 잘 놓을지 걱정이 되는 모양이다. 나는 별 것 아니니 잘 할 수 있다고 안심시켜 드렸다. 오늘부터 양팔과 허벅지 배 부위 등 매일 위치를 바꾸어 가며 주사를 놓을 것이라 설명도 해드렸다.

나는 알코올 솜으로 어머니의 팔을 닦은 후, 주사 바늘의 수액이 나오는 부위를 하늘로 향하게 하고는 45도 각도로 어머니의 팔 중에서 살이 붙은 부분에 찌르고 천천히 주사액을 넣었다. 그리고 재빨리 알코올 솜을 갖다 대며 누르시라고 했다. 어머니는 벌써 끝났냐며 신기해 하셨다.

주사를 잘 놓을 수 있겠다는 자신감이 생겼다. 처음엔 어머니께 주사를 놓아야 한다는 생각에 섬뜩했다. 잘못 찔러 어머니를 고통스럽게 할지도 모르기 때문이다. 나는 상대방을 사랑하는 마음으로 놓아야겠다고 마음을 먹었다.

나는 매월 첫 날에 있는 월삭 예배를 드리기 위해 새벽 3시 30분에 집을 나섰다. 성가대에 서는 아내와 함께 어머니가 계신 방 앞을 지나 조용히 빠져나왔다. 오늘은 2012년의 마지막 달인 12월의 첫 날이다. 어머니는 올해 6월에 폐암 4기 진단을 받았다. 3~4개월 산다는 시한인 10월을 넘기고 11월을 넘어 12월로 접어들고 있었다.

이젠 완연한 겨울이다. 어제는 앞을 분간하기 어려울 정도로 눈이 쏟아져 내렸다. 나는 더 이상 내리는 눈을 보고 감상에 젖을 수가 없다. 파주에서 서울까지 출퇴근이 걱정이고, 먹을 것이 넉넉하지 않은 살림살이에 어머니를 모시고 넘어가야 할 인생의 설산(雪山)이 두려웠기 때문이다. 날이 좀 따뜻해져서 어머니에게 바람이라도 한 번 더 쏘여 드릴 수 있다면 감사할 일일 것이다.

새벽에는 언제나 긴장감이 감돌았다

새벽은 언제나 긴장감이 감돌았다. 어머니의 삶과 죽음을 확인하는 순간이기 때문이다. 언제부턴가 어머니는 고통이 극심한 가운데서도 진실을 말하지 않았다. 새벽에 출근하는 아들에게 안 좋은 이야기는 하지 않으려는 눈빛이 역력했다.

어머니에게 없던 증상들이 하나 둘 생겨나고 있었다. 목에 주먹만한 가래덩이가 차있는데 아무리 가래를 뱉으려고 용을 써도 가래가 나오지 않았다. 나는 집에서 가까운 파주병원에 가서 썩션을 할 수 있나 가보자고 했다. 아마 이제 정기적으로 썩션을 해야 할지도 모른다.

매일 코에 달고 사는 산소호흡기, 매일 맞는 피하주사, 기계로 가래를 빼내는 일, 이동시 휠체어를 이용해야 하는 일 등등…

구차하게 느껴지는 오늘이지만 그래도 이 날들을 감사해야 하리라. 앞으로 시간이 흐르면 어머니의 의식이 사라질 것이고, 대소변을 받아내는 일이 추가되어야 할지도 모른다. 도대체 어머니의 전쟁 속에는 얼마나 더 무서운 일들이 숨어있을지 가늠하기가 어려웠다.

이제 치료를 해보겠다는 그동안의 헛된 꿈은 버려야 한다는 생각이 들었다. 그동안 우리가 치른 전쟁은 이기기 위한 것이 아니었다. 적의 한 복판에 수류탄을 까 넣고 적을 괴멸시키는 그런 전쟁이 아니었다.

애초에 말기 암과는 전쟁이 되지 않았다. 상대를 죽일 수도 없다. 내가 죽으면 암도 죽고 전쟁은 그때 비로소 끝나게 된다. 그저 그런 것이려니 하고 살아야 한다. 그러기 위해서는 모든 것을 내려놓아야 할 것이다. 하지만 어머니는 아직까지 암과 싸운다는 생각을 놓지 않으셨다. 4차 항암치료의 결과를 듣는 자리에서 어머니가 의사에게 던진 한 마디가 그것을 뒷받침한다.

"암이 치료되면 부산에 내려가 단골집에서 머리를 자르려고 했는데…"

단골집에서 머리를 하는 것이 어머니의 소원이었다면 어머니는 비행기를 타고 휠체어에 앉아서라도 그곳에 갔어야 한다. 하지만 어머니는 병을 다스린 후에 가겠다고 하신다.

어머니의 전쟁은 단기간에 끝날 것 같지 않았다.

#꽃 보다 서러운 것이 사람이다

보건소에서 혼자 있는 환자를 위한 돌봄 서비스를 한다는 얘기를 듣고 연락을 해봤더니, 어머니는 허우대가 멀쩡한 잘난 자식들이 넷이나 있어 아무런 혜택을 받을 수 없다고 한다.

포기하고 전화를 끊었는데 다시 보건소 쪽에서 연락이 왔다. 파주병원 공공정책과에서 완화병동을 운영하고 있는데 그곳을 알아보라고 귀띔해 주었다. 그곳에 전화를 하니 어머니의 상태를 봐서 결정하겠다고 한다. 일이 잘 되면 어머니는 하루 종일 혼자 계시지 않아도 될 것이다.

사무실에 있는데 마침 오늘 집에서 쉬고 있는 큰딸한테서 전화가 왔다. 할머니가 이상하다는 것이다. 화장실에서 일어서지를 못하고 쓰러지다시피 한 채로 있으며 숨이 가빠 어찌될 것 같다는 말이었다. 나는 119를 불러 암센터 응급실로 가라고 얘기했다. 모든 검사와 그동안의 치료가 암센터에서 진행되었기 때문에 처리가 원만할 것으로 생각했기 때문이었다. 내가 암센터에 도착했을 때는 의사가 검진을 마친 후였다. 큰 딸아이의 이야기로는 숨이 갑자기 가빠지고 산소 농도가 수치상 40대까지 떨어졌다고 했다. 산소농도는 평상시 96 정도여야 하는데 많이 떨어진 셈이다.

의사는 입원을 해서 경과를 보아야 하며 상태가 더 악화되면 중환자실로 옮겨야 한다고 했다. 나는 십여 년 전 장인이 돌아가실 때가 떠올랐다. 그 때 장인도 어머니처럼 산소마스크를 쓰고 가쁜 숨을 몰아쉬었다. 그리고 폐렴이 왔고 중환자실에서 산소마스크에 의지하다가 돌아가셨다. 지금 내 눈앞에서 그 때 그 모습이 그대로 재현되고 있었다.

세브란스에서 호스피스 활동을 하고 있는 아내가 달려왔다. 그리고 막내 여동생이 달려왔다. 우리는 그렇게 다시 응급실에 모였다.

간호사는 3인실 내지 5인실 병실이 없어 우선 40만 원하는 특실에서 지내라고 한다. 나는 간호사의 말을 순순히 따를 수가 없었다. 5층 폐암 환자들이 입원해 있는 5인실과 3인실 병실에 올라가 직접 확인해 보니 빈자리가 있었다. 내려와서 몇 호실 몇 호실에 빈자리가 있다고 이야기를 하니 이런저런 핑계를 둘러대고 안 된다고 했다. 그렇다면 그냥 응급실에서 치료를 받겠다고 버텼다. 몇 달 전에 간호사와 하던 싸움을 다시 이곳 응급실에서 재현하고 있었다.

어머니는 점차 사그라지고 있었다. 몸은 가끔씩 경련을 일으키고 의식은 천 길 낭떠러지로 떨어져 가는 것 같아 보였다. 이게 마지막 길의 시작인가 하고 겁부터 났다. 이곳 병원을 살아서 나갈 수 있을까 하는 의구심뿐이었다. CT 촬영 결과 심장이 좋지 못하다고 하여 심장센터로 가서 심장초음파 검사를 30분 동안이나 하기도 했다.

이제 부산에 있는 형님과 큰 여동생, 외삼촌에게도 어머니의 상황을 알려야 할지를 결정해야 했다. 모든 것이 막바지에 왔다. 폐도 심장도 혈관도 모두가 다 문제였다. 어머니가 의식을 점차 놓으면서 소변 보는 일이 문제였다. 종이 팬티에 그냥 보면 되는데, 어머니는 끝까지 그 방법을 싫어하셨다. 천상 엉덩이를 높여서 소변 통을 그 밑으로 갖다 넣어야 하는데, 그것이 힘들었다. 어머니는 그 동작을 하고 나면 숨이 곧 넘어갈 지경이 되었다.

새벽에 병원 뜰에 나가보니 환하게 불을 밝힌 가로등 앞에 목련이 봉오리를 매달고 있다. 12월의 초입에서 목련이 꽃봉오리를 맺은 것이 신기했다. 언젠가 겨울은 끝이 날 것이고 그 끝에는 봄이 기다리고 있을 것이다. 나는 겨울을 지내도 꽃을 피울 수 없는 우리의 인생이 서글퍼졌다.

난지천 공원을 걸으며 생각한다.

꽃보다 서러운 것이 사람이라고

철을 만난 개나리와 왕 벚꽃 나무야

철이 되면 꽃을 피운다지만

아, 때를 한 번 못 만나 쓰러지는

쓸쓸한 인생이 얼마나 많은가.

말라져 가는 저 갈대처럼

허망한 것이 지상의 날들이며

꽃보다 서러운 것이 사람이다.

목숨 붙어있는 동안은 서러워도

세상의 희망을 위해 살아가야지.

개나리 왕 벚꽃 핀 그늘 아래서

꽃으로 피지 못한 오늘을 서러워한다.

— 꽃보다 서러운 것이 사람이다

다시 봄을 맞이할 수 있을까.
꽃으로 피지 못해도 좋다.
만물이 일어서는 그 때
나도 잎을 틔우며 살아서
삶을 노래할 수 있다면 좋겠다.

4

다시 봄을 기다리며,
찬란하게 스러져간 꽃잎에 대한 이야기

먼 길을 돌아 어머니는 결국 집에서 가까운 파주병원에 입원했다.

눈이 펑펑 내린다. 올해 들어 벌써 두 번째 쏟아지는 눈이다. 갑작스러운 눈에 자동차들은 놀라 도로 위에 갈지자로 퍼져 누웠다.

1인실 밖에 없다는 암센터 측의 연락을 받고 나는 눈이 쏟아져 내리는 날 파주병원으로 이송을 요청했다. 모든 것이 돈이었다. 암센터에서 파주병원까지 앰뷸런스 차량을 이용하는 데는 6만 원이 들었다. 눈이 내려 한치 앞도 볼 수 없는 상황에서 어머니는 암센터를 떠나 파주병원으로 떠났다.

어머니는 5층 병동에 입원했다. 병실은 깨끗했고 전망도 좋았다. 어머니는 이제 집을 떠나 이곳에서 지내실 것이다. 원래 이곳으로 온 이유는 완화병동 때문이다. 그런데 어머니는 '이레사'라는 항암 표적치료제로 치료를 받고 있는 상태였기 때문에 완화병동은 성격상 맞지 않는다는 것이 병원 측의 설명이었다.

파주병원에도 폐암 전문의가 있지만 아무래도 암 센터에 비해 치료가 제한적일 수밖에 없기에 암센터 처방약을 계속 먹고 여기에서는 진통관리 등을 맡기로 했다. 어머니는 여기서 더 힘들어지면 호스피스 병동으로 가게 될 것이다.

어머니가 입원한 곳은 5층 병동으로 5인실이었다. 주치의는 어머니가 어디가 특별히 아파서 숨이 가빠오는 것이 아니라 암 덩어리가 커지고 노령에다가 혈전까지 생겨서 힘이 드는 것이라고 했다. 그동안 어머니는 의식이 있었고, 조금씩이라도 걸을 수 있어 대소변은 해결을 하셨다. 그러나 이제는 소변을 받아내야 했으며 양치, 세수하는 것도 옆에서 해결해 주어야 했다.

더욱 중요한 것은 여동생이 오늘 아침 내게 조용히 들려준 말이었다. 어젯밤 어머니가 당신은 이제 더 못 살 것 같다고 말씀하셨다는 것이다. 암과의 전쟁을 치루며 어머니는 한 번도 포기를 언급한 적이 없었다. 이제 전세는 걷잡을 수 없이 내리막길을 향해 달려갈지 모른다. 짐을 가득 실은 리어카에 브레이크가 떨어져 나가 사정없이 비탈길을 내려가는 모습이 상상이 되어 두려웠다.

아침에 출근을 하기 위해 통일로를 탔다. 눈이 내린 통일로 변은 별천지였다. 눈 덮인 도로를 보니, 어머니 역시 우리와는 완전히 다른 세상을 향해 걸음마를 시작했다는 생각이 들었다. 그곳은 모든 것이 괜찮은 곳일지도 모른다. 그러나 나는 다시 어머니를 만져볼 수 없고, 추억을 애기할 수도 없으리라.

어머니의 상태는 점점 나빠졌다. 소변은 모두 받아내야 했고, 대변을 보기 위해 병실 침대 옆에 붙은 화장실을 부축해서 다녀오는데 10분이 걸렸다. 숨쉴 때 마다 휴-우, 하-악 하는 소리가 들리는데, 한 번 숨쉬는데 평균 3~4초가 걸리는 것 같았다.

몸을 씻을 수가 없어 소변을 누이기 위해 아랫도리를 벗기면 지린내가 코를 찔렀다. 어머니는 아들이나, 딸에게는 자신의 밑을 보이더라도 며느리나 손녀에게는 창피해 하셨다. 큰 딸아이도 할머니 소변을 봐드리는 것을 제일 힘들어 했다. 나는 딸아이에게 할머니를 사랑하는 마음을 가지면 어렵지 않다고 말해 주었다. 그러나 딸은 아마 그 말의 의미를 이해하지 못 할 것이다.

어머니는 점차 어린애처럼 변해갔다. 의사의 말대로 목에 암이 퍼졌는지 침도 삼키기 힘들었고, 목소리도 쉬었다. 어머니에게 대

통령 투표용지가 배달되어 왔다고 하니 어머니는 선거일이 언제냐고 물으셨다. 10여일 정도 남았다고 말씀드리니, 숨이 차서 못 갈 것 같다고 대답하신다. 어머니는 모든 것을 체념하고 있었다.

옆 병상의 노인은 며칠 전 85세로 돌아가셨다고 한다. 그리고 맞은 편 환자 역시 85세였다. 어머니가 82세니까 3년은 더 사셔야 한다고 농담을 했더니 그런 악담하지 말라는 듯 고개를 저으셨다.

어머니와 말로 주고받는 대화는 점차 줄어들었다. 어머니는 이제 몸짓과 표정으로 의사소통을 했다. 뒤뚱거리면서라도 걸을 수가 있었고 대소변을 볼 수 있던 그때가 얼마나 좋았던가.

어머니의 표현대로 12가지 조화를 부리고 신출귀몰 하는 귀신같은 놈의 통증이 문제였다. 아마 암이 전이되어 온 몸을 들쑤시고 다니는 듯 했다. 어머니는 통증이 올 때마다 입술을 깨무느라 피가 날 지경이었다. 어제도 목의 통증으로 인해 새벽에 일어나 신음을 하셨다. 웬만한 사람들은 죽여 달라고 소리를 지를 법한 극심한 통증이었다.

나는 왜 어머니의 통증과 함께 할 수 없는가. 내가 이 세상에 존재하도록 한 사람이 삶과 죽음의 경계에서 고통받고 있을 때 그 고통을 나눌 수 없음이 안타까웠다.

서울에는 다시 눈이 쏟아져 내렸다. 영하 10도의 강추위였다. 우산을 펴다가 강풍에 우산 살 하나가 부러졌다.

나는 갑자기 따뜻한 국물이 먹고 싶어 중국집에 들어가 짬뽕을 시켰다. 한 그릇을 비우고 시간을 보니 점심시간이 40분이나 남았다. 바로 사무실로 들어가지 않고 와우 산을 넘어 사무실로 들어가야겠다고 생각했다. 눈과 바람이 거세었으나 어머니의 고통을 함께 느껴야 한다는 의무감이 느껴졌다. 비바람 속에서 귀가 떨어지는 아픔이 어머니의 아픔일까, 욱신거리며 손발이 시리고 아린 것이 어머니의 통증과 비슷할까.

산 속을 걷는 내내, 나는 내가 먹고 싶은 짬뽕을 먹은 것을 후회하였다. 어머니를 생각한다면 금식을 하고 눈 내리는 산을 넘어가야 옳았다. 바람은 거셌고, 손발은 시렸고, 걸음걸이는 갈팡질팡했다. 그러나 이것이 어디 말기 암의 통증에 비할 수나 있을까. 아내의 산통을 남편들이 이해하지 못하는 것처럼, 어머니의 통증을 자식인 내가 이해할 수 없었다.

인간사의 비극은 죽음을 앞두고 사랑하는 사람의 아픔을 함께 해줄 수 없다는 것이었다. 어머니는 지옥 속에 있는데, 자식은 두 팔 흔들고 다니며 먹고 싶은 짬뽕 국물을 후르륵거리며 마셨으니 이런 몰염치한 존재가 세상에 또 어디 있단 말인가.

어느새 눈발은 가늘어졌다. 어머니의 끔찍한 통증들도 이쯤에서 그쳐 주었으면 얼마나 좋을까.

#너희는 잠시 있다 사라지는 안개니라

점차 어머니와의 대화는 보디랭귀지로 변해갔다. 암 덩어리가 목 구멍까지 퍼지고 코가 헐어 산소호흡기 바람 구멍도 꽂을 수 없을 정도가 되었다.

어머니는 점차 짜증이 심해졌으며 모든 것을 못마땅해 하셨다. 병실 탁자에 놓여 있는 가글 병, 컵, 생수, 휴지통, 손수건 등등의 위치가 가지런하지 않으면 원시인이 우우~ 하듯이 소리를 내며 불만을 표시했다. 아내와 큰 딸아이가 오해를 하거나 할머니 곁에 가기 힘들어 하는 이유가 되었다.

어머니는 듣는 능력도 현저히 떨어졌다. 몇 번을 반복하거나 귀 가까이 대고 소리쳐야 겨우 알아들었다. 그리고 공간인식 능력도 줄어들었다. 병실 안의 화장실인지 병실 밖에 있는 장애인 화장실 인지 구분하지 못 하셨다. 말로 하는 대화가 줄어들고 사람의 말을 알아듣지 못함으로서 점차 어머니는 일상과 결별을 하고 있었다.

어머니는 자주 꿈 이야기를 했다. 어제 저녁에는 웬 흰옷 입은 여자가 나타나 앞으로 한 달은 더 살겠다고 했다고 한다. 한 번은 다 타버린 연탄 위에 검정 연탄을 올려놓고 불붙기를 기다리며 불을 쪼이는 꿈을 꾸었다고 한다.

어머니는 꿈속으로 자꾸 빨려 들어가고 있었다. 어머니가 매일 꿈을 꾸며 연기처럼 흐물거릴 때 '너희는 잠시 있다가 사라지는 안개니라.' 하는 성서의 구절이 생각났다. 어머니는 안개처럼 이리저리 흩어지고 계셨다. 언젠가 자고 일어나면 어머니는 완전히 사라지리라.

이렇듯 생은 허무하다. 어머니에게는 남편과 자식들이 생의 전부였으나 그 모든 것들은 다 의지가 되지 않는 것들이었다. 젊은 날의 사랑도, 효도하겠다는 자식들의 맹세도 다 부질 없는 것이었다.

생은 주어진 날만큼 그저 아름답게 소풍 가듯이 이곳저곳을 기웃거리다 시간이 되면 사라지는 그림자와 같은 것이다.

#봄은 아무나 맞는 것이 아니다

다시 봄을 맞이할 수 있을까.

꽃으로 피지 못해도 좋다.

만물이 일어서는 그 때

나도 잎을 틔우며 살아서

삶을 노래할 수 있다면 좋겠다.

그리운 사람들을 만나

함께 모여 더운밥을

먹을 수 있다면 좋겠다.

그대여, 이 겨울이 아무리 모질어도

우리 쓰러지지 말고 살아서

내년에 다시 만나자.

— 약속

봄은 아무에게나 아무렇게나 찾아오지 않는다.

봄의 입구에서 쓰러져 이 생에서 더 이상 봄을 맞을 수 없는 사람들이 얼마나 많은가.

어머니는 호흡이 가빠 숨을 헐떡이고 있다. 항암치료는 병원이 결정했지만, 그 이후의 고통은 침묵하면서 방치했다. 항암치료를 고민하는 사람들이 이해가 되었다.

어머니 역시 항암 치료를 마치고 다른 약으로 바꾼 후 급격히 건강이 나빠졌다. 그러나 어머니는 당신의 목숨 줄을 움켜쥐고 있었다. 어머니는 심술 많은 아이처럼 행동했다. 낮에 근처 교회에서 목사와 전도사들이 다녀갔다. 목사가 천당과 지옥 그림이 그려진 팜플렛을 들고 어느 곳에 가겠냐고 하자 어머니는 손가락으로 지옥을 지목했다.

어머니는 평생을 고생하고 말년에 몹쓸 암에 걸린 자신을 저주하고 있었다. 인간의 유한성을 받아들이면 되는데 어머니는 끝까지 그것을 인정하지 않았다.

아내는 사자(死者)들이 어머니에게 다가와서는 어머니를 데려가지 않고 그냥 쳐다만 보는 꿈을 꾸었다고 한다. 고통은 그렇게 계속되고 있었다.

아마 어머니는 내년 봄을 맞지 못할 것이고 올 겨울의 어디쯤에선가 전사를 하게 될 것 같았다. 마약 성분이 있는 모르핀을 수액에 섞어서 통증을 줄이고 있는데, 그 양이 점점 늘어나고 있었다. 어머니도 자신의 운명을 알아차린 듯 숨을 몰아쉬며 한마디, 한마디 어렵게 말씀하셨다.

"이제 내가 언제 뻐드러질지 모르고, 드러누우면 일어 날 수도 없을 것이니 부산에 있는 형과 네 동생들 다 오라고 하여라."

나는 형님과 여동생 두 사람을 동시에 부르는 것이 아니라 시차를 두고 불러서 하룻밤씩 어머니 옆에서 밤을 새며 이 땅에서의 추억을 만들게 하고 싶었다. 그들은 일상의 삶들을 내려놓고 천리 길을 달려와야 할 것이고 하룻밤을 지낸 후 다시 천리 길을 떠나가야 하리라.

어머니는 자주 짜증을 내셨다. 그렇게 각별하던 아들인 나도 예외가 아니었다.

어머니는 손짓 몸짓 눈짓으로 대화를 하다가 말이 통하지 않으면 인상을 쓰고 화를 내셨다. 어머니는 가족들의 돌봄이 마음에 들지 않으면 무조건 "그 애가 오면 이야기 하겠다."고 했다. 어머니가 말하는 그 애는 바로 나였다.

어머니 소변을 누이는 일, 중요한 부위를 젖은 수건으로 닦아내는 일, 종이 팬티를 갈아입히는 일, 로비로 모시고 나가 바람을 쏘이는 일 등은 주로 내가 있을 때 하고자 하였다. 어머니는 24시간 내내 앉아서 지내셨다. 어머니는 왼쪽 귀 뒷부분이 뻣뻣하게 굳어온다고 걱정하셨다. 어머니는 자신이 다 산 목숨이라고 하셨다. 죽든지 살든지 양단 결판이 나야지 이렇게 사는 것은 아무 소용이 없다고도 하셨다.

어느 날 어머니와 바람을 쏘이고 돌아왔을 때 5인실의 공기가 심상찮았다. 내가 코를 골아 어제 저녁 한 숨을 자지 못했으니 오늘은 다른 보호자를 두라고 얘기하는 것 같았다. 나는 코를 골지 않기 위해 배를 깔고 거꾸로 누워서 잠을 자야 했다. 그렇게 잠을 자니 왼쪽 목이 아파서 고개를 돌릴 수 없는 지경이 되어 종일 파스를 붙이고 지내야만 했다. 누군가 나의 사정을 알고 입을 반창고로 봉하고 자면 코를 골지 않는다는 얘기를 해주었다. 그렇게 해보니 정말 효과가 있는 것 같았다.

어머니는 새벽에 자다가 오줌이 누고 싶거나 부탁할 게 있을 때에 대나무로 만든 효자손으로 내 몸을 꾹꾹 눌러 잠을 깨웠다. 이래저래 잠은 포기해야 했다. 오늘도 퇴근하면 병원으로 돌아가 낮 시간 동안 종일 간병을 하였을 작은 여동생과 교대를 해야 한다.

어머니는 뭔가에 쫓기는 듯한 조급함과 불평으로 자신의 병세를 악화시키는 것 같았다. 어머니의 옆 자리에 미장원을 운영하는 아주머니가 들어왔는데 어머니의 머리가 긴 것을 보고 좀 잘라 드리겠다고 하니, 사람이 숨을 쉬지 못하여 오늘 내일 하는데 그 머리카락이 대수냐며 짜증을 내셨다.

어제 동생이 왔을 때 밥을 나르는 아주머니가 여동생을 보고 추가로 밥을 한 그릇 더 갖다 주었다고 한다. 원래 환자 밥은 흰밥인데 뒤에 거저 가져다 준 밥은 보리밥이었단다. 어머니는 그 보리밥이 사자(死者)의 밥인데, 자신이 못 먹고 동생이 그 밥을 먹어 버려

286

죽을 수 없는 신세가 되었노라고 아쉬워하셨다.

　어머니는 낮에도 밤에도 고개를 비스듬하게 숙이고 졸고 있었다. 아마 어머니는 저승의 입구 어딘가를 배회하고 있는 것이 틀림없었다. 어머니는 부산에 있는 큰 형님과 큰 여동생을 오라고 하였지만 나는 차마 연락하지 못 했다. 그런데 서울 사는 여동생이 어머니의 청을 거절할 수 없어 자신의 오빠와 언니에게 연락을 한 모양이었다.

　내일은 큰 여동생이 올라와 어머니와 하룻밤을 지내기로 했고, 그 다음날은 형님이 올라와 하룻밤을 병간호 하고 내려가기로 했다고 한다. 말하자면 이생에서 마지막 어머니와의 추억을 남기는 절차였다. 어머니는 눈을 감은 채 양미간을 찌푸리며 간간히 떨고 계셨다. 마치 큰 아들과 딸이 오기까지 시한이 다한 당신의 생명줄을 억지로 붙잡고 있는 것만 같았다.

수지맞는 일

이렇게 대책과 희망 없이 시간을 낭비할 순 없었다. 기독교에서는 여호와 하나님을 믿고 그 분을 자신의 주인이라고 시인만 하면 천국에 간다고 하는데, 이렇게 수지맞는 일이 또 어디 있을까. 어머니에게 그 천국행 티켓부터 받도록 해야 한다고 생각하니 마음이 급해졌다.

오늘 오후에는 완화병동의 간호사가 어머니를 찾아왔다.

파주병원의 완화병동 환자 정원이 12명인데 현재 2명만 들어와 있다고 한다. 그곳에 간호사가 6명이어서 환자보다 간호사 숫자가 더 많았다. 이 서비스가 시작된 지 얼마 되지 않아 사람들이 잘 모를 뿐만 아니라, 끝까지 살고 싶어 하는 마음으로 인해 제 발로 완화병동으로 걸어 들어가는 사람은 없었다.

간호사들은 어머니를 모셔 가려고 일부러 찾아온 듯 했다. 하지만 나는 어머니께 완화병동으로 가자고 말할 수 없었다.

노련한 간호사는 내일 다시 와서 어머니 머리를 감겨주겠다고 약속을 하였고, 어머니는 내심 기다리는 눈치였다. 어머니는 내일 머리 감기와 발 마사지를 받게 될 것이고 어머니가 원하는 목욕도 자원봉사자들의 도움으로 할 수 있을 것이다. 그러는 동안 어머니는 그 쪽을 의지하게 될 것이다.

완화병동에 가려면 어머니가 더 이상의 생명을 연장시키는 적극적인 치료를 포기하고 마지막 죽음을 자연스러운 것으로 받아들여야 한다. 완화치료를 받겠다고 결심이 서면 사전의료의향서를 제출한 후 통증 완화만을 위한 처치를 받게 된다.

하지만 축구 시합을 예로 들자면 어머니는 아직까지도 그 시합에서 이기기 위해 고민하고 짜증을 내는 감독처럼 행동하셨다. 아직 어머니에게 완화치료는 시기상조였다.

내가 아는 교회 장로님 4분이 병실로 찾아 오셔서 '예수님은 누구신가'라는 찬송을 부르고 끝까지 믿음을 놓지 말라고 어머니께 신신당부하였다. 죽음 앞에서, 또는 혹독한 통증 앞에서 흔들려 믿음을 부인하며 뒷걸음질쳐서는 안 된다는 설교였다.

장로님의 설교는 생생한 체험에서 나오는 실제적인 것이어서 더욱 공감이 갔다. 그들은 찬송을 3장이나 부르고, 입원해 있는 다른 환자들의 쾌유를 빌어 주기도 했다. 나는 그분들이 고마웠다. 장로님들의 병문안을 통해 어머니가 하나님을 받아들이고 모든 것을 창조주에게 맡김으로서 고통의 짐에서 벗어나기를 간절히 원했다.

자중지란(自中之亂)

어머니의 바람에 따라 부산에 있는 큰 여동생이 먼저 올라왔다. 어젯밤 서울서 대학교를 다니는 자기 딸네 집에서 자고, 오늘 자신의 두 아이들을 데리고 작은 여동생과 함께 파주병원으로 온 것이다. 어제 밤에는 아내가 어머니 곁에서 밤을 새고 큰 여동생 일행을 맞았다.

큰 여동생은 오자마자 벌겋게 욕창이 나기 직전인 어머니의 엉덩이를 보고 간호사실에 가서 난리를 친 모양이다. 환자를 이런 식으로 방치해서 되느냐는 말이었다.

그리고 작은 여동생에게는 이렇게 아무것도 해주지 못 하면서 그냥 멀거니 병실에 앉아 있으면 어떡하냐고 소란을 피운 모양이다. 그동안 조를 짜 가면서 어머니 병간호를 해왔던 작은 여동생과 아내는 큰 상처를 받았다.

아내는 최선을 다한다고 했는데 아무 소용없다고 스스로를 자책

하였고, 어머니가 자기에게 하지도 않던 이런 저런 이야기들을 딸
에게는 하더라며 서운해 했다.

큰 여동생은 아이들을 둘씩 데리고 와서 이 좁은 병실에 있을 수
없다며, 작은 여동생만을 병원에 남기고 부산으로 내려갔다고 한
다. 그동안 아무 말 없이 어머니를 지극정성으로 모셔왔던 작은 여
동생도 내가 지금 무슨 짓을 하고 있는가 하면서 흔들리고 있는 눈
치였다. 큰 여동생이 작은 여동생의 마음마저 뒤흔들어놓고 간 셈
이다.

이번엔 형님이 부산에서 올라왔다. 어머니는 형님이 자신을 만나
러 먼 길을 달려온 것을 좋아하시는 눈치였고, 형님도 어머니를 보
고는 반가워서 어쩔 줄 몰라 했다. 형님은 오늘 저녁 이 땅에서 마
지막이 될지도 모르는 밤을 보내게 될 것이다.

아마 어머니는 죽기 전에 보아야 할 자식들을 다 보았기 때문에
이제 한숨을 돌리실 수 있으리라. 내일 형님이 떠나고 나면 어머니
가 멀고 먼 길을 떠날 채비를 하실 것 같아 불안했다.

나는 형님에게 어머니를 곧 완화병동으로 옮길 것이란 말은 꺼내
지 못했다. 그것은 어머니를 모시고 있는 나와 어머니가 결정할 문
제였다.

눈꽃

언제까지 이대로 갈 것인지 결정해야 했다.

아내는 완화병동으로 가서 하루에 몇 시간만이라도 자원봉사자들의 목욕 봉사, 발마사지, 머리감기기, 이야기 해주기 등 프로그램의 혜택을 받으며 지낼 수 있도록 하는 것이 좋겠다고 의견을 말했다. 어머니는 병실 침상에서 24시간을 좌식으로 생활하다 보니 욕창이 생기기 시작했다.

나는 다시 완화병동을 찾아가 간호사와 마주 앉았다. 간호사의 말은 똑같았다. 이곳에 오면 병을 고치기 위한 치료는 하지 않는다는 것이었다. 환자가 통증을 느껴서는 행복할 수 없으므로 통증 치료만 한다는 것이다. 적극적으로 병을 고치기 위한 치료는 더 이상하지 않는다는 것이 완화병동의 수칙이므로 어머니처럼 암센터에서 항암치료를 하는 상태에서는 입원이 불가능하다고 했다.

어머니는 며칠 전부터 암센터에 가기 위해 혼자 걷는 연습을 하고 있었다. 어머니는 파주병원은 그냥 의사와 간호사의 보호 하에 일상적인 생활을 하는 곳으로 생각했고, 병은 암센터에 가서 고치는 것으로 믿고 있었다. 아내는 농담으로 어머니가 자신이 죽는다는 생각은 조금도 하지 않는 사람 같다고 했다.

아내는 어차피 사람의 목숨이 하늘에 달려 있는데, 이 상태에서 사람이 지치고 경제적으로도 비용이 많이 드는 그 길을 꼭 가야만 하느냐고 했다. 모든 것을 하나님께 맡기고 행복한 마지막을 맞아야 한다는 것이다. 물론 아내의 말이 맞다. 그러나 아직까지는 아니었다.

병을 고쳐 보겠다고 암센터에 가기 위해 걷는 연습을 하고 있는 어머니를 포기할 시점이 아직은 아니라고 생각했다. 팥이 빠진 찐빵은 찐빵이 아니듯 희망이 거세된 행복은 행복이 아니다.

나는 어머니가 치루고 있는 암과의 전투를 지켜보면서 일반 사람들이 쓰는 행복과 희망이라는 단어가 어머니에겐 허상일 뿐이라는 것을 이해하게 되었다. 나아가 어머니에 대한 나의 연민과 사랑 역시 눈꽃과 같이 한 순간 흘러내릴 환상이라는 것도…

#세상에서 제일 가련한 을(乙)을 위하여

어머니는 파주병원 5호 병실에 있는 사람들과 간호사들에게도 내일 외출하여 암센터를 잘 다녀오겠다고 인사를 마친 상태였다. 나는 아침 7시에 파주병원으로 가서 어머니에게 외출복을 갈아입히고 암센터로 향했다.

나는 오늘 상의할 것 몇 가지를 미리 수첩에 정리해서 갔다. 어머니의 담당 의사는 아침에 찍은 가슴 사진을 보더니 이전에 비해 흰 부분이 많이 줄었다고 한다. 혈액검사 결과 암 수치도 지난번 86에서 이번에는 23이 될 정도로 많이 떨어졌다고 했다. 더불어 〈이레사〉라는 항암제의 부작용은 설사와 피부 발진인데 그런 부작용은 없었냐고 물었다.

의사는 이것저것 물어보더니 지금까지 특별한 부작용은 없는 것으로 판단했다. 의사는 다시 한 달 분의 항암제를 처방한 뒤, 한 달 뒤에 보자고 했다.

정말 펄쩍 뛰고 미칠 일이었다.

지금도 숨이 가빠 곧 죽을 지경인데 폐를 찍은 사진이 깨끗하고 암 수치가 떨어졌다는 것이다. 어머니는 돌아오는 차안에서 주변 사람들에게 당신이 좋아졌다는 말을 하지 말라고 당부했다. 나아졌다는 의사의 말을 반신반의하는 것이었다.

나도 여동생도 아무 말이 없었다. 어머니의 병세는 좋아졌다 나빠졌다를 반복하며 당사자와 우리들의 애간장을 썩힐 대로 썩힌 상태이기 때문에 어머니가 이제 숨도 가쁘지 않고 살만 하다고 말씀하시기 전까지는 아무 것도 믿을 수 없었다.

나는 어리숙하게도 암 수치가 낮아졌고, 흉부사진이 많이 깨끗해졌다는 말이 너무 황송하여 내가 물어보려 했던 것을 하나도 물어보지 못하고 굽신거리며 진료실을 나온 것이 무척 후회스러웠다. 흉수는 찼는지, 물을 뺄 수는 있는 것인지, 그리고 이 상태에서 완화병동으로 가는 것에 대한 의사의 의견을 물어 보지 못했다.

그래서 또 한 달간 어정쩡하게 표류하는 생활을 이어갈 수밖에 없는 현실이 답답했다.

병이 크고 깊을수록 의사 앞에 가면 주눅이 드는 것을 도무지 어찌해 볼 도리가 없었다. 누가 시킨 것도 아니고 의사가 눈치를 주는 것도 아닌데 환자와 가족들은 그 앞에서 설설 기었다. 특히 암 말기의 환자를 둔 가족들은 더 그랬다. 말 한마디, 행동 하나라도 담당 의사의 마음을 상하게 하는 일이 없도록 조심하고 또 조심했다.

신년 벽두의 전황

병실에서 어머니를 간병하고 출근을 위해 전철역으로 나왔다.

계사년 새해 첫날부터 새롭게 시작된 진통으로 인해 어머니는 고통 중에 있었다. 오른쪽 갈비 쪽과 등짝 안이 욱씬거리며 한시도 쉬지 못하게 쑤셔대는 바람에 어머니는 몸을 앞으로 엎드린 채 통증을 견디느라 잠을 자지 못했다.

몰핀에 새끼손가락 마디만큼 큰 진통제 2알을 더 먹어도 통증은 사라지지 않았다. 어머니의 짜증은 극에 달했다. 웅얼거리는 말로 이야기를 하는데 알아듣지 못해 머뭇거리기라도 하면 역정을 내셨다. 그 옆에서 간병하는 나도 짜증이 나서 못 견딜 지경이었다. 어머니는 당신 스스로 이제는 가망이 없다는 짜증 섞인 말을 되뇌이며 이 세상의 정을 다 떼어내고 어디론가 떠나려는 사람 같았다.

나는 처음으로 완화병동으로 옮겨 치료를 하는 것을 고려해 보았다. 결국 돌아가실 분이라면 이렇게 항암제를 맞으며 고통을 받게 할 필요가 있을까. 나의 만족을 위해 어머니에게 고통을 주고 있는 것은 아닐까.

나는 어머니가 제발 이 춥고 혹독한 겨울을 넘겨주기를 바랐다.

시시때때로 눈발이 날렸다. 늦은 시각 병실로 와서 불 꺼진 창밖을 보면 가로등 불빛에 눈이 점령군처럼 내려앉는 것이 보였다. 밤 사이 내린 눈은 출근길을 덮었고, 어머니가 회생할 수 있다는 희망마저 덮었다. 어머니는 항암치료 중이면서도 먹는 것이 너무 부실했다. 하지만 어머니의 입맛에 맞는 음식을 찾기도 쉽지 않았다. 항암제의 부작용인지 입안이 온통 헐었으며, 손과 발이 부어올랐다. 온 몸이 가려워 효자손으로 벅벅 긁어대는 것이 어머니의 중요한 일과였다.

나는 그동안 잊고 있던 장례 준비를 해야겠다고 생각했다. 올 겨울만 넘기고 봄을 맞을 수만 있다면 기적의 옷자락이라도 만진 것 같은 행운일 텐데, 아무래도 그것은 어려운 모양이다. 이곳 파주병원 담당의사는 지난 해 10월을 넘길 수 있을까 하고 염려했었다.

하지만 어머니는 그해 가을을 넘기고, 눈 내리는 겨울을 지나고 있다. 나는 이제 과분하게도 다시 봄을 넘보고 있었다.

계사년 신년 벽두에 시작된 새로운 통증은 어머니가 치루는 전쟁의 후반부 중에서도 맨 마지막 부분에 해당될지 모른다.

암과의 전쟁이 끝나면 그 지독하던 암도 죽고 어머니도 죽고, 나는 이 세상에서 한 명의 성자(聖者)를 잃어버리게 될 것이다.

#어머니가 어머니를 찾으신다

"어이쿠! 어머니, 어머니!"

어머니가 어머니를 찾으신다. 이제까지 고통을 잘 참아 오신 어머니가 신음소리를 낸다.

코 안이 헐어 크게 뚫린 코와 시커먼 눈은 황소가 숨을 몰아쉬며 헐떡이고 있는 것 같았다. 어머니는 당신 스스로 병세의 위중함을 알았는지 "이제는 글렀다, 이제는 글렀어!" 하셨다.

몰핀에 수액을 섞은 진통제가 부족하여 알약을 두 알 먹었으나, 그것도 안 들어 어제 밤과 새벽 사이 앰플에 담긴 진통제를 5개나 주사로 넣었다. 이제 어머니의 통증은 진통제로 다스릴 수 없었다.

그럼에도 불구하고 어머니는 매 끼니로 나오는 죽을 반찬 하나 없이 악착같이 비웠다. 이것을 끊으면 그 길로 저 세상으로 가는 것이라는 사실을 누구보다 잘 알고 있었기 때문이다. 나는 왜 사람들이 안락사 이야기를 하는지 그 심정을 알 것 같았다.

나는 어머니 병간호 틈틈이 이해인 수녀님의 암 투병 시집 〈희망은 깨어 있네〉를 읽고 있었다.

　　살아 있는 것 자체가 희망이고
　　옆에 있는 사람들이
　　다 희망이라고
　　내게 다시 말해주는
　　나의 작은 희망인 당신
　　고맙습니다.

　　ー 이해인의 〈희망은 깨어 있네〉 중에서

　나는 살아 있는 것이 희망이라고 말 할 수 있는 단계를 지나쳐 온 것 같다. 살아 있는 것은 지금 죽음보다 더한 아픔이었다. 통증은 사람을 사람답게 만들지 못하고 자신의 운명을 원망하는 한 마리의 짐승으로 만들었다.

　어머니는 고통으로 신음하는 동안에도 잠시 꿈을 꾸었는데 무슨 꿈을 꾸었는지 도통 그 내용을 모르겠다며 아쉬워했다. 5인 병동 북쪽으로 난 창문을 통해 파주 금촌의 소읍이 한눈에 들어왔다. 세상은 밤이 되어도 쉬지 않고 돌아가고 있었다.

　가정집의 연통으로는 하얀 연기가 새어 나오고, 교회 십자가의 불빛은 마치 박자를 맞춰 춤을 추듯이 반짝이고 있었다. 다섯 시가

넘자 버스가 돌아다니고 그 뒤에 승용차가 따라 붙으며 다시 하루
가 열렸다.

누군가는 고통 속에서 죽어 가고 있는데 세상은 눈 하나 깜짝하
지 않고 돌아가고 있었다. 이제 모든 희망을 접고 어머니의 장례 준
비를 하리라 다짐했다.

산 자는 살아야겠다고, 나는 어머니 사후 내가 살아야 할 날들을
머릿속으로 그리고 있었다. 누가 찾아올지, 화환이 몇 개나 들어올
지, 사람들의 평이 어떠할지…

나는 쓸데없는 것들을 생각하고 있었다. 하지만 살아 있는 생목
숨들에게는 아직도 이런저런 장식과 가식이 필요했다. 성인(聖人)
들은 가식을 버리라고 충고하지만 산다는 것이 어디 그런가.

심장이 방망이질 하며 뛰고 있는 사람들은 이러한 가식과 양심
사이를 끊임없이 오가는 방황을 하며 살아간다.

암 중에서도 폐암이 임종 시에 가장 고통스럽다는 말이 틀린 말은
아닌 모양이었다.

어머니의 눈은 죽음을 예견하는 듯했다. 눈의 크기가 점점 줄어
들어 게슴츠레하게 변했다. 이미 암은 몸의 구석구석을 점령했다.
항암제로 암 덩어리가 작아지고 나아져도 감사한 은혜이며, 낫지
않아 통증이 생기더라도 몰핀으로 다스려진다면 그것도 은혜였다.

현재까지는 몰핀이 효자였다. 나는 몰핀 투여량과 횟수의 증가를
더 이상 염려하지 않기로 했다. 고통 속에서는 인간의 존엄이 지켜
질 수 없음을 알았기 때문이다. 고통이 없어야 사람다울 수 있었고,
대화와 눈빛을 나눌 수 있었다. 그리고 어머니를 진정 내 어머니라
부를 수 있었다.

그래서 어머니가 통증으로 괴로워할 때에는 간호사에게 즉시 이
야기해서 몰핀을 맞도록 했다. 그러면 어머니는 잠시 진정되었고

우리는 본래의 모자 사이로 되돌아갈 수 있었다.

아마 5호 병동의 간호사들에게 어머니는 가장 귀찮은 존재였을 것이다. 밤에도 여러 번 진통제를 맞는 일, 산소호흡기의 양을 조절하는 일, 갖가지 약을 갖다 주는 일, 엉덩이에 욕창을 치료하는 일이며 목의 가래를 빼는 일 등등…

어머니가 악착같이 죽을 드시는 것을 지켜보는 일은 눈물겨웠다.

여동생이 곰국을 끓여 와서 죽으로 나오던 병원식을 밥으로 대체했다. 그런데 곰국이 톱톱하지 못 하고 멀건 국물만 있어서 그런지 물리치셨다. 그러는 바람에 죽 대신 나온 잡곡밥을 먹을 수밖에 없었다.

어머니는 한 시간 반을 끌며 밥 한 그릇을 끝내 비우셨다. 한 수저를 뜨고 얼굴을 식탁 바닥에 묻고 씹다가, 다시 얼굴을 세워 한 수저를 뜨고 다시 씹기를 반복했다. 그러면서 끝까지 다 드셔야 한다는 나의 말에 "그래, 죽기 아니면 살기다!"라고 일부러 씩씩하게 대답을 하신다.

나는 안다, 그것이 어머니의 허세라는 것을. 암과 전쟁을 치루는 자신과 지켜보는 자식에게 힘을 주기 위한 가식! 허장과 허세, 가식과 위장도 때로는 삶을 일으켜 세우는 거름이 되었다.

나는 지난 4월 어머니가 뇌경색으로 쓰러져서 강북삼성병원에 입원해 있던 시절이 생각났다. 당시 어머니는 침상 맞은편에 있던 88세의 노인이 2시간에 걸쳐 밥 한 그릇을 천천히 비우는 것을 보고 놀람을 금치 못하셨다. 그 할머니는 지금쯤 어찌되었을까. 이제 세월이 흘러 어머니가 그 할머니의 처지가 된 셈이다.

이미 시작된 전쟁에서 몸이 부서지더라도 끝까지 싸워야 한다는 어머니의 정신력은 대단했다. 그러는 동안 형님에게 어머니의 전황을 전하며, 어머니가 돌아가실 경우 상조회사를 이용할 것인지에 관해서도 이야기를 나누었다.

설날은 코 밑에 성큼 다가왔는데, 명절이라도 지나고 돌아가셨으면 좋겠다.

#저러다가 돌부처가 되지

눈을 뜨니 어둠 속에서 야간 간호사가 앉은 채로 잠드신 어머니의 모습을 유심히 바라보고 있었다. 아마 숨이 끊어지지는 않았는지, 상태가 어떤지를 확인하는 것 같았다. 나는 고마웠다. 나 말고도 어머니의 심장이 멎었는지 뛰는지 관심을 가지고 있는 사람이 있었구나!

그것이 피붙이의 사랑이든, 직업상의 의무이든 중요치 않았다.

시간을 보니 새벽 3시였다. 너무나 긴 시간 저렇게 앉아 계시니 엉덩이에 난 욕창이 낫지를 않았다. 새벽 미명에 말없이 앉아 있는 어머니를 보니 억장이 무너지고 또 무너졌다.

'저러다가 돌부처가 되지, 사람이 살 수가 없지' 하는 생각이 들었다.

통증 치료를 위해 몰핀의 양을 늘린 탓에 어머니는 점차 이상하게 변해갔다. 말을 해도 알아듣지 못하고 동문서답을 했다. 어제 저녁에는 며느리의 말에 존댓말로 대답을 하셨다. 나는 야간 간호사만 움직이는 새벽 3시에 어머니를 휠체어에 태우고 병동 휴게실로 갔다. 나는 이런저런 질문을 하고 나의 일상에서 겪는 일들을 이야기해 주며 어머니의 의식을 깨우려고 노력하고 있었다.

어머니가 혹시 감기 들지나 않을까 염려하여 썰렁한 휴게실을 나와 병원 복도의 이 끝에서 저 끝까지 어머니를 모시고 휠체어로 왔다 갔다를 반복했다. 새벽의 병실 복도는 따뜻하고 조용해서 기분이 좋았다. 어머니는 복도의 서쪽 끝 불빛이 환한 부분에 다다르자 여기서 좀 쉬자고 하시며 병실에 들어가서 웨하스 과자를 몇 개 가지고 오라고 하여 드셨다.

어머니는 당신이 하시는 말에 이유를 캐묻는 것을 제일 싫어 하셨다. 이유를 대려면 말을 이어가야 했고 머리를 써야 했기 때문에 통증이 들쑤시고 다니는 중이어서 귀찮아하시는 것이다. 나는 무뎌져가는 어머니의 정신을 깨우기 위해 계속해서 질문을 해댔다.

어제 낮에는 완화병동의 간호사가 어머니가 있는 병실로 왔다. 치료병동은 간호사 6명이 50명을 돌보지만 그곳은 간호사 6명이 현재 4명의 환자를 돌보고 있고, 자원 봉사자가 정기적으로 방문을 한다고 자랑을 아끼지 않았다.

나는 점심 식사 후, 어머니를 휠체어에 태우고 2층 완화병동으로 구경을 갔다. 4명의 환자 중 남자 1명이 한 개 병실 전체를 사용하도록 하고, 나머지 여자 환자 3명이 한 병실에 있었다. 그곳은 전망이 좋았고 대형 텔레비전과 편안한 소파가 갖추어져 있었다. 보호자 휴게실도 따로 있었다.

그러나 완화병동의 병실은 어둡고 활기를 느낄 수 없었다. 어머니가 이제 돌아가자고 하길래 그곳을 나와 일반 병동으로 다시 돌아왔다. 이곳으로 들아오니 시장에 온 듯한 활기가 느껴졌다. 이미니는 사람이 붐비는 곳에 삶의 위로와 가치가 있다고 했다.

아까 둘러보신 완화병동이 어떠냐는 나의 물음에 어머니는 "아직까지는 그곳이 싫다!"라고 딱 잘라 말씀하셨다. 병실 사람들이 어디 다녀오셨냐고 물으니 어머니는 "그 좋다는 천국을 다녀왔다!"면서 냉소했다.

저녁에는 부산 사는 처형이 동서와 함께 어머니를 보기 위해 찾아왔다. 군대 간 아들이 제대하는 바람에 서울까지 왔다가 들렀다는 것이다. 사람이 잘 변하지 않는다는 말은 틀림이 없었다. 우리가 자주 만났던 부산 살던 이십 년 전이나 지금의 모습이나 변함이 없었다. 처형과 동서는 돌아가면서 수고한다는 위로의 말과 함께 돈 삼십만 원과 푸짐한 저녁, 그리고 일본으로 가는 큰 딸아이와 늦둥이에게도 용돈을 주고 갔다. 부산서 파주가 어딘데 이곳까지 와서 동기간의 정을 보여주니 그 보다 더 고마울 수가 없었다.

파경(破鏡)

핸드폰의 액정화면을 15도 각도로 비스듬하게 비춰보니 수많은 실금이 나 있었다.

핸드폰의 신호음은 들렸으나 영상이 뜨지 않았다.

어제 저녁 아내와 다툴 때 양복 윗저고리로 아내를 후려쳤는데 그 안에 들어있던 핸드폰이 아내의 머리에 맞은 것이다. 아내는 얼마나 아팠을까…

낮에 완화병동 담당 의사가 와서 어머니를 그곳으로 데려갔으면 좋겠다고 했다며 아내가 전화를 했다. 저녁에 퇴근해 파주병원의 일반치료 병동 호흡기내과 담당 의사에게 이 문제에 대해 상의했다. 의사는 먼저 어머니의 의사를 물어보고 그 내용을 자기에게 알려 달라고 했다. 이제 어머니를 설득하는 문제만 남았다.

나는 잠시 저녁을 먹기 위해 차로 2~3분 거리에 있는 집으로 갔다. 병원에서 집으로 돌아와 있는 아내와 이런저런 이야기를 하던 중에 아내는 어머니가 완화병동으로 가야만 한다고 말했다. 나는 그곳이 좋기는 하지만 적극적인 의료행위가 안 되므로 어머니가 실망을 하실 문제가 고민이라고 했다.

내 말이 떨어지자 밀자 아내는 갑자기 화를 내더니 육두문자를 날렸다. 내가 지금 얼마나 힘든데 당신만 고고한 채 엉뚱한 소리를 하냐는 것이었다. 나는 아무리 어렵더라도 쌍욕을 해대며 제정신을 잃어버릴 정도로 격분한 아내를 이해할 수 없었다.

나 역시 화가 나 아내와 서로 밀치고 당기며 순식간에 싸움판이 벌어졌다. 그때 눈에 들어 온 것은 전쟁터의 고아처럼 문 손잡이를 잡고 엄마 아빠가 엉켜 싸우는 모습을 보고 있던 늦둥이였다.

나는 아이에게 다가가 안아주며 미안하다고 하고, 끓이던 라면을 먹는 둥 마는 둥 하며 집을 나왔다. 핸드폰 액정은 고치면 되지만, 아내의 상처는 회복되기 어려울 것이다. 한 사람의 죽음은 남아 있는 자들을 만나게 하고 화해하게 하고 용서하게 하는 위대한 힘을 가지고 있었지만, 경우에 따라서는 가족들이 서로 갈라서며 반목하게 만드는 무서움도 함께 가지고 있었다.

어머니를 완화병동으로 모시기 위해서는 어머니의 허락이 필요했다. 하지만 어머니는 왜 환자를 이곳저곳으로 자꾸 끌고 다니냐며 당분간 이곳에서 치료를 받고 싶다고 했다. 거듭되는 나의 설득에 어머니는 역정을 내셨다.

어머니는 마지못해 한 보름 정도 당신 스스로 생각해 보겠다며 나를 물리치셨다. 나는 더 이상 이야기할 수가 없었다.

하지만 어머니에게 보름이라는 시간이 과연 올 것인가를 장담할 수 없었다. 현재 겪고 있는 일상으로 보면 우리에게 희망을 걸어 볼 내일은 없었다. 눈을 떠서 어머니가 숨을 쉬고 있으면 오늘을 사는 것이고 아니면 오늘은 없는 것이다.

아내는 계속 전화를 받지 않았다. 하는 수 없이 큰 딸아이에게 전화를 했더니 엄마가 머리가 아프다고 했다고 전한다. 아내와는 또 어떻게 화해해야 할지 도무지 난감하기만 했다.

#지엄한 명령의 이름으로

나는 어머니를 완화병동으로 옮길 궁리를 하고 있었다.

오늘 당번으로 병실을 지키고 있는 작은 여동생에게 전화를 해 무슨 일이 없었느냐고 물었다. 동생은 오늘 아침 의사가 회진을 하면서 어머니에게 완화병동으로 가시는 것이 어떠냐고 했는데, 어머니가 싫다고 하셨다고 한다.

오후 4시경에는 인턴이 와서 욕창 치료를 해주면서 그곳에 가는 것이 어떠시냐고 다시 권유했다고 한다. 하지만 어머니는 그리 가면 죽으러 가는 것인데 마지막 남은 순간을 당신이 판단할 수 있도록 내버려 두라 했다고 한다.

가슴이 미어지는 것 같았다. 어머니는 이상하게 몸이 아프지 않으니 병이 나을지도 모른다고 생각하셨다. 점차 죽어가며 몰핀에만 의존하고 있는데 어머니는 희망을 품고 계셨다. 나는 이제 어머니에게 모든 판단을 맡겨서는 안 된다는 결론을 내렸다.

나는 어머니에게 의사의 지엄한 명령이라고 말할 참이었다.

의시가 치료를 위해 병실을 2층으로 옮기라고 하니 그 말에 따라야 한다고 설명하고 내일 아침 출근이 늦더라도 완화병동으로 옮겨 갈 궁리만 하고 있었다.

환자는 의사의 말을 들을 수밖에 없는 입장이기에 나는 그 점을 이용하고자 하였다. 어머니는 괴로웠을 것이다. 내가 어제 저녁부터 속을 긁어 놓았고, 오늘 아침에는 주치의와 인턴이 압박을 했고, 여동생이 낮에 내내 붙어 있으면서 어머니를 압박했을 것이다. 다 죽어가는 어머니는 사방으로 부터 공격을 받고 있는 중이었다.

나는 파주병원 호흡기내과 담당 의사에게 병실을 옮기라고 명령을 해 달라 요청했다. 주치의는 안 그래도 오늘 아침에 어머니에게 완화병동으로 갔다가 마음에 들지 않으면 다시 이곳으로 돌아와도 된다고까지 이야기했다고 한다.

그런데 어머니는 의사에게 당신이 생각하고 있는 것이 있으니 당분간이라도 생각할 시간을 달라고 했다는 것이다. 의사는 며칠 어머니의 뜻대로 기다려 보자고 했다.

나는 나의 계획을 포기해야만 했다. 어머니가 기다려 달라고 하는 시일까지 기다릴 수밖에 없었다.

그런데 또 다른 걱정이 생겼다. 완화병동으로 옮기지 못 할 경우, 내일 아침 교대할 사람이 없다는 것이다. 상처 입은 아내는 내일 아침 병실에 오지 않을 것이다.

나는 어머니를 이기는 죄를 범했다

어머니를 이기는 것은 죄다.

하지만 나는 기어이 어머니의 뜻을 꺾었다. 겉으로는 어머니가 완화병동으로 가는 데 동의하는 형식을 취하기는 했지만 그것은 나의 간절한 설득에 의한 어머니의 항복이었다.

나는 어젯밤 어머니와 독대하며 마침내 아무 힘도 없는 어머니의 뜻을 꺾고야 마는 불효자가 되었다.

처음에 어머니는 당신의 살 날이 얼마나 남았다고 어미의 뜻을 거스르냐고 타이르셨다. 어머니 당신이 원하지 않는데도 완화병동으로 옮겨서 당신이 설령 죽기라도 한다면 아들로서 평생 그 한을 어떻게 다스리겠냐고까지 했다.

어머니는 병실에 갇혀 사셨지만 천리 밖에서 일어나고 있는 일을 훤하게 내다보고 계셨다. 당신은 시장통 같이 분주한 일반병동이 오히려 좋다고 하셨다. 햇빛도 많이 들어오고 사람도 많이 들끓는 것이 좋다고 하셨다. 어머니는 그런 삶과 대척점에 있는, 죽음의 냄새가 진동하는 완화병동의 분위기를 참을 수 없었던 것이다.

　하지만 나는 어머니의 바람을 받아들일 수가 없었다. 일반병동에서 지내는 최근 1주일 동안 진통제를 쏟아 부어서 그런지 어머니는 자꾸 졸기만 하셨다. 말귀를 못 알아듣고 횡설수설하셨다. 어쩌면 이것은 진통제의 부작용보다는 임종에 임박해서 나타나는 섬광현상일지도 모른다.

　몇 걸음 앞의 화장실을 가는데 5분이 넘게 걸렸으며, 화장실에 가서는 변기에 앉아 소변을 누는데 30분 이상을 앉아 있는 것이 다반사였다. 어머니의 발과 다리는 퉁퉁 부어 걸을 수도 없었다. 이곳에 있다가는 비참하게 죽음을 맞이할 것이라는 생각이 머리를 스쳤다. 어디론가 가야한다, 이곳에서는 안 된다!

　나는 어머니에게 자식인 나를 믿어 달라고 했다. 완화병동에 가서 활기를 찾아 암센터 치료를 계속 받을 수 있기 위해 가는 것이라 설명드리며 어머니를 위해 끝까지 포기하지 않고 함께 싸우겠다는 나의 전의(戰意)를 보여 드렸다. 어머니는 나의 끈질긴 설득과 밀고 당기는 지겨운 싸움에서 지쳤는지 "그래, 가자!"라고 뜻을 굽히셨다. 나는 그때처럼 집요한 내 자신이 부끄럽고 추악하게 느껴진 적이 없었다.

　완화병동에 들어가는 절차는 일사천리로 진행되었다. 완화병동 의사는 보호자 면담을 하면서 나에게 보호자로서 무엇을 원하는지 물었다. 나는 어머니와 잠시라도 사람답게 살고 싶다고 말했다. 어머니가 겨울을 넘기고 봄을 맞이하여 우리 가족이 봄 소풍 한 번 가는 것이 소원이라고 했다.

　어머니는 고삐에 붙들려 끌려오는 소처럼 그렇게 완화병동으로 왔다. 병동을 옮기고 몇 시간 후 식사시간이 되었다. 그러나 어머니는 죽을 넘기지 못 하셨다. 하지만 나는 어머니가 점차 기력을 회복하실 것으로 생각하고 좀 느긋해지기로 했다. 어머니는 이곳으로 와 갈라진 발과 욕창 치료를 받았고, 처음으로 오줌 주머니를 찼다. 일반병동에서 신경을 써 주지 못한 세심한 치료들이 이어졌다.

　어머니도 곧 만족할 것이라고 나 스스로를 위로했다. 설령 어머니가 일반병동에서 무의미한 상태의 삶을 연장하는 쪽을 선택했다 하더라도 그것을 막을 수는 없었을 것이다. 어머니의 삶은 어머니가 하늘로부터 받은 것이며, 그것을 주관할 권세는 어머니에게 있기 때문이다.

추상명사가 빛을 발하는 곳

어머니는 결국 돌고 돌아 당신이 와야 할 곳으로 온 셈이다.

일반병동에서 24시간 앉아서 생활을 하던 어머니가 누워서 편히 잠을 주무셨다. 일반병동에서 말기 암을 치료할 수 있다는 허상을 움켜쥐고 몸부림쳤던 어머니의 영혼은 이제 좀 편안해진 듯했다.

이곳은 일반병동과는 많은 점에서 달랐다. 의사의 권위보다는 상대에 대한 배려와 이해, 헌신과 봉사와 같은 추상명사들이 힘과 빛을 발하는 곳이었다. 완화병동의 꽃은 간호사들과 자원봉사자들이었다. 그들은 저마다 독특한 개성 내지는 사명감 같은 것을 가지고 있었다. 어떤 이는 사랑의 달란트가 있었고, 어떤 이는 고통을 기술적으로 잘 다루는 달란트가, 또 다른 이는 참고 인내하는 달란트가 있었다.

나는 완화병동에 온 첫 날, 어머니를 누워서 주무시게 만드는 간호사의 기술을 보고 경탄을 금치 못했다. 눈이 유난히 커 보이는 간호사는 어머니에게 진정제와 진통제, 수면제를 먹이고 난파선 같이 심신이 다 부서진 어머니를 안심시키면서 침상을 조금씩 누여 갔다.

그 간호사의 말로는 누우면 폐가 눌려 통증이 생기기도 하지만 누우면 안 된다고 하는 정신적인 두려움이 더 컸을 것이란다.

어머니는 이곳에 들어와 한 이틀은 그렇게 편히 주무시고 이제는 옆으로 돌아누워 지낼 수도 있게 되었다. 어머니가 편히 누워 주무실 수 있었기 때문에 나도 저녁에는 집으로 돌아와 편히 잠을 잘 수 있었다.

아내는 어머니가 완화병동에 온 것을 축복이라고 했다.

좀 나아졌다는 주위의 인사말에 어머니는 자신이 늘 앉아서 졸고 소변도 앉아서 누는 바보가 되어 가는데 뭐가 나아졌냐고 되받아 쳤다.

어머니는 죽 한 수저를 뜨고 30분을 졸다가 다시 한 수저를 뜨는 식으로 2시간 이상 걸려서라도 끝내 죽 그릇을 비우고야 말았다.

"죽을 드시다 말고 왜 주무시는 거예요?" 하고 물으면 "내가 언제? 내가 정말 졸았냐?"라고 하시며 다시 수저를 입으로 가져 가셨다. 진통제, 안정제, 가래 삭이는 약, 수면제 등으로 인해 어머니는 늘 졸았다. 아니, 이곳 환자들 대부분이 잠을 잤다.

병원은 조용했다. 가끔 완화병동 임종실에 한 떼의 가족과 지인들이 몰려와 훌쩍거리는 소리를 내는 일 외에는 정적이 감돌았다.

나는 말이 없고, 분주함이 없고, 먼지 한 톨 일어나지 않는 고요가 계속 이어지는 것이 바로 죽음이려니 생각했다. 어머니가 두려워한 것도 이런 것이었으리라. 나는 어머니의 계속되는 졸음에 안타까움과 두려움이 엄습할 때면 어머니의 귀에다 대고 외쳤다.

"어머니! 열심히 먹고 기력 회복해서 암 치료를 계속 합시다!"

그것은 어머니의 상태로 볼 때 일종의 기망(欺罔)이었다. 하지만 그런 헛된 기망도 우리 모자에게 있어 위안이었고, 지금 우리가 기대할 수 있는 유일한 것이었다.

#대리전은 없다

토요일 오후 퇴근하여 병실로 들어섰다. 아내와 늦둥이가 어머니 곁을 지키고 있었다.

좀 나아졌으리란 기대와는 달리 어머니의 상태는 의외로 심각했다. 어머니는 점심도 거른 채 주무시기만 했다. 사연이 많고 눈물이 많고 기대가 많았던 어머니의 삶이 그렇게 지고 있었다. 꽃잎이 떨어지듯 한 잎 두 잎 그렇게…

"선생님, 나를 살리려고 이렇게 노력해 주시니 고맙습니다!"라고 말하던 어머니의 짱짱한 목소리를 더 이상 들을 수 없게 된 것이다. 어머니는 우리들 곁을 떠나 꿈속을 헤매고 있었고, 의식은 점멸하듯 켜졌다 꺼졌다를 반복했다.

어머니는 병을 고친 후에 어머니가 사시던 부산으로 내려가기 위해 악착같이 드시던 밥을 앞에 두고도 두 눈을 굳게 닫았다. 마치 곡기를 끊기라도 하겠다는 듯이 숟가락을 들이밀어도 어머니는 입은 열리지 않았다.

　나는 이대로는 안 되겠다 싶어 우선 시원한 동치미 국물을 한 숟
갈 떠서 어머니 입에 들이 밀었다. 시원하고 톡 쏘는 국물이 어머니
의 의식을 잠시 돌아오게 했다. 그리고 나서 죽을 조금 떠서 어머니
입에 넣어 주었다. 그리고 곧바로 된장국을 한 수저 넣어 드렸다.
어머니는 받아 드시려고 노력을 했다. 어떤 때는 수저를 넣으면 앞
서 넣었던 씹지 못한 밥알이 앞 이빨 가득히 고여 있었다.

　이런 식으로 죽 2/3 공기를 드시게 하는데 1시간 10분이 걸렸다.
어머니는 우리를 이렇게 키워 오셨을 것이다. 이제는 거꾸로 자식
인 내가 어머니를 떠먹이면서 어머니의 생명을 붙잡으려고 안간힘
을 쓰고 있었다.

　어제 저녁, 이곳 파주에는 눈이 내렸고 길가의 가로수들은 눈꽃
을 피우며 아름다운 겨울 풍경을 만들고 있었다.

　어머니는 일반병동에서와 같은 통증은 겪지 않으셨다. 시시때때
로 등짝과 갈비뼈를 들쑤셔대는 통증은 일종의 폭력이었고, 그 폭
력에 대해서는 예수가 말하는 그런 사랑의 마음을 품어도 해결되
지 않았다. 어머니에게 가해지는 폭력은 일방적이었으며, 그 폭력
을 가하는 상대를 용서할 수도 없었다. 진정제와 몰핀으로 통증이
사라짐에 따라 내가 기억하는 어머니의 모습도 사라졌다.

　그렇게 한 사람의 전쟁은 누구의 대리전도 간섭도 허용하지 않은
채 마지막을 향해 달려가고 있었다.

#사무장이란

병원에 있는 아내에게서 전화가 왔다. 어머니에게 진통제를 넣으려고 해도 혈관이 보이지 않아 쇄골 밑을 뚫어 주사액을 넣는 장치를 하겠다며 보호자 동의를 해달라는 것이었다.

나는 바로 동의를 해 줄 수가 없었다. 전화상으로는 그것이 무엇인지도 모르겠고 환자에게 어떤 어려움이 생길지도 모르기 때문이었다.

오늘은 내 당번 날이 아니었다. 아내가 아침부터 오후 5시까지 어머니 곁을 지키고, 그 후엔 여동생이 병실을 지키는 날이다. 오늘은 퇴근하면 집에 들어가 잠을 잘 수 있어 다행이라고 생각하고 있었다.

그런데 어머니가 아내에게 '내가 아무래도 오늘을 넘기기 어려울 것'이라고 말했다고 한다. 이전에는 어머니가 늘 우리를 병실에서 내쫓기만 했었다. 당신 혼자서 밥도 먹고 걸을 수도 있으니 너희들까지 여기에 붙들려 있을 필요가 없다는 것이었다. 그러나 이제 어머니는 우리를 곁에 붙들어 두고자 했다.

현재로서 어머니가 제일 힘들어하는 것은 대변을 보는 일이었다. 어머니는 절대 기저귀에 변을 보지 않으셨다. 화장실에 앉아서 보아야 제대로 된 변을 볼 수 있으며 누워서 변을 보는 그런 수치감은 느끼고 싶지 않다 하셨다. 숨이 차서 힘들어 하는 어머니에게는 화장실까지 가서 옷을 내리고 몸을 돌려 엉덩이를 변기에 맞추고 나오지 않는 변을 힘을 주어 배출하고, 일을 마친 후에 엉덩이를 닦고 다시 옷을 올리고 돌아와 침상으로 올라오는 일이 무서울 정도로 힘든 일이었다.

그래서인지 이 일만은 힘이 센 아들이 해 주기를 바랐다. 오늘 저녁에도 어머니는 변이 나오려고 하는데 내가 있어야 한다고 우겼다고 한다. 어머니는 이제 며느리에게도 자리를 비우면 안 된다며 누가 와서 교대해 주기까지는 당신 곁에 꼭 있어 달라고 부탁을 할 정도였다.

병원에 도착하니 저녁 9시가 넘었다. 어머니는 내가 오기를 기다릴 수 없어 간호사 2명의 도움을 받아 침상에 변기를 갖다 놓고 변을 보았다고 한다. 어머니는 오늘이 수요예배가 있는 날인지도 모르고 나를 보더니 요즘 부쩍 요령을 피운다고 질책하신다.

어머니는 치매 증세를 보이기 시작했다. 방금 약을 입에 털어 넣고도 다시 약을 달라고 하신다. 어머니는 기억력이 비상해서 내가 언제 쉬고 일하는지를 잊어버리는 법이 없었다. 그런 어머니가 이제는 내가 언제 근무를 하는지 까맣게 잊고 계신다.

오늘 낮에 어머니에게 시술을 하겠다는 전화를 받고 하루 종일 우울했다. 연락을 취한 간호사를 만나 이야기를 나누었다. 간호사는 3일에 한 번씩 위치를 바꾸어 진통제를 주사하기 위해 혈관을 찾아야 하는데 혈관을 찾을 수 없어 어려움이 있다고 했다.

나는 이곳 완화병동으로 온 후, 어머니가 내내 졸고 의식이 없어서 이곳에 온 것을 후회했다고 말해 주었다. 나는 어머니가 얼마를 더 사실 수 있을지 모르겠으나 목 아래에 구멍을 뚫어 주사액을 넣는 그런 장치는 하고 싶지 않다고 말했다.

간호사들이 혈관을 찾기 위해 어려움을 겪더라도 어머니가 일반 사람처럼 장치 없이 지낼 수 있도록 해 달라고 했다. 설령 그로 인해 어머니가 얼마 살지 못한다 하더라도 어쩔 수 없다는 말도 덧붙였다.

나의 생각을 단호하게 말하자 간호사도 한 발을 빼며, 다른 방도를 찾겠다고 했다. 나는 병실로 돌아와 어머니에게 쇄골 밑에 시술하는 것은 안 하셔도 된다고 하니 좋아하는 눈치가 역력했다. 나는 여동생을 병실에 남겨두고 병원을 나왔다.

오늘 낮에는 적십자 병원 영안실을 방문해서 그곳 사무장을 만났다. 명함을 건네받으니 사무장이라는 직함이 눈에 띄었다. 나는 사무장이 어떤 자리냐고 시치미를 뚝 떼고 물어보았다. 그는 서슴지 않고 머슴이라고 대답했다. 그 말을 듣자마자 내 가슴이 찡하였다. 나 역시 이천 명이 넘는 교회의 사무장이라는 직함을 가지고 머슴 일을 하고 있기 때문이었다. 그에게 나도 사무장이라고 밝혔다. 그는 같은 사무장끼리 어머니가 돌아가시면 성심껏 도와드리겠다고 말했다.

교회의 사무장은 변기가 막히면 뚫고, 교회에서 일어나는 각종 행사도 주관하고, 이것저것 교인들이 물어오면 내 소관이든 아니든 밑도 끝도 없이 대답을 해주어야 한다. 하지만 교회에 근무하는 한 나는 하나의 살아 있는 성물(聖物)로서 보호받을 것이란 생각을 가지고 온갖 어려움을 넘겨 오고 있었다.

작전 수행

오늘은 한 달 전 부터 암센터에 외래 예약이 되어 있는 날이다.

어머니의 암센터 행은 특수요원들의 작전을 방불케 했다. 병원에서 앰뷸런스를 부를 경우 왕복 12만 원을 지불해야 했다. 그래서 자구책으로 파주병원의 허락을 받아 게이지가 달린 산소통을 소지하고 휠체어 역시 차에 싣고 다녀야만 했다.

그러기 위해서는 일반 승용차로는 되지 않아 지인으로부터 승합차를 빌려야 했다. 거동을 할 수 없는 어머니의 부축과 시중을 위해 여동생과 아내 그리고 내가 함께 따라 다녔다. 차로 20분 거리인 그곳이 한없이 멀게 느껴졌다.

암센터에 도착해서 CT 촬영을 하는데 혈관을 찾을 수 없어 고생을 했다. 몇 번의 실패 끝에 겨우 혈관을 찾아 촬영을 할 수 있었다. 어머니는 힘든 이동과 시달림으로 인해 거의 초죽음 상태였다. 어머니는 주변에 노인들 죽는 것을 보니까 팔이 바짝 마르면 죽더라고 하면서 아직은 덜 마른 자신의 팔을 가리키며 시간이 조금 더 남았다고 말하곤 하셨다. 암은 환자의 살을 바짝 말려 죽이고, 옆에서 간병하는 보호자들은 피를 말려 죽이는 모양이다.

내일은 의사를 만나 외래진료를 받아야 했다. 하지만 어머니가 내일 다시 암센터로 가서 진료를 받는다는 것은 무리였다. 검사를 마친 것도 대단한데, 그 이상을 바라는 것은 욕심이라는 생각이 들었다.

다음날 아침 어머니는 파주병원에 남겨 두고 보호자인 나만 외래진료를 하러 갔다.

나는 담당 의사에게 지난 한 달간 있었던 많은 변화를 말해 주었다. 의사는 CT와 피검사, 엑스레이 결과를 보며 오른쪽 폐에 흉수가 나오던 것이 멈추었으니 항암제의 효과가 있는 것이라 했다. 하지만 CT에서 보는 바와 같이 왼쪽 폐에 폐렴 증세가 있어 그것을 먼저 치료해야 한다고 말했다. 파주병원으로 폐렴에 대한 항생제 처방을 요한다는 진료의뢰서를 보낼 것이며, 항암치료는 폐렴이 나으면 다시 시작하자고 말했다.

의사는 어머니가 완화병동에 있건 말건 상관하지 않았다. 의사는 끝까지 치료를 고집하는 입장에 서 있는 존재였다. 나는 더 이상 긴 말을 할 수가 없었다.

그날은 한 보따리씩 챙겨주던 약도 없었고, 주사액 처방도 없었으며, 심지어는 언제 오라는 예약날짜도 없었다. 나는 암센터로부터 버려지는 듯한 묘하고 야릇한 기분마저 들었다.

돌아오는 길에 보니 가로수의 색깔은 확연히 적갈색으로 변해가고 있었다. 한겨울 잎새들을 다 떨어내고 흑색으로 추위에 떨던 잎들은 대한(大寒)이 지나자 봄을 준비하고 있는 듯했다. 그들은 그렇게 봄을 부르고 있었나. 하지만 저 나무들이 피워 올릴 푸른 잎들은 어머니의 것이 아니었다.

세상이 돌아가는 이치는 너무나 명료했고 도무지 의문이라고는 한 주먹 만큼도 없는 것 같았다. 죽을 사람은 모두 거기에 합당한 이유가 있어 죽었으며, 성공하는 사람들 역시 이유가 있어 성공할 뿐이었다. 어찌어찌 하다가 죽을 사람이 살아나고 실패할 사람이 성공하는 일은 이 세상에 없는 것이다.

나는 어머니와 전쟁을 치루는 동안 비굴해지고 위축되었으며, 나의 의견을 눈꼽만큼도 주장하고 싶은 생각이 사라졌다.

삶은 원래 시끄러운 것이다

완화병동에서의 한 달은 세상 속에서의 한 달이 아니었다.

걸어 다니던 사람이 앉은뱅이가 되어 대소변을 받아내었으며 산 사람이 임종실로 옮겨져서 죽어 나갔다. 겉으로 보면 천천히 흘러가는 듯한 시간이 환자의 입장에서는 화살처럼 빠른 것이었다.

이곳은 간호사가 지배하는 왕국처럼 느껴졌다. 간호사의 입에서 "이제 화장실에 가시면 안 됩니다." 하고 선언이 되면 어김없이 환자에게는 오줌 줄이 채워졌다. 오줌 줄을 차면 보행을 할 수가 없어 침대에서 지내는 시간이 늘어난다. 그 결과 대소변도 기저귀에 받아내야만 한다. 대변을 받아내는 일은 환자나 보호자 모두에게 끔찍한 일이어서 환자는 음식을 먹는 것을 두려워하게 된다. 식사를 거르게 되면 허연 밀크라고 부르는 식사대용 팩에 들어가 있는 액체를 맞으며 시간을 보내다가 모든 장기는 기능을 잃게 되고 환자는 임종실로 옮겨진다.

내가 이곳 완화병동으로 옮기자고 했을 때 어머니는 며칠을 버티
며 저항하셨다. 당사자인 어머니는 동물적인 직감으로 그곳이 죽
음을 기다리는 곳이라는 것을 알았던 것이다. 병신 같은 나는 그것
도 모르고 어머니를 강제로 데리고 이곳으로 온 셈이 되었다.

어머니 침상 맞은편에 있던 윤씨 할머니는 어제 임종실인 은하수
방으로 옮겨졌다. 그곳으로 가게 되면 빠르면 3시간, 늦으면 72시
간 안에 죽게 될 것이다. 독거노인이라 보호자가 없었던 윤씨 할머
니는 나를 많이 귀찮게 하였다.

나를 보고 아저씨, 아저씨 하면서 "일으켜 세워 달라, 좀 더 앞으
로 숙이게 해 달라, 눕혀 달라"는 등의 요구를 하면서 귀찮게 했으
나 나는 어쩔 수 없이 그 청들을 다 들어 줄 수밖에 없었다. 그런데
한 이틀 전부터 윤씨 할머니가 조용했다.

임종실로 옮겨진 윤씨 할머니는 다시는 나를 부를 일이 없을 것
이고 이곳으로 돌아올 수도 없을 것이다. 누구에겐가 부탁을 하고,
누군가를 원망하며, 어떤 일들을 희망하는 일이 바로 삶이었음을
깨닫는다.

윤씨 할머니 다음 순서는 어머니일 것이다.

어머니는 오늘 아침도 굶고 점심도 굶고 저녁 식사 시간이 될 때
까지 정신을 잃고 계속 잠만 주무신다. 이제는 괄약근의 조절 능력
을 상실했는지 변을 누고도 알지 못 하신다. 옷을 벗겨 보면 누워서

대변을 짓뭉개고 있다. 그것을 일일이 거품 비누와 물티슈로 씻어
내야만 했다.

　오십이 넘은 자식은 이제 입장이 바뀌어 팔순의 노모에게 죽을
떠먹이고 대소변을 받아내었다. 그것은 아주 어릴 적 어머니가 내
게 해주었던 것들이리라. 그뿐 아니라 어머니는 횡설수설 헛소리
를 자주 하셨다. 새벽 3시에 일어나신 어머니는 "아궁이에 불 넣었
느냐?" 하고 물었다가, 조금 후엔 멀쩡한 형수가 죽었다고 탄식하
기도 하였다.

　어머니 대각선 침상에는 파주에서 보신탕 집을 운영하던 할머니
가 누워 있다. 보신탕집 할머니는 자기 침상 옆에 있던 윤씨 할머니
를 찾는다. 간병인은 이곳이 시끄러워 조용한 1인실로 가셨다고 대
답한다.

　사람이 산다는 것은 조금 시끄럽고 어수선한 일이다. 다소 잡음
이 있더라도 그것이 삶이었다.

#염려와 근심은 어머니의 또 다른 이름이었다

새벽에 시끄러운 소리가 나서 잠을 깨었다. 시계를 보니 새벽 1시 30분이었다.

윤씨 할머니가 임종실로 옮기고 난 후 은방울 실에는 3명이 남았다. 교회 권사라는 할머니와 보신탕집 할머니 그리고 어머니였다.

어머니 대각선 맞은 편에 있는 보신탕집 할머니가 큰 소리를 내고 있었다.

"떡 잡수셨어? 왜 이리 물이 주룩주룩 흘러?"라며 횡설수설하면서 몸을 뒤척이고 소란을 피웠다. 나는 그것이 치매의 시작임을 직감했다. 그 할머니는 퇴원을 했다가 며칠 만에 다시 들어왔다. 암에 걸린 어머니를 대신해서 보신탕 집을 물려받은 큰 딸은 장사하느라 겨를이 없어서 하는 수 없이 할머니를 다시 완화병동으로 모실 수밖에 없었고, 간병인을 둔다는 조건으로 다시 입원이 되었다고 한다.

그런데 어머니도 그 시간에 무슨 소리를 속삭이듯 혼잣말을 하고 있었는데, 자세히 들어보니 기도하는 소리였다.

"하나님 저를 살려 주시옵소서, 우리 아들을 살려 주시옵소서…"

다행이었다. 어머니가 새벽에 앉아서 기도를 하신다. 나는 어머니가 그렇게 쉽게 돌아가시지는 않으리란 생각을 하며 다시 잠에 빠져 들었다.

나는 큰 소리로 나를 깨우는 어머니의 음성에 다시 잠을 깼다.

조금 전까지 기도를 하고 있던 어머니는 갑자기 다른 사람으로 변해 있었다. 어머니는 내게 일어나라고 성화였다. 누가 내 아들 좀 깨워 달라고 사정을 했고, 건너편 아주머니와 간호사까지 불렀다.

어머니는 당신의 건너편 침상에서 움직이지도 못하고 말도 못하고 밥도 못 먹으면서 누워서만 지내던 윤씨 할머니를 눈여겨 보셨다. 어머니는 내가 나중에 저 노인네처럼 될 것이라 걱정이 태산이었는데, 그 윤씨 할머니가 없어져 버린 것이다. 어머니에겐 그것이 꽤나 충격이었던 모양이다. 어머니는 계속 혼잣말을 하신다.

"내버려두면 조금 앓다가 자연히 죽을 것인데 뭐한다며 억지로 옮겨가서 주사를 놓고 고려장을 시키는 것이냐. 내가 죽으면 너희들이 며칠을 슬피 울어 줄 것이며, 며칠을 성가심을 받을 것이냐. 그것도 못 참고 사람을 이리저리 옮겨서 죽여?"

어머니의 삶은 걱정과 염려로 점철되어 있었다. 남의 집 자식들처럼 자기들 앞가림을 못하는 못난 자식들에 대한 염려와 두 발 한 번 편히 뻗고 살아보지 못한 자신의 곤궁한 살림에 대한 걱정이었다. 이제 암이 온 몸을 다 파먹고 죽음을 목전에 둔 현실 앞에서도 어머니는 자신을 간병하느라 먹지도 자지도 못하고 집안도 제대로 건사할 수 없는 처지인 자식이 걱정되었던 모양이다.

이제는 암 덩어리 같은 것이 문제가 아니었다. 암보다 무서운 것이 치매란 생각이 들었다. 허튼 소릴 해대는 어머니를 마주해야 할 일상이 걱정되었다. 또 다른 전쟁이 시작되는 것인지도 모른다.

작년 4월 어머니는 뇌경색으로 쓰러져 치료를 받았으나 다행히 악성 치매로 진행이 되지는 않았다. 그런데 이제 시간이 흐르자 그 뇌경색이 점차 살아나서 이번에는 치매 쪽으로 진행되고 있는 것이 아닌가 하는 생각이 들었다.

어머니가 남들 다 잠든 새벽에 떠들어 대니 간호사가 달려왔다.

주무시라고 하면 아들이 오면 자겠다고 했다. 내가 소변 통을 비우고 병실로 돌아와서 "어머니 제가 왔어요!"라고 어머니 얼굴에 대고 큰 소리로 말해도 어머니는 자식이 오지 않았다며 성화를 하는데 미칠 지경이었다.

한밤중에 이러지도 저러지도 못하고 그저 답답하기만 한 노릇이었다. 어머니가 자꾸 출근하라고 재촉을 하는데 밖으로 나가는 시늉이라도 해야 하는지 알 수가 없었다.

어머니 옆 침실에 입원해 있는, 아직은 정신이 온전한 권사 할머니를 보기가 민망했다. 나는 어제 저녁 어머니에게 주려고 사온 사과를 간호사를 비롯해 권사 할머니와 보신탕 할머니와 간병인에게 하나씩 돌렸다. 사과 한 톨이라도 주어서 미안한 마음을 표시해야만 할 것 같았다. 출근을 하기 위해 병실을 나왔지만 오늘 당번인 아내가 염려되었다.

어머니의 생은 평생 염려와 걱정뿐이었다. 어머니는 몸이 성했을 때뿐만 아니라, 죽음 앞에서도 자식들에 대한 염려와 걱정이 끊이지 않았다. 어머니의 또 다른 이름은 염려와 걱정이었다.

급류

아침 출근시간에 완화병동 담당의사로 부터 전화가 왔다. 폐렴 치
료도 하고 진통제도 넣고 해야 하는데 이제는 더 이상 혈관을 찾을
수가 없어 저번에 말한 시술을 해야겠다는 얘기였다.

　퇴근해서 병실에 들어가니 아내와 늦둥이가 어머니 곁에 붙어 있
었다. 그런데 어머니는 내가 와도 반기는 기색이 없었다. 오늘 어머
니가 많이 우셨다고 한다. 누군가를 향해 당신이 잘못했으니 용서
해 달라는 기도도 하셨단다. 아마 오늘 낮에 있었던 시술로 인해 어
머니에게 심경의 변화가 있었던 것 같았다.

　어머니가 밤새 시끄럽게 기도를 하자 간호사가 분홍색 신경안정
제 반 알을 가져왔다. 간호사가 몇 번 약을 드시라고 권유한 뒤 어
머니 입에 넣었으나 어머니는 그 약과 물을 뱉어 버리고 입을 꼭 닫
았다. 할 수 없다는 듯 간호사는 주사액을 가져왔다.

　나는 저번에 신경안정제 주사액 한 앰플을 다 맞은 후, 그 다음날

저녁까지 잠에서 깨어나지 못했다며 이번에는 1/3 분량만 사용해 달라고 사정했다. 어머니는 주사를 맞고 10여 분 뒤에 잠이 드셨다.

이곳에서는 몸과 정신이 성하지 못한 노인들이 움직이면 위험하다는 이유로, 그리고 남들이 다 잠자는 밤에 일어나 횡설수설한다는 이유로 신경안정제를 놓아 억지로 잠을 재웠다. 나는 완화병동의 사정을 이해하면서도 한편으로 이곳을 선택한 데 대한 실망이 밀려왔다.

점차 전쟁은 그 내용과 양상이 달라지고 있었다. 어머니는 이제 이 세상과는 다른 자신의 시간과 공간 속에 있는 사람처럼 보였다. 내 옆에 있으나 서로 알아보고 교감하고 이야기할 수 없는 어머니는 나의 어머니가 아니었다. 그리고 그런 어머니와 함께 전쟁을 치르고 있다는 생각이 들지도 않았다.

이제까지 나는 어머니에 관한 어떤 결정을 할 때, 내 편리와 형편에 따라 결정했다는 생각이 들어 후회가 밀려왔다.

특실과 1인실에 지불해야 할 돈이 무서워, 또 보호자가 이동하기 용이하다는 이유로 암센터에서 파주병원으로 옮겼으며, 일반병동이 간병하기 힘들자 다시 완화병동으로 옮겨왔다.

나는 후회했고, 내가 내린 결정에 깊이 반성하며 스스로 자책하고 있었다.

어머니는 몇 명의 사람들이 몰려와 어머니 가슴 위에 바늘을 꽂는 시술을 하고 간 후로는 암을 이길 수 있다는 마음을 접어버렸다.

자기는 이제 어쩔 수 없이 죽을 것이니, 대신 자식들을 염려하는 쪽
으로 존재의 마지막 가치를 찾으려고 애쓰는 것 같았다.

어머니에게 있어 포기는 없는 것 같았다. 어머니는 끝까지 자식
들의 미래를 위해 기도하는 것으로 전쟁의 목적을 변경해 버렸다.

어머니는 당신 자신은 이렇게 죽더라도 우리 작은 아씨를 살려
달라고 기도했다. 당신이 모든 것을 잘못했으니 우리 작은 아씨를
용서해 달라고 간청했다. 나는 그 작은 아씨가 당신이 그토록 아끼
고 사랑하던 아들딸들, 손녀딸들의 또 다른 애칭이 아닐까 생각해
보았다.

어디서부터 잘못되었는지 모르겠다.

멀쩡하던 어머니는 입을 벌리고 숨을 거칠게 몰아쉬었다. 여동생은 어머니가 숨을 할딱이며 횡설수설하며 무너지는 것을 보는 것이 안타깝고 무섭기까지 했던 모양이다.

의사들은 어머니의 숨이 가빠진 이유를 찾기 위해 초음파를 찍었는데, 폐에 물이 차서 그렇지는 않다고 했다. 또 폐렴 치료를 위한 항생제가 듣지 않으니 항생제를 바꿔야 할 것이라고 했다.

나는 이야기를 다 듣고 나서 그렇게 하라고 하였다. 의사는 여기서 더 숨쉬기가 어려워지면 기계로 호흡할 수 있도록 해야 하나를 망설이고 있다고 했다. 나는 침묵한 채 돌아섰다. 어머니는 2시간에 한 번 꼴로 깨어나 무언가를 웅얼거리셨다. 밤새 입을 벌리고 헐떡이는 모습을 보니 곧 돌아가실지도 모르겠단 생각이 들었다.

나는 간호사에게 가서 진정제를 놓아 달라고 하였다. 나는 힘들어 하는 어머니를 보며 진정제의 양을 늘리자는 간호사의 말에 수긍할 수밖에 없었다.

주사를 맞고 어머니는 곧 잠잠해지셨고 나는 출근을 위해 병실을 나왔다.

복도에서 만난 간호사는 주저하는 척하며 내게 말을 걸어왔다. 요지인즉 오늘을 넘기기 어려울 것 같다는 이야기였는데 내가 "언제요?" 하고 눈이 똥그래져서 물으니 며칠을 견디기 힘들 것이라고 고쳐 말했다.

오늘 올라오기로 한 형님은 오지 않았다. 세 명이 근무하는 파출소에 2명이 발령이 나고 혼자 남았는데 새로 오는 신임 근무자에게 인수인계를 시켜야 한다며 형수와 조카만 보내겠다고 하였다.

나는 형님에게 어머니 상태가 좋지 않으며, 자꾸 큰 애가 와야 한다고 말씀하신다고 얘기하고는 곧바로 후회했다. 천리 먼 타향에 있는 형님의 마음만 어지럽히는 일일 것이다.

형님은 경찰에 들어가자마자 병이 생겨 경찰을 그만둘 생각이었다. 그런데 생계를 위해 억지로 병가를 내며 버티다 보니, 초반부터 진급 대열에서 낙오가 되었다. 오늘 인사이동은 서장이 내는 발령인데, 서장이 형님과 동기였다.

일이 이렇게 급박하게 돌아가니 부산 사는 큰 여동생에게 섭섭한 마음이 생겼다.

  지금 어머니가 죽어 가는데 큰 여동생은 옛날 형제끼리 다투고 틀어진 일로 인해 다른 형제들과 갈라져 있었다. 자신이 이혼하여 힘들어 할 때 도와주지 않았다며 형제를 멀리 했고, 자연히 어머니를 모시고 있는 둘째 오빠인 나와도 연락이 되지 않았다. 그 아이는 어머니가 이렇게 죽음을 향해 달려가고 있는지도 모를 것이다.

  죽는 사람은 죽고 사는 사람은 살다가 또 죽어가고 새로운 생명이 다시 태어나는 곳이 세상이었다.

  봄이 오면 꽃이 피고 가을 겨울을 지나면 꽃이 진다. 어느 누구 하나 그런 꽃의 성쇠에 대해 이의를 제기하지 않는다. 사람의 삶과 죽음도 특별히 부연 설명이 필요 없는, 마침표 하나로 표현되는 그런 것이었다.

#꽃잎이 지던 순간

토요일 오후, 일찍 퇴근해 어머니를 돌보던 늦둥이와 아내를 집으로 돌려보내고 홀로 병실에 남았다. 어머니는 온 몸을 들썩이며 가쁜 숨을 몰아쉬고 있었다.

나는 어머니의 손을 잡아 연신 주무르고 손바닥을 손톱으로 긁으며 나의 존재를 알리려고 애를 썼다. 하지만 어머니는 아무 반응이 없이 거친 숨소리만 내며 죽음의 문턱을 넘어 가고 있었다.

자정이 되자 어머니의 숨소리에 쇠 소리 비슷한 이상한 소리가 섞였다. 이전에 듣던 소리가 아니었다. 나는 저 소리가 임종 시 나타나는 숨소리가 아닐까라는 막연한 생각을 하며 침대 옆에서 잠시 눈을 붙였다.

한 시간이나 지났을까 누군가의 인기척에 눈을 떠 보니 간호사가 와 있었다. 그녀는 나에게 이리 와 보라고 조용히 손짓을 하였다.

몸을 들썩이며 숨을 내쉬던 어머니는 조금의 들썩임도 없이 가만히 누워 계셨다. 간호사는 복부 아래 맥박을 두세 번 잡아보고 어머니의 눈동자를 열어 불빛을 비추어 본 다음 나를 향해 어머니가 돌아가신 것 같다고 말했다.

새벽 1시 40분. 한동안 멍하니 어머니를 내려다보던 내가 몸을 움직여 어머니 곁으로 다가가자 간호사가 자리를 피해 주었다.

나는 어머니의 얼굴에 내 얼굴을 문지르며 나도 모르게 이런 말을 하고 있었다.

"사랑합니다, 사랑했습니다."
"감사합니다, 감사했습니다."

불과 3일 전까지만 해도 쩌렁쩌렁한 목소리로 못난 둘째 아들을 훈계하던 어머니였다. 삶과 죽음은 먼 곳에 있지 않았다. 그 둘은 가까운 이웃처럼 붙어 있었다.

곧 이어 의사가 달려왔다. 나에게는 천지가 무너지는 일이었지만, 의사인 그에게는 일상사였다. 그는 곧바로 사망을 선언하고 저승사자처럼 휙 하고 사라졌다.

어머니의 임종을 한 사람은, 늘 앉아서 생활하시던 어머니를 병상에 누인 눈이 큰 간호사였다. 그녀는 어머니의 시신을 수습하고 시신을 감싼 흰 천 위에 옆에 있던 성경책을 올려놓았다. 교회에 나가느냐는 내 질문에 그녀는 자신이 불교 신자라고 했다.

그녀는 어머니의 시신을 침착하게 수습해 나갔다. 영혼이 사라진 시신은 더 이상 나의 소유가 아니었다. 시신은 공적인 물체였으며, 많은 대리인들의 관리 하에 있는 어떤 물건과도 같았다.

새벽 2시 모두가 다 잠든 밤, 어머니가 돌아가시고 나는 무엇부터 해야 할지 막막하기만 했다. 우선 나는 샤워를 하고 화장품을 바른 후 정장으로 갈아입었다.

그리고 부산에 있는 형님에게 전화를 했다. 새벽 2시, 형님은 파주에서 날아오는 전화벨 소리를 듣고 어머니의 부음을 짐작했을 것이다.

"형님, 어머니가 돌아가셨어요."라는 내 말이 떨어지자마자 형님은 '픽' 하는 소리와 함께 울음을 터뜨렸다. 그리고 이내 전화가 끊어졌다. 두 번째로 나는 여동생에게 전화를 했다. 전화를 받은 여동생은 사납게 소리내어 흐느꼈다. 나는 마지막으로 아내에게 전화를 하여 어머니가 돌아가셨으니 준비를 하라고 일렀다. 나는 이전에 알아 두었던 적십자병원 장례식장으로 전화를 걸어 시신의 운구를 부탁했고, 파주병원에서는 그동안 병원비를 계산하고 사망진단서를 발부받았다.

나는 오늘 새벽 이 세상에서 나를 제일 사랑해준 성자 한 명을 잃었다. 흐느껴 우는 여동생에게 "울지 마라, 어머니는 가셨더라도 오빠가 있지 않냐."며 위로를 했지만 나는 자신이 없었다. 내 자식들에게도 어머니와 같은 그런 온전한 성자가 될 자신이 없었다.

 나는 더 이상 슬픔에 머물러 있을 수 없었다. 나는 살았고, 어머니는 죽었다.

 산 사람은 어차피 목숨 다하는 그날까지 살아야 할 의무가 있다.

잔칫날

적십자병원 장례식장 301호실에 머무는 사흘 동안 폭설이 내렸다.

창문을 통해 낮이 밤이 되고, 폭설이 녹아 물로 흐르는 풍경을 지켜보았다.

어머니는 꽃으로 장식된 단의 영정사진 속에서 인자한 할머니의 모습으로 미소 짓고 있었다. 어머니 살아생전 언제 저렇게 꽃밭에 파묻혀 지내 본 적이 있었던가.

온종일 눈이 내렸는데도, 많은 분들이 찾아와 어머니의 죽음을 애도해 주었다. 어머니는 자식들로 인해 평생 발 한 번 편하게 뻗어 보지 못하는 생을 살았다. 하지만 오늘 어머니는 당당한 주인공이었다.

살아서 서럽던 어머니는 죽어서야 비로소 대접을 받을 수 있었다.

평생 고생하느라 호사를 누린 적 없는 이가
지금 꽃밭에 파묻혀 미소를 짓고 있네.
살면서 한 번도 주인공이 되어 본 적이 없는 이가
온갖 이력의 사람들로부터 위로를 받고 있네.

밤새 쌓인 눈은 세상의 길들을 지웠고
두 팔 벌리고 선 나무마다 밤새 눈꽃을 피웠는데
살아서 서럽던 이 죽어서 웃고 있네.

문상을 받으면서 뒤늦게 나는 알았네.
배운 것 없어 몸뚱아리 하나로 살아온 매제가
박사를 딴 나보다 잘 산 사람이라는 것을
쉽게 살아온 나의 지난날들이 부끄럽고
내가 살아가야 할 날들도 이제는 알겠네.

미워하며 밀어내기만 했던 그 사람들이
눈 속을 뚫고 달려와 따스이 손 내밀며
내 가슴을 치며 잘난 나를 부끄럽게 하네.

— 문상(問喪)

장례를 치루는 동안 누군가가 옆에서 나를 도와주고 있다는 생각을 떨칠 수가 없었다. 일요일 날 돌아가신 관계로 많은 교인과 지인들이 찾아주었고, 그동안 내가 살아오면서 남들에게 베푼 것 이상으로 과분한 사랑을 받았다. 나는 찾아와 위로해 주는 손길을 잡으며 앞으로 내가 살아야 할 날이 어떠해야 하는지를 깨달았다.

어머니는 죽음마저 이 못난 자식의 인생 공부를 위한 재료로 던져주신 것이다.

어머니의 시신은 원지동 추모공원으로 모셔져 화장 되었다. 어차피 인생은 한 줌의 흙이라는 말을 절감할 수 있었다.

장례 기간 동안 뛰놀며 지내던 늦둥이는 할머니의 죽음을 이해하지 못했다. 아이는 만나는 사람마다 예쁘다고 칭찬을 해주니 장례를 치루는 날이 즐거운 잔칫날이었다. 할머니가 돌아가셨다고 말했으나 그저 "응" 하고 대답한 뒤 다시 나가 뛰어놀았다. 어머니가 한 줌의 뼈가 되어 나왔을 때 늦둥이는 한참 동안 유심히 그 모습을 바라보았다.

그리고 한참 후 늦둥이는 갑자기 생각이라도 난 듯 아내에게 물었다.

"엄마, 할머니는 어디 있어?"

"하늘나라에 가셨어."

"그러면 할머니 몸은 어디 있어?"

아내는 말이 없었다.

늦둥이는 사람의 형체를 잃어버린 한 무더기의 뼈들을 보고 그렇게 물어보았을 것이다. 나는 늦둥이를 붙잡고 다시 물었다.

"할머니는 어디 계시지?"

"하늘나라에"

"할머니 보고 싶으면 어떻게 할래?"

"하나님께 사진 찍어 보내 달라고 하지."

천연덕스럽게 대답하며 아이는 밝게 웃어 보였다.

어머니는 경북 영천에 있는 국립묘지인 호국원에 아버지와 함께 묻혔다. 그곳은 장인도 묻혀 있는 곳이라, 일행이 수속을 밟느라 잠시 지체하는 사이 아내는 늦둥이를 데리고 장인의 묘역에 쏜살같이 달려갔다.

똑같이 생긴 수많은 묘지들 사이에서 하늘 아래 단 하나밖에 없는 자기 아버지의 이름 석 자를 발견하고 아내는 눈물을 흘렸다.

장례를 마치고 서울로 들어왔을 때 잔뜩 찌푸렸던 하늘에서 눈이 쏟아져 내렸다. 서울을 지나 파주로 올 때에는 눈발이 더욱 거세어지더니 세상을 온통 새하얗게 덮어 버렸다. 가로수의 키 큰 나무들은 눈꽃을 뒤집어쓰고 장엄한 은세계를 연출하고 있었다.

어머니와 보낸 지난 7개월은 행복했다.

서울에서 치료해 보자는 구실로 어머니를 독점하고 평생 나누지 못한 사랑을 다 누린 셈이었다. 나는 어머니의 마지막을 지키며 평생의 불효를 조금이나마 사죄할 수 있었다. 암과 싸우며 숨 가쁘게 달려온 지난날들을 생각해 보면, 어머니가 폐암이라는 이름으로 치른 전쟁은 결국 자식들 중에서도 가장 죄를 많이 짓고 못난 나를 위한 것이었다.

끝없이 쏟아지는 눈은 세상의 길들을 지워버렸다.
이제 잊어야 할 것은 모두 잊어야 하리라. 하지만 내가 사랑의 죄를 짓고 사는 죄인이라는 사실은 잊어서는 안 된다.
마치 정령(精靈)처럼 눈을 뒤집어쓴 나무들이 달리는 차 속의 나를 향해 소리치고 있었다.

"너는 어머니라는 이름으로 이 땅에 살다간 성자(聖者)가 목숨 바쳐 사랑했던 존재임을 평생 잊지 말지어다."

*어머니가 돌아가신지 두 달쯤 되어 완화병동 간호사실에서 안부 편지가 날아들었다. 안부편지와 나의 답신으로 이 긴 이야기를 끝내려고 한다.

안녕하세요.

완화병동 간호사입니다.

유난히도 춥고 길었던 겨울도 지나고 봄이 한 발짝 다가온 듯 훈풍이 불고 볕도 따뜻해졌습니다.

어머님을 주님의 품으로 보내 드린 지도 벌써 두 달이 다 되어가네요.

아드님, 따님, 며느님의 지극한 보살핌과 사랑을 받고 특히 아드님께 많이 의지했던 어머님의 모습이 아직도 생생히 기억나네요.

아마 지금쯤 어머님은 자식들의 사랑을 가슴에 담고 흐뭇하고 행복한 미소를 지으며 주님의 곁에 계시겠죠.

행복한 어머니, 건강한 어머니의 모습만 기억하시면서 힘든 시기를 슬기롭게 헤쳐 나가시리라 믿어 의심치 않습니다.

가내 두루 건강하고 평온하며 행복 가득하시길 기원하겠습니다.

2013. 3. 25

완화병동 간호사 일동

편지 잘 받아 보았습니다.

불과 두 달 전 까지만 해도 삶과 죽음이라는 전쟁터에서 함께 싸우던 동료였고 지금 이 시간에도 긴박하게 돌아 갈 전장(戰場)으로부터 온 편지라는 생각이 들어 가슴이 뭉클했습니다.

이제는 퇴근하여 어머니가 계시던 그곳에 가지 않아도 되고 병실에서 밤을 보내지 않아도 되어 좋습니다. 하지만 어머니의 부재는 말할 수 없는 아쉬움으로 남아 있습니다.

우리가 사는 이곳에도 봄이 당도했습니다. 올해 정월 초순 어머니가 완화병동으로 이원하실 때 의사선생님이 내게 소망을 물으신 적이 있습니다.

나는 그 때 어머니가 겨울을 넘기고 봄까지 살아남아 가족들이 함께 봄 소풍을 가는 것이라 말씀드렸습니다. 하지만 그것은 나의 욕심이었나 봅니다. 봄은 때가 되면 누구에게나 찾아오지만 그것을 보지 못하고 쓰러져가며 생의 마지막 겨울을 보내는 사람이 많다는 것을 알았습니다. 그래서 올해 봄은 예전의 봄과 달리 감사함으로 맞고 있습니다.

어머니는 돌아가시기 불과 삼일 전까지 이 못난 자식을 염려해 주셨던, 이 땅에 오신 성자(聖者)였습니다. 나는 적어도 그분으로부터 받은 사랑만큼은 되돌려 주는 후회 없는 삶을 살아야겠다는 결심을 해 봅니다.

지금도 그곳에서 생활하고 있을 많은 환자분들의 모습이 눈에 선하게 들어옵니다. 그분들이 끝까지 인간으로서의 존엄을 가지며 살아갈 수 있도록 힘써 주십시오.

앞으로 시간이 흐르면서 모든 여건들이 좀 더 나아져서 완화병동 그곳이 이 땅에서 천국을 미리 누려보는 사랑의 공동체가 되면 참 좋겠습니다.

어머니의 마지막 한 달을 맡아 주신 완화병동 의사 선생님을 비롯해 간호사님 한 분 한 분에게 깊은 감사를 드립니다.

2013. 3. 29

故 이은숙 할머니 둘째 아들 올림